최약 테이머는 폐지 줍는 여행을 시작했습니다. 5

The Weakest Tamer Began a Journey to Pick Up Trash.

Honobonoru500
호노보노루500 지음
한신남 옮김
Illustration 나마

AK NOVEL

여태까지의 아이비의 여로—.

드루이드 씨의
스승님과 만남!
2칸 되돌아간다

처음 뵙겠습니다!
음? 왠지 드루이드 씨의 표정이
굳어있는 것 같은데?

으윽

프렘도
진화했어?!
1칸 나아간다

왠지 엄청난 마석을 만들어
내는데, 어쩌지?!

슬라임 트로피 탄생?!

마석으로 시엘이
슬라임으로 변화!
1칸 나아간다

이걸로 마을에서도
함께 있을 수 있어!
기쁘다~!♥

이제 곧
겨울이 찾아온다.
어디서 지낼까?

To be continued……

START!

여행 떠나기 전, 못 다한 일이 많아!

마물의 흉포화 해결에
짐이나 돈 정리…….
뭣부터 시작하지……

시엘이 모험가를 대구출! 2칸 나아간다

역시나 시엘, 든든해.
(쓰다듬는다) 모두를
구해줘서 고마워!

드루이드 씨와 싸움 발발! 1회 쉬다

우우, 고집불통이라니까……!
어, 나도 고집불통인가?

목 차

제5장 하타우 마을의 겨울

Character
드루이드
오른팔을 잃은 모험가 아저씨.
빈사인 상황에서 소라에게 치료
받아 동료가 된다.
과보호로 치닫곤 한다.
아이비
스킬의 별이 없었기 때문에
부모에게 버림받고
서바이벌 여행에 나선다.
전생의 기억이 있다.
남자애로 보이곤 한다.
시엘
여행길에서 만난
아단다라(고양이 마물).
왜인지 아이비를 잘 따른다.
곧잘 얼굴을 비비곤 한다.
소라
아이비가 처음으로
테이밍한 슬라임. 흐물흐물
슬라임이라는 레어 종족.
최근 잡식을 하곤 한다.
프렘
소라가 분열하여 태어난
다른색의 분신(?).
왜인지 드루이드와 친하고,
자주 자곤 한다.

제 5 장 하타우 마을의 겨울

The Weakest Tamer
Began a Journey to
Pick Up Trash.

225화 하타우 마을에 도착

바람이 불 때마다 체온을 빼앗길 정도로 바람이 차갑다.

"괜찮아?"

바람이 불 때에 몸을 떠는 것을 보았는지 드루이드 씨가 걱정스럽게 물었다. 입을 열면 추우니까 고개만 한 차례 끄덕였다.

"조금만 더 가면 하타우 마을에 도착해. 힘내!"

예정보다 빨리 하타우 마을에 가까워지고 있다. 하지만 예정보다 훨씬 빨리 한파가 들이닥쳤다. 평소라면 앞으로 한 달 정도 여유가 있을 터인데, 이미 얼어붙을 만큼 춥다. 이건 심술이야~! 마음속으로 차가운 바람에게 불평을 늘어놓으면서 걸음을 재게 놀렸다. 얼른 따뜻한 곳에 가고 싶어.

그렇긴 해도 시엘과 소라가 구스를 잡아다준 것에 감사할 따름이다. 요 며칠 동안은 정말 목숨이 왔다 갔다 할 정도로 추워져서, 사흘 정도 눈도 안 붙이고 계속 걸었다. 수마가 덮치는 건 어쩔 수 없지만, 몸은 가볍다. 구스 고기를 먹으면 피로가 사라지고 몸이 가벼워진다. 그러니까 계속 걸으면서도 속도를 유지할 수 있다. 다만 너무 졸린다. 장난 아니게 졸린다. 걷고 있어도 눈이 감길 것 같다. 얼른 하타우 마을에 가서 숙소에서 마음 편하게 자고 싶습니다.

"아, 저거인가요?"

시선 앞에는 문이 보였다. 착각이겠지만, 문이 빛나는 걸로 보였다.

"그래, 하타우 마을에 도착했나 보군."

드루이드 씨의 얼굴에 안도의 심정이 떠올랐다. 분명 나도 같은 얼굴을 하고 있겠지. 어깨에 멘 가방을 향해 하타우 마을에 도착했다고 알렸다.

"조금만 더 거기서 기다려."

가방이 희미하게 진동했다. 프렘은 자고 있을 테니까 소라나 시엘일까.

문지기가 우리의 모습을 확인했는지 문을 열어주었다.

"어서 들어오세요."

문지기의 목소리에 놀라서 얼굴을 보니 여자였다. 여자 자경단원은 처음이야. 다만 한파에 대비한 옷차림을 하고 있는 탓인지, 겉으로만 봐서는 여성이라고 알기 어렵다.

"고맙습니다. 하타우 마을에서 겨울을 날 예정인데, 문제없겠습니까?"

드루이드 씨가 상업 길드의 카드를 꺼내기에 나도 서둘러 카드를 꺼냈다. 손이 곱아서 움직이기 힘들다. 간신히 상업 카드를 꺼내고서 마음을 놓았다.

"확인할 테니 이쪽으로 카드를 제시해주세요."

문 옆에 있는 책상 위에 무슨 매직아이템이 놓여있었다. 처음 보는 아이템이다. 드루이드 씨가 카드를 그쪽에 내밀자 녹색 불이 들어왔다.

“성함이?”

“드루이드입니다.”

드루이드 씨가 대답하자, 녹색 불이 깜빡였다.

“감사합니다. 따님도 부탁드립니다.”

아, 따님이라는 말을 들으니 왠지 모르게 좀 창피하네. 그렇긴 해도 머리를 조금 길렀을 뿐인데, 전혀 남자로 보이지 않게 되었다. 그렇게 변했나?

“잘 부탁드립니다.”

들고 있던 카드를 매직아이템 쪽으로 내밀었다. 드루이드 씨와 마찬가지로 녹색 불이 들어왔고, 이름을 대답하자 그게 깜빡였다.

“문제없는 모양이군요. 하타우 마을에 잘 오셨습니다. 그럼 이쪽이 장기체재 허가증입니다. 이름을 등록하였으니까, 다른 분은 쓸 수 없습니다. 주의하세요.”

하얀 바탕에 녹색 선이 들어간 플레이트를 건네받았다.

“감사합니다.”

눈을 보며 감사의 말을 한 뒤에 고개를 숙였다. 여자 문지기는 조금 놀란 표정을 보인 뒤에 아름답게 웃었다.

“드루이드 씨, 아이비 씨. 묵을 곳은 정하셨나요?”

"아뇨, 아직입니다. 이제부터 찾을 예정입니다."

"숙소의 조건 같은 건 있나요?"

"아이비가 있으니까 부녀가 안전하게 묵을 수 있는 중급 레벨이 좋겠군요."

"그럼 대로의 다섯 번째 모퉁이를 왼쪽으로 꺾어 들어가면 [아야포]라는 숙소가 있습니다. 여자가 운영하는 곳으로 청결한 숙소지요. 남편이 모험가 출신이라서 좀 험악하게 생기긴 했지만, 그만큼 안심하고 묵을 수 있습니다."

주인이 여자구나. 거기 좋겠네.

"그렇습니다. 좋은 정보 감사합니다. 얼른 가보지요. 아, 욕탕은 있습니까?"

"물론입니다."

"고맙습니다. 그럼 이만."

"고맙습니다."

이 문지기, 아주 좋은 사람이다. 이렇게 추운 날씨 속에서 찾아야 했을 숙소 정보까지 가르쳐주고. 정중하게 인사를 하고 드루이드 씨와 함께 숙소로 향했다.

"좋은 사람이었네요."

"그래, 뭐, 분명 아이비의 대응이 좋았으니까 가르쳐주었겠지."

내 대응? 내가 뭐 했나? ……생각해봤지만 전혀 떠오르질 않는다. 그보다 졸린다. 조금만 더 가면 돼! 힘내자!

"그렇긴 해도 졸리네."

"네. 얼른 자고 싶어요."

발을 멈추면 그대로 눈이 감길 것만 같다.

"숙소에 도착하면 일단 목욕해야지."

"어, 자고 싶은데요."

"따뜻하게 씻고 자는 편이 푹 잘 수 있어."

"그런 건가요?"

"……아마도?"

"드루이드 씨, 아마도라니……."

"아니, 누가 그런 소리를 했던 것도 같은 느낌?"

어느 쪽이야? 하지만 분명히 지금은 몸이 아주 싸늘하다. 너무 추워서 머리도 좀 아프다. 따뜻하게 목욕을 하고 자는 편이 푹 잘 수 있겠지.

"목욕으로 몸을 데우고 바로 자죠. 하지만 씻다가 잠들지나 않을지 걱정이에요."

"그것도 그래. 그렇긴 해도 조금만 더 겨울 장비를 든든히 준비했으면 이렇게 고생하지 않았을 텐데. 미안해."

"아뇨, 둘이서 생각하고 준비한 거니까, 사과할 필요는 없어요."

지금 시기에 이렇게까지 추워질 거라곤 생각도 못했으니까 어쩔 수 없다.

"숙소에서 푹 쉰 뒤에 겨울 망토나 코트를 조달하자."

"응."

문지기가 말한 대로 다섯 번째 모퉁이에서 왼쪽으로 꺾었다. 단 음식을 파는 가게나 옷가게 간판이 늘어서 있는, 비교적 조용한 거리.

"저기로군."

드루이드 씨가 가리키는 곳을 보니, 간판에 [아야포]라는 글자. 그렇긴 해도 이름이 좀 신기하네. 무슨 의미라도 있나?

[아야포]의 문을 열고 안에 들어갔다. 나무 온기가 느껴지는 깨끗한 숙소. 문지기가 추천할 만하다. 여자 주인이기 때문일까, 여기저기 놓인 소품들이 예쁘다.

"어서 오세요."

밤을 둘러보고 있자, 문 안쪽에서 여성이 나왔다. 나이는 50대 정도일까? 온화한 미소에서 어딘가 모르게 온기가 느껴졌다. 이 사람이 주인인가?

"겨울 동안 2인실을 빌리고 싶은데 비어있습니까?"

"예, 비어있어요. 겨울 동안이라면 대충 두 달 정도인가요?"

"추위가 완전히 가셨다고 판단될 때까지니까, 두 달 반 정도가 될지도 모르겠군요."

"알았어요. 아침저녁은 어떻게 하시겠나요?"

"아침은 부탁드립니다. 저녁식사는 당일에 부탁할지 정할 수 있습니까? 그리고 조리장을 빌리고 싶습니다만."

"그럼 아침식사는 그렇게 하고. 저녁식사가 필요할 때는 그 날 아침 중에 말해주면 준비할게요. 또 조리장을 2층에 만들어놨으니까 마음대로 쓰세요. 다만 불 관리는 똑바로 부탁할게요."

"네. 그렇긴 해도 2층에 조리장을 두다니, 대단하군요."

"최근 유행에 따라 만들었거든요. 하하하."

2층에 조리장인가. 좀 기대되네.

"방세는 어느 정도가 될까요? 또 할인되는 조건 같은 것 있습니까?"

"으음, 2인실에 아침식사뿐이니까, 한 달에 6라다르, 두 달 반이면 15라다르가 되네요."

15라다르. 금화 열다섯 닢인가. 예산 안이니까 이걸로 결정할까?

"아이비, 여기면 될까?"

"응."

"그럼 두 달 반 동안 잘 부탁드립니다."

"이쪽이야말로 잘 부탁드립니다. 그렇지, 할인 조건 말인데요, 불 마법과 물 마법의 레벨 5 이상의 마석 하나당 5기다르예요."

레벨 5 이상의 마석 하나가 5기다르? 꽤나 할인해주네.

"마석 하나로 5기다르라고요? 좀 세지 않나요?"

"맞는 말이에요! 마석을 대량으로 채굴하던 동굴이 왜인지 무너지는 바람에. 그 뒤로 마석 값이 계속 오르기만 해서 정말로 골칫

거리라니깐요! 게다가 겨울 동안은 모험가들도 마석을 찾으러 나갈 수 없고."

드루이드 씨의 질문에 흥분해서 답하는 여주인. 갑자기 목소리가 커져서 놀랐다.

"무슨 소란이지?"

여주인의 목소리에 안에서 억세 보이는 남자가 나왔다. 문지기가 가르쳐준 모험가 출신의 남편인가? 분명히 좀 무섭게 보이지만, 여태까지 만난 사람들보다 무섭단 인상은 아니다. 다만 얼굴에 흉터자국이 세 줄 나 있어서 좀 아파 보인다.

"손님 앞에서 소리 지르면 안 되지. 수속은 끝났나?"

"……그래, 끝났어."

주인의 말에 드루이드 씨가 쓴웃음을 지었다.

"죄송합니다. 아직 하나도 안 했는데요."

"어이."

"어머, 아직이었나? 미안해요. 으음, 이쪽에 이름, 그리고 신분을 증명할 만한 것을 제시해주겠어요?"

"네."

좀 덤벙대는 사람인 모양이다. 바로 수속이 끝났고, 방은 2층의 제일 안쪽. 주인의 말로는 제일 좋은 방이라는 모양이다. 기대되지만, 일단 욕탕으로 직행하고 싶다. 그리고 실컷 자고 싶어! 정말로 슬슬 한계입니다.

226화 수면입니다!

으음~, 무슨 소리가 들리는 것 같다. 뭐지. 조금만 더 이대로…….

똑똑.

"드루이드 씨, 아이비 씨. 괜찮으세요?"

괜찮냐고? 괜찮은데…… 누구 목소리지……. 눈을 떠보니, 도무지 기억에 없는 모습의 방.

"여기, 어디?"

똑똑.

소리? 어어……. 아! 하타우 마을의 숙소다. 혹시 그 목소리와 소리는…….

"괜찮으세요?"

역시나! 저 목소리는 이 숙소의 주인의 것이다.

"괜찮아요."

침대에서 나와서 다급히 잠금쇠를 풀고 문을 열었다. 복도에는 주인과 그녀의 남편이 있다가 내 모습을 보고 안도한 표정을 지었다. 어? 걱정할 만한 일이라도 있었나?

"다행이다~. 이틀 동안 전혀 모습이 보이지 않으니까 걱정하고 있었어요."

"죄송합니다. 그리고 걱정해주셔서 고마워요."

응? 이틀?

"저기, 어제 여기에 묵은 거 아닌가요?"

어제 저녁 무렵, 숙소에 도착해서 서둘러서 목욕을 하고 가볍게 식사를 하고 잠들었을 텐데. 그리고 오늘이니까…… 음?

"아뇨, 이틀 전입니다."

이틀 전? 창문을 보니 저녁노을이 보였다. 즉 꼬박 이틀 동안 잤다는 소리? 우와아, 아니, 너무 잤잖아. 어라, 드루이드 씨는? 내가 쓰던 침대의 옆 침대에 사람의 모습이. 아직 자고 있나.

"눈도 못 붙이고 사흘 동안 계속 걸어왔다니까 자게 내버려두는 쪽이 좋겠다고 생각은 했는데요. 아무리 그래도 배가 고플 것 같아서요. 부탁받은 것도 아니지만, 가볍게 저녁식사를 준비할까 하고요. 아, 이건 오늘 아침식사 대신이니까 대금은 필요 없어요."

왠지 모르지만 아주 좋은 숙소네. 어라, 그러고 보면 주인의 남편이 어느 틈에 없어졌다. 먼저 돌아갔나?

"고맙습니다. 2인분 부탁드릴게요."

"다행이다. 30분 정도 뒤에 준비할게요. 기대하세요."

"네!"

주인은 기쁜 듯이 콧노래를 부르면서 1층으로 내려갔다. 그걸 지켜본 뒤에 방에 돌아가서 기지개를 켰다. 설마 꼬박 하루 이상 자다니. 조금 놀랐다. 내가 잤던 침대를 보니, 소라와 프렘이 일어나서 나를 물끄러미 바라보고 있다. 아, 밥 챙겨줘야지.

"미안. 배고프지?"

꼬박 하루 동안 끼니를 못 챙겨줬네. 서둘러 포션이 들어있는 가방을 열고 두 종류의 포션과 검을 꺼냈다. 꺼내자마자 먹기 시작하는 두 마리. 꽤나 배가 고팠던 모양이다.

"정말 미안해."

두 마리는 먹으면서 몸을 흔든다는 교묘한 반응을 보였다. 포션을 조금 넉넉하게 꺼내서 바닥에 깔아두었다. 시엘은 방 안을 탐험하는 모양이다. 내가 자는 동안에는 탐험 같은 거 안 했나?

"우우~."

갑자기 뒤에서 신음소리가 들렸다. 그쪽을 보니 드루이드 씨가 깨어났는지 이불이 꿈지럭거렸다. 잠시 뒤에 기지개를 켜면서 그가 몸을 일으켰다.

"안녕, 일찍 일어났네."

아니, 일찍이 아니에요.

"잘 잤나요, 드루이드 씨."

"음? 벌써 식사?"

"응."

드루이드 씨는 창밖을 보며 고개를 갸웃거렸다. 숙소에 도착해서 잠든 게 저녁 무렵, 그런데 일어나도 저녁 무렵.

"혹시 꼬박 하루를 잤나?"

역시나 그렇게 생각하겠지. 나만 그런 게 아니라 다행이다.

"아뇨, 꼬박 이틀이요."

"음? ……이틀! 아니, 진짜로?"

"응. 둘이 나란히 꼬박 이틀 동안 잤던 모양이야."

"그런가. 그렇게 피곤한 느낌은 아니었는데."

나도 피로가 쌓였다는 감각은 없었다. 아마도 구스 고기 덕분에 몸이 가벼웠기 때문이겠지. 그렇긴 해도 사흘이나 철야를 했으면 꼬박 이틀 동안 자도 이상하지 않나.

"주인이 걱정해서 보러 와줬어요. 아, 저녁식사 준비해놓는대요."

"저녁식사?"

"오늘 아침을 안 먹었으니까 대신 준비한다고 그랬어요."

"고마운 말이군."

드루이드 씨의 말에 고개를 끄덕였다.

"이 숙소를 가르쳐준 그 여자 문지기에게도 고맙다고 해야겠군."

"그래요."

드루이드 씨가 침대에서 일어나서 몸을 움직였다.

"너무 잤군. 온몸이 아파."

"저도 몸이 우둑거려요."

드루이드 씨가 팔을 뻗거나 다리를 뻗는 유연운동을 시작하였기에, 나도 따라하였다. 꼬박 이틀 잤기 때문에 몸이 굳어버려서 팔다리를 뻗으면 아프다. 그래도 기분 좋다.

"자, 얼굴 좀 씻고 슬슬 1층으로 내려갈까."

"응."

"으음~, 이런 차림으로는 좀 그런가. 갈아입을까."

"아, 빨래를 하지 않으면 더 이상 옷이 없는데."

"나도 그래."

어떻게든 깨끗하게 보이는 옷을 찾아서 갈아입었다. 내일은 빨래부터 해야지. 소라와 프렘은 식사를 마치자, 시엘과 함께 방 안을 탐험하기 시작했다. 혹시 저 아이들도 이틀 동안 꼬박 잤으려나?

"어라, 지금부터 탐험? 그동안 안 했나?"

드루이드 씨가 소라와 프렘을 보며 고개를 갸웃거렸다.

"아마도. 같이 자고 있었을지도 몰라."

"그럴지도 모르겠군. 어~이, 밥 먹고 올 테니까 조용히 있어."

드루이드 씨의 목소리에 세 마리가 몸을 흔들었다.

"드루이드 씨, 목소리가 새어나가지 않게 하는 매직아이템이 있었지?"

"음, 나중에 방에 설치해야겠군. 저 세 마리의 소리가 안 들리면 적적한데."

매직아이템이 작동하지 않는다고 알았을까, 세 마리는 몸을 흔들긴 해도 전혀 소리를 내지 않았다. 좋은 일이지만, 그 울음소리를 들을 수 없는 건 좀 적적하다. 어느 매직백에 문제의 매직아이템이 있는지 모르기 때문에 나중에야 설치하게 되겠지만, 방에 돌아오거든 바로 찾자.

방의 문을 단단히 잠근 뒤에 1층으로 내려갔다.

"오, 왔네. 비어있는 자리에 앉아라. 금방 가져올게."

"안녕하세요. 아까는 고마웠습니다."

"하하하, 마음 두지 마. 피로는 좀 풀렸고?"

"네."

주인의 남편은 조금 무서운 얼굴이지만, 너글너글한 사람이란 느낌이다. 식당을 둘러보니, 가족으로 보이는 이들이 셋. 젊은 부부가 둘. 외모로 보면 전원 모험가겠지.

빈자리에 앉자, 잠시 뒤에 저녁식사가 나왔다.

"자, 나왔습니다. 오늘은 하타우 마을 명물인 특제 수프와 흰 빵이다."

흰 빵! 와아, 이건 기쁜 일이다.

"신기하네요. 흰 빵이 다 나오다니."

"아내가 빵을 좋아하거든. 게다가 이 빵은 아내가 직접 구운 거니까 특제다."

"어? 이 빵, 아주머니가 직접 구운 거라고요?"

"그래, 대단하지 않냐?"

좀 부끄러운 듯이, 그러면서 기쁜 듯이 아내를 자랑하기 시작했다.

"대단하네요. 흰 빵 좋아하거든요. 정말 기뻐요."

바구니에서 흰 빵을 하나 꺼냈다. 우와, 부드러워.

"그래, 기대해도 좋아. 아내의 빵은 맛있으니까. 그럼 천천히 먹고."

그런 말을 들어보면 아내를 정말로 사랑하는 거겠지. 아내라는 말을 할 때마다 기쁜 모양이다. 그가 일에 돌아가는 모습을 지켜본 뒤에.

""잘 먹겠습니다.""

흰 빵을 먹었다. 폭신폭신하면서 촉촉해서 맛있다.

"맛있네요."

"맛있군."

다음에는 하타우 마을 명물이라는 특제 수프. 흰 수프인데 살짝 진득한 느낌이다. 큼직하게 자른 야채와 고기가 들어있어서 맛있겠다. 수프를 마셔보니, 야채의 단맛과 고기의 감칠맛이 우러나서 정말로 맛있다. 아무래도 [아야포]는 야채를 잘 다루는 숙소이기도 한 모양이다. 정말로 여기를 추천해준 그 문지기에게는 제대로 감사인사를 해야겠네. 수프와 흰 빵을 깨끗이 다 먹어치운 뒤에 방으로 돌아왔다. 맛있었어~. 행복해.

"드루이드 씨, 침대 시트 같은 걸 멋대로 빨아도 될까요?"

아, 말투가 또 돌아왔어. 드루이드 씨를 보니 쓴웃음을 짓고 있다.

"장기체재의 경우는 저 선반 안의 것을 마음대로 써도 되는데, 거기에 시트가 있으면 우리가 마음대로 빨아도 돼. 없을 경우는 여기 사람에게 말해서 교환해달라고 하는 거지."

선반에 시트? 선반을 열어보니 여러 가지 물건이 가득했다. 어어, 커다란 타월이 여섯 장, 작은 타월이 열 장. 그밖에는 컵이랑, 이거는…… 찻잎인가? 그리고 시트…… 시트.

"찾았다!"

"찾았어? 그럼 시트는 우리가 멋대로 빨아도 문제될 일 없어. 여기 사람에게 빨아달라고 부탁해도 될 거야. 다만 숙소에 따라서 대금이 청구되는 경우가 있으니까 확인해야겠지만."

"알았어! 내일은 빨래해야지. 시트가 옷 때문에 더러워졌고."

"몸은 씻었지만, 옷을 갈아입진 않았으니까."

도중에 빨래를 할 예정이었는데, 추위 때문에 빨래보다 먼저 마을에 가는 쪽을 우선했다. 하지만 아침의 한기 때문에 서리가 앉은 옷이 축축해서 갈아입어야만 했고, 어느 틈에 모든 옷들이 더러워졌다. 침대에 들어가기 전에 열심히 옷을 털어내긴 했지만 한계가 있어서, 침대 시트를 더럽히고 말았다. 내일은 아침부터 빨래야! 하지만 그렇게 잤는데 오늘 더 잘 수 있을까?

227화 외투를 찾자

"다녀와요."

"다녀오겠습니다."

[아야포]의 주인이 지켜보는 가운데 문을 나섰다. 대로를 향해 걷고 있으니, 차가운 바람이 지나갔다.

"우와, 춥군. 역시 이런 옷으로는 안 되겠어."

"그러네요. 추워요."

드루이드 씨와 내가 걸치고 있는 것은 초가을에 입는 외투. 어느 정도 추위라면 대응 가능하겠지만, 올겨울에는 전혀 도움이 되지 않는다. 진짜 너무 춥다.

"가게는 마을 문을 향해 대로를 따라 가다가 두 번째 골목에서 왼쪽이었죠?"

망토나 코트 등 외투를 다루는 가게의 위치는 숙소 주인의 남편에게 들었다.

"그래, 그렇게 가면 돼."

모험가 출신이던 그가 이 가게라면 확실하다고 말했으니까, 벌써부터 기대된다.

"여기인가?"

"그런가 본데……."

모험가들이 이용하는 무뚝뚝한 느낌의 가게를 상상했는데, 문의 손잡이까지 공들여 멋들어지게 꾸민 가게. 겉모습만 보고 판단하자면 모험가가 올 가게가 아닐 것 같다.

"골목을 잘못 들어왔나?"

"마을 문을 향해 대로를 따라 걸어왔지?"

"네."

숙소가 있는 통로에서 대로로 나가서, 틀림없이 마을 문을 향해 걸어왔다.

"그리고 두 번째 골목에서 왼쪽."

첫 번째 골목을 지나서 두 번째 골목에서 왼쪽으로 꺾었다. 그리고 골목에서 다섯 번째 가게. 숙소에서 들은 가게 이름은 [샤르]. 가게의 간판에도 [샤르]라고 적혀있다.

"가게 이름도 맞으니까 여기일 텐데……. 예상했던 거랑은 많이 다르군."

거칠게 생긴 그가 가르쳐주었다고는 생각하기 어려운 모습이다. 그는 너글너글한 인품이지만, 겉보기로는 억세 보이니까.

"그러네요."

이렇게 멋스러운 가게에 와본 적이 없어서 솔직히 들어가기 그렇다. 애초에 이렇게 꾀죄죄한 모습으로 들어가도 되나?

"왜 그래?"

"아뇨, 이런 가게에 들어가 본 적이 없어서 좀."

"그래? 여태까지 옷은 모험가 가게에서 샀던 거야?"

그 화제는 되도록 꺼내고 싶지 않은데.

"……쓰레기장에서 아직 쓸 만한 옷을 주워 수선해서 입었어요."

"그런가."

드루이드 씨가 뭔가 생각에 잠겼다. 역시 쓰레기장에서 주운 옷은 안 되겠지?

"좋아, 들어가자!"

어? 드루이드 씨가 왠지 기합이 들어갔는데요? 안 좋은 예감이 드는데요…….

"드루이드 씨, 뭐 하려는 건가요?"

"아이비의 옷을 사야지."

"코트나 망토 말인가요?"

아, 아니, 왜 거기서 활짝 웃는 건가요?

"아니, 머리끝부터 발끝까지 싹."

"괜찮아요. 필요 없어요."

"아이비도 여자애니까 멋 부리는 법을 배워야지. 맡겨줘."

"모험가니까 멋은 별로 관계없다고 생각해요."

"그렇지 않아. 여성 모험가는 멋을 부린다고."

분명히 예쁜 사람들은 아주 멋지게 입고 다녔다. 하지만 그건 예쁜 여성이니까 그래도 되는 거지, 나한테는 소용없겠지.

"저기, 정말로 ——""아이비, 말투가 되돌아왔어."

"아!"

"요즘 아이비는 통통해지고 머리도 늘어서 귀여워졌으니까, 분명 뭘 입어도 어울릴 거야. 멋을 부리면 분명 인기가 생기겠지. ……아니, 인기 있을 필요는 없군."

저기, 드루이드 씨? 어, 나 살쪘어? 스스로는 모르고 있었네. 그렇긴 해도 머리가 긴 정도로는 그렇게 바뀌어 보이지 않을 것 같은데. 그러니까 인기 있을 리도 없으니까 걱정할 필요는 없어요. 아, 그러고 보면 라트루아 씨 일행도 나한테 귀엽다고 그랬지. 하지만 그건 그냥 인사치레잖아? 어라? 하지만 성장하고 혼자 여행하는 건 위험하다고…….

"너무 귀여운 건 안 돼. 이상한 남자를 끌어들이는 경우도 있지. 내 딸은 못 준다!"

"아니, 드루이드 씨. 그런 일은 절대로 안 일어나니까요. 그보다 무슨 소린가요?"

"아이비를 시집보내기는 아직 이르다는 소리인데? 그리고 말투."

그런 이야기를 했던 거야? 그리고 말투? 아, 또 원래대로 되돌아갔었나?

"무슨 일이신가요?"

""어?""

가게 앞에서 드루이드 씨와 이상한 공방을 주고받는데 누가 말을 걸어왔다. 아무래도 가게 사람이 밖으로 나온 모양이다.

"아, 죄송합니다."

"아뇨, 그보다 저희 가게에 무슨 볼일이 있으십니까?"

"[아야포] 사람에게 듣고 왔습니다만, 겨울 외투 있습니까? 또 이 아이에게 어울릴 만한 옷도 한 벌 장만하고 싶은데."

아~, 막기 전에 말해버렸다.

"아하, 도라의 소개였군요. 마침 올해의 신상품이 여러 가지 입하되었어요. 들어오시죠."

아, 그 사람 이름이 도라 씨였나. 그러고 보면 물어보는 걸 잊고 있었네.

가게 안은 겉에서 본 것과 마찬가지로 여자가 좋아할 만한 귀여운 분위기. 거기에 색색의 옷이 진열되어 있었다. 간단하게 보이는 옷도 여러 군데에 자수 등으로 포인트를 준 모양이다. 귀여운 물품들에 둘러싸이니 가슴이 두근거렸다.

"코트 형태가 좋을까요? 망토 형태가 좋을까요?"

"아직 못 정했군요."

코트 형태는 소매가 있는 타입이고, 망토 형태는 소매 없이 두르는 타입이었나? 여행을 할 거면 코트 형태가 편리할까?

"그렇다면 양쪽 다 소개해드리지요. 이쪽이 올해 새로 나온 코트 형태입니다. 이것들은 바람을 완전히 막아주기에 인기 있지요."

가게 사람이 보여준 것은 연파랑색의 긴 코트. 소개 부분에 가죽, 옷깃에는 자수가 들어가서 귀여운 디자인이다. 사이즈를 보면 아무래도 내가 입을 것을 권해주는 모양이다. 분명히 귀엽긴 한데, 어울리려나?

그러고 보면 매직아이템 코트가 이렇게 귀여운 디자인이었나? 전에 본 적이 있는데, 더 심플하고 기능적인 면 외에는 볼 것 없었던 것 같다.

"이쪽은 망토 형태입니다. 방금 전과 마찬가지로 바람을 막아주지요. 이쪽 망토의 특징은 망토 자체가 열을 발생시키기에 겨울에 동굴 탐색이나 사냥을 나가는 모험가에게 인기입니다."

다음에 소개해준 것은 망토, 방금 전의 코트보다 조금 짧다. 색깔은 연녹색이며 전체적으로 자수가 들어가 있는 등 꽤나 디자인에 공을 들인 모양이다. 목 근처에는 커다란 가죽을 대어서 따뜻해 보인다. 게다가 열을 발생시킨다고 하니까 겨울에는 꽤나 기쁜 기능이다. 조금 궁금해져서 가격을 확인해보고…… 바로 손을 뗐다. 5라다르, 금화 다섯 닢이라니 절대로 무리!

"매직아이템 코트나 망토는 익히 보았지만, 이렇게 디자인이 좋았나? 더 간단했던 것 같은데."

"마물이 드랍하는 코트나 망토는 간단하지요. 이건 마물이 드랍한 실을 사용하여 만든 것입니다."

"실?"

"네. 실을 드랍하는 마물이 5년 정도 전에 발견되어서, 그 실을 이용하여 만들고 있습니다."

"바람을 막는 기능은 어떻게 붙인 건가요?"

"실의 특성이지요. 드랍된 실 중에는 불이나 물을 막아내는 기능을 가진 실도 있어서, 그런 특성을 살려서 만들면 이러한 코트나 망토가 됩니다."

그렇구나, 마물에게서 드랍된 실로 만들다니. 대단하다, 실이라면 다양한 것들을 만들 수 있겠어.

"아이비, 이 망토 귀엽지 않아?"

5라다르짜리 망토를 넌지시 권하지 말아요. 금액을 미리 봐두길 잘했다.

"너무 비싸니까 안 돼요."

왜 그 말에 그렇게 고개를 떨구는 건가요. 5라다르는 너무 큰 돈이니까요!

"저기."

"네."

드루이드 씨가 뭐라고 말하기 전에 납득할 만한 가격의 물건을 찾자.

"바람을 막는 기능이 있으면서 좀 싼 거 있을까요?"

"있지요."

"귀여운 쪽으로 부탁합니다."

"드루이드 씨!"

"후후후, 잠시만 기다려주세요."

가게 사람이 웃으면서 안으로 들어갔다.

"아니, 여행에서 귀여움은 필요 없어요."

"하지만 아이비, 이 가게에 들어온 뒤로 즐거운 눈치였잖아."

"으음, 그건 그렇지만요."

분명히 가슴이 두근거린다.

"마음을 즐겁게 해주는 물건을 갖는 건 좋은 일이야."

그런가?

"하지만 비싼 걸 가지고 있으면 마음이 불편해서."

"그건 그렇지."

드루이드 씨도 나와 금전감각이 비슷하다. 역시 주제에 맞는 금액의 물건으로 하자. 응, 그게 제일 좋아.

228화 폭주?

힘들다. 가게에 있는 의자를 빌려서 좀 쉬었다. 외투 좀 사러 왔을 뿐인데, 어째서 이렇게까지 지쳐야 하는 거지?

"아이비는 이쪽이 좋을까?"

"그것도 좋겠지만, 이 색상도 어울릴 것 같네요."

"그것도 좋네."

"아, 이것도 어울리겠네요."

이상하네. 내 옷인데 왜 멋대로 정해지는 거지? 일단 예산을 정했다. 그러지 않으면 드루이드 씨가 가게 사람과 함께 폭주하기 때문이다. 그보다도 저 옷을 입어보고, 이 옷도 입어보고, 대체 왜 이렇게 옷을 잔뜩 입어봐야 하는 거지? 옷이나 외투는 기능면을 중시해서 정하면 된다. 단추가 예쁘다든가, 자수 무늬 같은 건…… 나는 신경 안 쓰는데.

"아이비, 이건 어때?"

"드루이드 씨, 여섯 벌이나 살 필요 없어요. 이제 충분해요."

"아니, 하지만 귀엽잖아."

"아뇨, 그러니까요."

"괜찮습니다. 예산 안이니까요."

그게 아니라. 그보다 정말로 예산 안에 들어가는 거야?

"드루이드 씨의 외투는 정했나요?"

"그래, 몸에 맞도록 좀 손봐달라고 의뢰했어. 아이비 것도 같이 부탁해놨으니까."

어느 틈에 한 걸까. 계속 내 옷을 고르고 있었던 것 같은데.

"제 것은 좀 크게 부탁해주셨나요? 아마도 키가 자랄 테니까요."

요즘 키가 좀 자랐다. 역시 성장기에는 잘 먹는 게 중요한 모양이다.

"그러거든 새로 손봐달라고 하면 되니까. 그래도 무리라면 새로 사면 되겠지."

"아깝잖아요."

"이 가게의 옷은 인기가 많아서 다른 마을이나 소도시에서도 팔고 있지요. 그러니까 괜찮습니다."

바르카 씨가 빙그레 웃었다. 이 가게의 점장으로, 가게에 진열된 모든 옷을 디자인했다는 모양이다. 참고로 숙소 주인의 남편, 도라 씨와는 어렸을 적부터 친구 사이로 동갑내기. 외모는 그 사람보다 열 살 정도 젊어 보이지만, 동갑이라는 말을 듣고 드루이드 씨와 나란히 놀랐다.

"아이비, 스커 ——"

"절대로 필요 없으니까요!"

"……아쉽네."

왜인지 드루이드 씨가 스커트를 몇 번이나 권하고 들었다. 여행에 스커트 같은 건 절대로 무리다. 왜 쓸데없는 것을 권하지?

"드루이드 씨, 슬슬 끝내요."

"조금만 더."

시계를 보았다. 이 가게에 들어온 지 두 시간 이상 지났다. 솔직히 드루이드 씨를 내버려두고 숙소로 돌아가고 싶다. 하지만 그랬다간 혼자서 왕창 사가지고 올 것만 같아서 여기를 뜰 수도 없다.

"이 이야기, 벌써 세 번째거든요?"

"조금만 더 보면 되니까. 저기 소파에서 좀 쉬고 있어도 되니까."

소파에서 쉬는 것은 솔직히 구미가 당기지만, 두 사람이 들고 있는 옷 때문에 이 장소를 뜰 수도 없어졌다. 두 사람이 고른 옷은 어떻게 봐도 예산으로 다 살 수 있을 것 같지 않다. 계속 보고 있으니, 두 사람이 나를 보았다. 고개를 내젓자, 두 사람이 나란히 한숨을 내쉬며 옷을 되돌려놓았다. 역시 여기를 뜨지 않는 편이 좋을 것 같다.

"아깝지만 오늘은 이 정도로 끝낼까."

겨우 끝났다. 길었다. 어라? 오늘은? 분명 내가 잘못 들은 거겠지.

"아쉽네요. 꾸미면 틀림없이 귀여워질 소재인데."

"그렇지."

부끄러운 소리를 태연히 말하지 말아주세요. 그렇긴 해도 드루이드 씨는 왠지 기쁜 눈치다. 내 옷을 사는 게 그렇게 기뻤나?

"왜 그래?"

"아뇨, 재미있나요?"

"엄청."

그렇게 멋진 미소와 함께 말하면 뭐라고 대답해야 좋을지 모르겠는데.

"아이비, 마지막에 들고 있던 그 옷……."

"안 돼요!"

아무리 웃더라도 안 되는 건 안 된다. 바르카 씨 근처의 책상을 보았다. 옷이 몇 번 쌓여있다. 정말로 이 정도 옷을 예산만으로 다 살 수 있나? 불안하다.

"정말로 괜찮은 건가요?"

내 시선을 본 드루이드 씨가 머리를 가볍게 쓰다듬어주었다.

"아이비도 알잖아? 가격을 같이 확인했으니까."

"응."

분명히 처음에 생각했던 것보다도 이 가게의 옷은 저렴했다. 아니, 싼 옷도 있었다고 하는 편이 정확하다. 싼 이유는 자수가 좀 거칠게 되었기 때문. 고급품으로 내놓기에는 아직 기술력이 부족한 사람이 바느질했다는 모양이다. 구경할 때 그런 설명을 들었지만, 내 눈에는 싼 옷의 자수로도 충분해보였다.

"그러니까 괜찮아."

여기서는 드루이드 씨를 믿을 수밖에 없겠네. 솔직하게 말하자면 옷을 사준 건 기쁘다. 계속 주운 옷만 입었으니까 정말로 기쁘다.

"드루이드 씨, 고마워요."

"하하하, 무슨 소릴."

드루이드 씨의 손길을 받고 있자, 바르카 씨가 왔다. 최종합계 금액을 내온 모양이다.

외투는 1인당 1라다르 정도. 나는 조금 망설였지만, 겨울의 추위를 얕보면 안 된다고 해서 이 정도 금액이 되었다. 분명히 올해 겨울은 너무 춥다. 그리고 옷값은 이리저리 흥정한 끝에, 최종적으로 합계 5기다르로 결정되었다. 여기에는 드루이드 씨의 옷값도 포함되어 있다. 거의 내 옷값이긴 하지만.

"합계 5기다르와 120다르입니다."

아, 예산을 넘었다.

"뭐, 120다르 정도는 눈감아줘."

어쩔 수 없나?

"이번만이에요?"

"하하하, 지불은 언제까지 하면 될까?"

웃으면서 대충 넘기는 것 같은데.

"외투를 받으러 오실 때면 어떻습니까?"

"알았어. 어느 정도 걸리지?"

"그렇군요. 다른 일감들도 좀 있으니까 이틀 뒤로 부탁드립니다."

가게 안쪽에서 작업하는 모습이 슬쩍 보였는데, 다들 바쁜 모양이다.

"알았어. 오늘은 좋은 거래를 한 것 같은데, 앞으로도 잘 부탁해."

"네. 봄옷 때도 잘 부탁드립니다."

"음, 물론. 아이비의 옷도 필요하겠고."

어? 내가 고개를 갸웃거리고 있자, 드루이드 씨가 내 머리를 가볍게 쓰다듬었다. 쓰다듬어주는 건 기쁘지만.

둘이서 가게를 나서자, 휘잉 하고 바람이 불어왔다. 따뜻한 가게 안에 있었으니까 더 추워!

"이틀 뒤가 기대되네."

"응. 그런데 봄옷도 사게?"

"그래, 앞으로 내 옷도 아이비의 옷도 가게에서 사야지."

"돈, 안 모자랄까요?"

갑자기 가방에서 진동이 느껴졌다. 놀라서 소라 등이 들어있는 가방을 보았다.

"왜 그래?"

"아니, 갑자기 흔들려서."

"흔들려?"

"응. 왜 그러지?"

"아이비가 돈 걱정을 하니까 화내는 걸지도."

"어? 설마."

웃어넘기려하는데, 가방이 부르르 진동했다. 어, 정말로 내가 돈 걱정을 해서?

"설마 또 흔들렸어?"

"응."

"돈벌이는 맡겨달라는 건가."

아니, 그건 좀 아니다 싶었는데 또 가방이 흔들렸다. 가방이 흔들린 게 드루이드 씨의 눈에도 보였던 모양인지, 놀란 표정을 하였다.

"대단하군."

"안 돼요. 계속 받기만 하다간 제가 한심한 인간이 되겠어요."

"아니, 아이비라면 괜찮겠지."

나라면 괜찮아?

"아이들이 돈을 벌어온다고 해도 막을 거지?"

"물론이죠. 스스로 할 수 있는 일은 스스로. 돈도 열심히 벌 거라고요!"

"그러니까 괜찮아."

열심히 사냥을 하겠다는 마음에 주먹을 움켜쥐자, 드루이드 씨가 단언했다. [그러니까]의 의미를 모르겠다.

그러고 보면 지금 드루이드 씨는 꽤 차분하다. 가게 안에서는 여태까지 본 적 없을 정도로 흥분한 걸로 보였는데.

"드루이드 씨, 좀 진정됐나요?"

"어어, 이제 괜찮아."

"그런가요. 좀 놀랐어요."

"하하하, 미안. 누군가를 위해 옷을 고른다는 건 좋군."

드루이드 씨를 보았다. 조금 멋쩍은 기색으로 웃고 있다.

"다음에 제가 드루이드 씨의 옷을 골라드릴게요."

드루이드 씨가 골라준 옷, 다들 예뻤지. 여행을 하면 아무래도 더러워지고 찢어지겠지만 최대한 소중히 입자.

229화 개성?

대로에 줄줄이 지붕을 늘어세운 노점을 구경하면서 길드로 향했다. 이 마을의 길드는 대로에 접한 장소에 있다는 모양이다.

노점들을 돌다보니 이상하게도 수프를 파는 가게가 많다. 아니, 절반이 수프 가게다.

"이 마을은 수프 요리가 많네요. 수프가 유명한 마을인가요?"

어제 숙소에서도 하타우 마을의 특제 수프가 나왔고.

"아니, 전에 왔을 때에는 이렇게 수프만 파는 모습이 아니었는데."

"그럼 겨울이라서 그러려나요?"

"그럴지도 모르겠네."

겨울은 따뜻한 국물이 당기는 법이지. 그렇긴 해도 이 마을의 수프는 색깔이 참 다양하다. 적색이나 녹색의 수프는 대충 무슨 재료를 쓴 건지 알겠는데. 아, 오렌지색 수프도 예상이 간다. 하지만 보라색 수프는 대체 무슨 수프일까? 그보다 저런 색은 식욕이 안 드는데. 우욱……. 파란색은 더 피하고 싶고.

“별의별 색이 다 있군.”

드루이드 씨가 파란색 수프를 보고 얼굴을 찌푸렸다. 다행이다. 혹시나 맛있겠다고 말하면 찬성할 수 없었어.

“응. 냄새는 좋지만, 이 색깔은 좀 그렇다고 할까.”

“그래. 생각도 못 했던 일이지만, 색깔도 중요하군.”

“응, 맞아.”

그렇긴 해도 정말 색깔이 다양하네. 식재료로 낸 색깔이라기에는 너무 선명하고, 식재료만으로는 낼 수 없는 색깔도 있다. 개성을 내기 위해서인가?

“저 건물이군.”

드루이드 씨의 시선 앞에는 커다란 건물이 세 채. 각각 상업 길드, 모험가 길드, 자경단의 마크가 있었다.

“어떤 결과가 나올지 두근두근하네요.”

어깨에 메고 있는, 광물이 들어있는 가방을 가볍게 두드렸다.

“그래, 내가 모르는 광물이 태반이었으니까.”

동굴에서 채취한 광물을 확인해보니, 드루이드 씨도 모르는 게 많아서 가격을 종잡을 수 없었다. 그러니까 오늘은 일단 동굴에서 입수한 여덟 종류의 광물을 각각 다섯 개씩 팔아보기로 했다. 만일의 경우를 생각해서 최대한 작은 걸로 골랐다. 다만 드루이드 씨가 레어하다고 말한 흑석은 작은 걸로 세 개. 목표 금액은 숙박비 15라다르와 옷값 25기다르다. 아마도 부족할 테니까, 오늘 결과를 보고 얼마나 추가로 더 팔지 정할 거다. 여덟 종류가 각각 다섯 개에 흑석 세 개로 목표 금액을 달성하면, 그건 그거대로 가방에 든 광물들이 무서워진다. 그게 아니더라도 빛나는 포션이나 투명도 높은 마석이 들어있는데 말이지.

"그거 감정은 여기에 부탁하게?"

"그래, 그럴 거야. 뭔지 모르면 쓸 수 없으니까."

그거란 바로 서펀트 씨가 준 검은색 구체. 어떤 힘이 있을지 전혀 알 수 없기 때문에, 일단 감정을 받을 예정이다. 무시무시한 결과가 나올 가능성도 있기 때문에 꽤 고민했지만. 전혀 모르는 것보다는 나을 거라는 결론에 도달했다.

상업 길드에 들어가자 입구 근처에서는 모험가 차림의 세 명과 중년 남성 한 명이 서서 이야기를 하고 있었다. 그 옆을 지나치는데, 아무래도 숲 속에서 하타우 마을의 수호신이 나타났다는 소리가 얼핏 들렸다.

하타우 마을의 수호신? 드루이드 씨도 호기심이 당겼는지 조금 떨어진 곳에 멈춰섰다.

"본 녀석이 있어?"

"아니, 흔적이 있었다나 봐."

"겨우 흔적?"

"멍청아, 수호신은 다름 아닌 커다란 뱀. 이 근처에서 제일 큰 서펀트라고. 흔적을 보면 바로 안단 말이야."

거대한 뱀? 숲속에서 본, 몸 전체에 신기한 무늬가 있던 서펀트 씨를 떠올렸다. 왠지 모르게 신비한 존재였다.

"그럼 틀림없이 수호신인가."

"그래, 숲의 요정을 데리고 있었을지도 모른대."

숲의 요정?

"정말로? 요정은 상상의 산물이라고들 하지 않았나?"

"그렇긴 하지. 하지만 존재한다고 믿는 사람도 많아."

"요정이라니 무슨 소리지?"

아무래도 중년 남자는 모르는 모양이다. 다행이다, 모르는 사람이 있는 덕분에 요정에 대해 더 자세히 들을 수 있겠다.

"뭐야, 몰랐어?"

"요정은 수호신의 부하야. 시커먼 색의 생물이라고 해."

시커먼 색의 생물? 숲에서 만난 생물이 머릿속에 떠올랐다. 거대한 서펀트에 검은색의 생물……. 설마?

"문헌에는 검은 구체로 변할 수 있다고 적혀 있었다나 봐. 다만 요정은 수호신 이상으로 만나기 힘들다나. 목격자가 너무 적으니까 언제부터 상상의 산물이라는 말이 나돌게 되었어."

세 모험가들의 대화는 이어졌지만, 그들이 한 말이 머릿속을 맴

돌았다. 거대한 서펀트에 검은색의 생물. 게다가 구체가 될 수 있다.

드루이드 씨에게 시선을 보내자, 그도 나를 보고 있었는지 시선이 마주쳤다. 왠지 모르게 나란히 쓴웃음. 그 사람들에게서 슬쩍 거리를 벌리려고 발을 옮기는데.

"나로서는 수호신도 보고 싶지만, 검은 보주를 한 번이라도 좋으니까 보고 싶어."

모험가 한 명의 말에 움직이려던 발이 우뚝 멈추었다.

"그거 하나면 왕도에 성을 세울 수 있다고 들었는데, 진짤까?"

"진짜라나 봐."

"뭐, 전설의 보주니까."

등골이 차가운 게 흘렀다. 멈춰있던 다리를 어떻게든 움직여서, 조금 서둘러 그들과 거리를 벌렸다. 우리 둘 다 말이 없었다. 주위에 아무도 없는 것을 확인한 뒤 크게 숨을 내뱉었다.

"아이비, 혹시나?"

"혹시나겠죠……."

""하하하.""

사람이 적은 곳으로 이동하는 동안에도 수호신 이야기는 귀에 들어왔다. 아무래도 꽤 소문이 짜한 모양이다. 문헌에는 검은 몸에 하얀 무늬가 들어있다고 나왔다는 둥, 요정은 한 마리만이 아니라 여럿 있을 가능성이 있다는 둥. 어느 이야기든지 숲에서 만난 거대한 서펀트와 검은 새끼들을 연상시키는 것들. 참고로 검은 보주의 힘은 죽은 사람을 되살릴 수 있다는 모양이다. 그 이야기를 들은 순간 죽은 사람이 땅에서 나오는 상상을 해버렸다. 다급히 머리를 흔들어서 상상을 지웠다. 이건 그냥 전생의 내 기억일 뿐이지, 진짜로 필요 없는 것이다.

"왜 그래? 안색이 안 좋은데, 괜찮아?"

"괜찮아요. 그렇긴 해도 검은 보주에는 엄청난 힘이 있나 보네요."

"사람을 되살릴 수 있나. 그런 게 있다는 이야기는 못 들었으니까 단순한 소문이라고 생각해."

"그런가요?"

"그래, 그런 힘이 있으면 전세계에 검은 보주 이야기가 퍼졌을 거야."

분명히 드루이드 씨의 말이 옳다. 이 마을에서만 그런 이야기가 퍼진 것은 이상하다.

"하아~, 일단 그걸 감정하기 전이라서 다행이야."

"그러네요."

드루이드 씨와 비슷하게 한숨을 내쉬었다. 혹시 아무것도 모른 채 감정을 받았다간 큰일이 일어났겠지. 검은 보주가 아닐 가능성도 있지만, 확인하기에는 너무 위험하다. 가방 속 깊숙한 곳에 넣어두자.

"여기에 계속 있을 수도 없으니까 광석이나 팔러 갈까."

"응."

잠시 동안 휴식했지만, 계속 여기에 있을 수도 없기에 드루이드 씨의 뒤를 쫓아서 걸어갔다. 카운터를 보니, 마침 앞 사람의 용무가 끝났는지 바로 대응해줄 것 같다.

"어서 오세요. 어떤 일로 오셨습니까?"

길드 카운터에는 살짝 눈매가 곤두서서 날카로운 인상의 여성이 있었다.

"동굴에서 채취한 광석을 팔고 싶은데, 괜찮겠습니까?"

"예, 좋습니다. 그럼 여기에 팔 물건들을 넣어주세요."

길드 언니가 작은 바구니를 꺼냈다. 그 안에 팔기로 한 여덟 종류의 광석을 다섯 개씩. 마지막으로 흑석 세 개를 넣어서 언니에게 돌려주었다.

"감사합니다. 잠시만 기다려주세요."

바구니를 언니에게 돌려주자, 번호표 같은 것을 내주었다. 그걸 받고 의자에 앉아서 기다렸다. 언니도 감정 스킬이 있는 건지 광석을 하나하나 확인하고 있다. 잠시 뒤에 쿠당 하고 의자가 쓰러지는 소리가 나더니 언니가 다급히 어딘가로 달려가는 뒷모습이 보였다.

"드루이드 씨."

"으음~, 레어인가. 레어 중의 레어가 아니라면 좋겠는데."

"그러네요. 다섯 개가 아니라 두 개씩만 가져오면 좋았을까요."

"그게 문제가 아닌데. 하지만 다섯 개는 좀 많았나. 왜 그렇게 했더라?"

언니가 조금 흥분했는지 얼굴이 붉었다든가, 언니에게 이야기를 들은 남성이 2층으로 달려가는 모습 같은 건 보고 싶지 않아요.

230화 목표 달성!

"죄송합니다. 이런 곳으로 모셔서."

지금 있는 장소는 상업 길드 2층에 있는 방. 우리 앞의 테이블에 차를 준비한 것은 안경을 낀 남성으로 이름은 아지르크 씨. 아주 신사적인 분이다.

"아뇨."

눈앞의 소파에 앉아있는 또 다른 사람은 감정인들의 우두머리 같은 사람으로 이름은 드로 씨. 다소 배가 나온 50살 정도의 남성이다. 이 사람, 왜인지 아까부터 콧김이 가쁘다.

"이, 이 광석은 어디서 손에 넣었습니까!"

차를 마시려고 손을 뻗는데, 드로 씨가 갑자기 상체를 쭉 내밀면서 큰 소리로 물었다.

"히익!"

그 박력에 입에서 작은 비명을 흘리며, 옆에 앉아있던 드루이드 씨에게 매달렸다. 드루이드 씨는 그런 내 머리를 부드럽게 쓰다듬어 진정시켜주었다. 그를 보니, 이마에 잔뜩 주름살을 만들며 드로 씨를 제대로 노려보고 있었다.

"드로, 애를 겁주면 어떻게 하나! 아, 이거 죄송합니다."

아지르크 씨가 드로 씨의 머리를 세게 때렸다. 꽤 소리가 크게 울렸기에 아플 것 같다.

"미안. 좀 흥분해서."

"아뇨, 그래서 어느 광석 이야기입니까?"

눈에 핏발이 선 사람을 앞에 두고 냉정하게 대응하는 드루이드 씨는 역시 감탄스럽네. 그렇긴 해도 드루이드 씨의 목소리가 평소와 달리 낮다. 살짝 화난 것 같다.

"이쪽의 네 종류 말입니다만."

아지르크 씨가 테이블에 광석들을 늘어놓았다. 하나 같이 숲속의 동굴에서 채취한 것들이다. 노란색 광석에 연파랑색에 갈색이 섞인 광석, 녹색 얼룩무늬가 있는 광석에 언뜻 봐선 바위로밖에 보이지 않는 광석.

"왜 이 광석들에 대해 캐묻는 건지 이유를 설명해주시겠습니

까?"

딱딱한 목소리로 질문하는 드루이드 씨. 역시나 모험가 출신인 만큼 박력 있는 목소리네. 드로 씨도 조금 당황한 기색.

"어어, 그게 말이죠."

"드로 자네 탓이야. 따님 분에게 겁을 주지 않았나."

나? 그러고 보면 아직 드루이드 씨에게 매달려있는 상태였다. 조금 부끄러워져서 고쳐 앉았다.

"괜찮아?"

"응, 고마워."

내가 고쳐 앉자, 왜인지 드로 씨와 아지르크 씨가 안도한 표정을 하였다.

"으음, 광석 말입니다만, 이 네 종류는 하타우 마을을 지키는 신의 둥지에 있는 광석으로 알려져 있습니다."

우와~, 기막힌 물건을 가져와버렸다. 아니, 둥지라고? 혹시 숲 속의 동굴이? 혹시 그렇다면 무단으로 가져왔다는 소리가 되네. 하지만 서펀트 씨는 화내는 눈치가 없었는데…….

"죄송합니다. 우리는 이 마을의 수호신에 대해 자세히 모릅니다만, 둥지란 게 그 동굴 말입니까?"

드루이드 씨의 질문에 아지르크 씨가 고개를 끄덕였다.

"그렇습니다. 숲속 깊은 곳에 있다고 알려졌지요. 몇 번이나 찾아보려고 했습니다만, 마물이 많아서 도무지 찾을 수 없었습니다."

그 동굴에 그렇게 깊은 곳에 있었어? 발밑에만 신경 쓰고 있었으니까 기억에 없는데. 게다가 마물? 분명히 있기는 있었지만, 다들 시엘이 쫓아냈으니까. 어떤 마물이 있었는지 모르겠고.

"그렇군요."

드루이드 씨가 차분하게 맞장구를 쳤다. 어쩌려는 걸까. 함부로 내가 끼어들 수도 없고.

"죄송합니다만, 그 동굴이 어디에 있는지는 나도 모릅니다."

"어? 하지만 그 광석은?"

"도중에 길을 잃어서 말이죠. 헤매다가 어느 틈에 동굴에 도달했습니다."

으음, 내가 끼어들지 않는 게 좋겠네. 드루이드 씨가 무슨 소리를 하는지 모르겠고. 표정을 지키는 것에만 주의하자. 나를 보고 거짓말이라고 눈치 채기라도 하면 큰일이다.

"길을 잃었다고요?"

"예, 도중에 나침반을 떨어뜨리는 바람에."

나침반은 방향을 가리키는 아이템으로, 여행의 필수품 중 하나다. 다만 나는 그런 거 없지만. 드루이드 씨의 나침반을 구경한 적이 있는데, 하타우 마을에 오는 여행에서는 한 번도 활약하지 않았지. 시엘의 뒤를 따라가는 여행에서는 그게 나올 일이 없다.

"나침반을! 그거 참 고생하셨군요."

"예, 도중에 약초를 좀 따러 길을 벗어났는데, 그때 길을 잃어버려서."

약초를 딴 것은 사실. 이것도 시엘이 데려가준 거였지만. 희귀한 약초가 많이 나는 곳이라서, 그만 시간도 잊고 많이 땄지. 그 약초들의 절반 정도는 건조시켜서 조미료로 쓰고 있습니다. 아, 남은 약초를 길드에서 팔 예정이었는데, 까맣게 잊고 있었네.

"이 아이가…… 아이비가 있었기에 마음이 조급했지요. 엿새 정도 숲을 헤맨 끝에 동굴을 발견했던 겁니다."

"엿새나! 정말 고생천만이셨군요."

"예, 지금 어디에 있는 건지 종잡을 수도 없었으니까요."

드루이드 씨, 연기가 대단하네.

"그렇게 발견한 동굴에서 광석 채취를?"

"설마요, 무서워서 동굴 안에 들어가기나 하겠습니까. 입구 근처에서 밤을 지새웠는데, 그 근처에 떨어져 있던 것을 주웠을 뿐입니다."

사실은 동굴 안에까지 들어갔지요. 시엘이 데려가주었고, 도중에 소라나 프렘도 자유롭게 탐험하였고. 나중에 드루이드 씨에게 들은 이야기인데, 동굴은 꽤나 위험한 장소라서 절대로 자유행동을 하면 안 된다고 한다. 나도 소라도 시엘도, 드루이드 씨의 이야기에 조금 놀랐어. 그 모습을 본 드루이드 씨는 고개를 푹 숙였지만.

"그럼 어떻게 이 마을에!"

드로 씨가 또 흥분하기 시작했다. 역시 좀 무서워.

"동굴 근처에서 커다란 동물인지 마물인지가 지나간 흔적이 있었습니다. 정말 마지막 수단이다 싶어서 그 흔적을 따라갔더니 하타우 마을과 오르 마을의 중간 지점으로 나온 겁니다. 그때는 정말로 죽다 살아났구나 생각했지요."

흔적? 그러고 보면 모험가들이 수호신의 흔적을 보았다고 그랬지. 그걸 이용한 건가. 대단해.

"동굴 근처에서 길까지 흔적이라. 어이."

"안 됩니다."

드로 씨가 뭐라고 말하기 전에 아지르크 씨가 막았다. 거기에 드로 씨의 표정이 일그러졌다.

"왜지? 수호신의 둥지를 알 가능성이 있는데."

"올해 겨울은 너무 위험합니다. 이미 이 추위 때문에 동사자가 나왔습니다."

어? 동사자가? 분명히 너무 춥긴 해.

"큭, 하지만. 하지만 흔적이 사라질지도 모르는데."

"이미 없어졌을 거라 생각합니다. 아시지 않습니까."

아지르크 씨가 한숨을 내쉬었다. 흔적이 없어? 드루이드 씨의 말이 사실이라면 아직 흔적이 사라질 만큼 시간이 흐르지 않았을 텐데. 나무에 난 흔적 같은 건 몇 달이나 남아있는 경우도 있다. 뭐, 거짓말이니까 애초에 흔적 같은 건 없지만.

"왜 흔적이 없어졌다는 거지요? 아직 남아있어도 이상할 것 없을 텐데요?"

드루이드 씨도 의아하게 생각한 모양이다.

"수호신의 흔적은 이틀 정도면 사라집니다."

이틀이면? 그렇구나.

"그랬습니까? 그럼 우리는 정말 운이 좋았던 거군요."

"그렇습니다."

"그런데 이 광석은 매입해주지 않을 겁니까?"

아, 수호신의 둥지에서 얻은 광석이라면 못 팔려나? 혹시 그렇게 되면 예정이 어긋나는데.

"매입하겠습니다! 아니, 혹시 더 있다면 죄다 팔아주십시오."

드루이드 씨의 말에 드로 씨가 테이블에 두 손을 짚으며 단언했다. 그리고 고개까지 숙였다. 왠지 드로 씨는 동작 하나하나가 참 요란스럽네.

"으음, 있기야 조금 더 있긴 한데요."

드루이드 씨는 드로 씨의 박력에 다소 눌린 눈치다. 방금 전하고는 반대네.

"고맙습니다. 얼마나 더 있습니까? 으음~, 설마 이 광석을 또 보는 날이 올 줄이야. 감개 깊군!"

드로 씨의 기분이 고양되었는지, 얼굴이 달아올랐다.

"넘겨드리기 전에 각각의 금액을 들을 수 있습니까?"

"응? 아, 그렇군요. 오른쪽부터 각각 하나당 2라다르, 1라다르, 1라다르, 3라다르입니다."

역시 다섯 개씩이 아니라 두 개씩 가져올 걸 그랬다. 금액은 황색 광석이 하나에 2라다르. 연파랑색에 갈색이 섞인 광석이 하나에 1라다르. 녹색 반점이 있는 광석이 하나에 1라다르. 언뜻 보기엔 바위 같은 광석, 이중에서 제일 싸 보이는데 하나에 3라다르. 죄다 다섯 개씩 있으니까 35라다르. 목표금액이 너무 간단히 달성되었네.

231화 한 번이면 충분

드루이드 씨와 여비를 모을 요량으로 만들었던 가족계좌의 잔고를 확인했다. 지금 막 입금된 115라다르에 원래부터 있던 190라다르. 합계 금액은 305라다르. ……금화 305닢인가~.

"일처리가 꽤 빠르군. 응? 왜 그래, 아이비?"

"아니. 왠지 현실미가 없어서."

왠지 정신이 허공을 막 떠다니는 느낌이다. 다시금 잔고를 확인했다. ……305라다르…….

"괜찮아?"

"아뇨, 아니."

대답을 한다고 했는데, 무슨 소리를 하는 건지 스스로도 이해 못할 말이 튀어나왔다. 아무튼 좀 진정하자.

"후우~, 괜찮아, 괜찮아."

"뭐, 보통은 놀라는 법이지. 오르 마을에서 하타우 마을까지 오는 동안에 100라다르나 모았으니까."

이럴 때에 드루이드 씨와 내 금전감각이 다르다는 게 느껴져. 드루이드 씨는 단시간에 100라다르 이상의 돈을 번 것에 놀라고 있다. 나도 그거에 놀라긴 하지만, 그보다도 공포를 느끼고 있다. 수중에 300라다르를 움직일 수 있는 카드가 있다는 사실에! 가방 안도 무섭지만, 카드도 무섭다. 뭐, 카드는 인출할 수 있는 사람이 한정되어 있으니까 그나마 낫나. 이 카드를 절대로 잃어버리지 않도록 해야겠어. ……안 돼, 역시 무서워.

드로 씨가 금액을 제시한 뒤, 나는 드루이드 씨와 이야기할 시간을 잠시 얻었다. 그때 하타우 마을에 오는 동안에 입수한 광석 중 흑석을 제외한 것을 모조리 팔아버리기로 결정했다. 이유는 포션이나 마석만 해도 마음이 무거운데, 거기에 확실하진 않다지만 검은 보주까지 추가되었다. 이 이상 어깨에 멘 가방에 든 물건들에 마음고생을 겪고 싶지 않았기 때문이다.

"확인은 끝마치셨습니까?"

뒤에서 아지르크 씨의 목소리가 들렸다. 돌아보니, 처음에 대응해준 여성의 모습도 있었다.

"예, 처리가 빨라서 놀랐습니다. 고맙습니다."

"감사합니다."

드루이드 씨를 따라서 감사의 말과 함께 가볍게 고개를 숙였다.

"이쪽이야말로 거래해주셔서 감사합니다. 나머지는 가치가 확정되는 대로 연락해드리면 되겠습니까?

이번에 팔러 내놓은 것들 중에는 바로 가치를 정할 수 없는 광석이 두 종류 있었다. 아무래도 가치 변동이 심한 모양인지 매입자가 나타날 때까지는 가치를 알 수 없다는 모양이다.

"그것 말인데, 가격은 얼마가 되어도 상관없으니까 팔아주세요."

"그래도 되겠습니까?"

"네. 잘 부탁드립니다."

아지르크 씨는 다소 놀란 표정을 하였지만, 곧 고개를 끄덕여주었다.

"그럼 팔리거든 금액은 넣어드리도록 하겠습니다. 확인해주실 서류가 있으니까 돈이 들어가는 대로 와주세요. 여기 여직원에게 서류를 맡겨둘 테니까요."

"알겠습니다. 오늘은 이만 실례하겠습니다."

드루이드 씨가 고개를 숙이기에 함께 숙였다. 아지르크 씨도 가볍게 고개를 숙여주었다. 옆의 여성이 왠지 놀란 표정을 하며 아지르크 씨를 보았지만, 대체 어째서일까?

상업 길드를 나와 한동안 걷자, 몸에서 힘이 쭉 빠졌다. 역시 긴장했던 모양이다.

"뭔가 일이 커지긴 했지만, 어떻게든 끝났군."

드루이드 씨도 지친 듯이 목소리에 힘이 없었다.

"그러네요. 앞으로 모르는 물건을 팔 때는 하나만 팔죠."

"그래. 다만 이런 일은 한 번으로 충분하지만."

"맞아요. 그렇긴 해도 계약서 같은 걸 용케 생각했네요."

이번에 동굴에서 캔 광석을 팔 때 드루이드 씨는 드로 씨와 아지르크 씨에게 어떤 요구를 하였다. 그것은 매각자의 정보를 숨겨달라는 것.

"이 마을의 모험가나 귀족에게 알려지면 자못 시끄러울 테니까. 예방선을 그었을 뿐이야."

두 사람은 다소 놀랐다. 왜냐면 자랑하면 했지 숨길 필요가 전혀 없기 때문이다. 이유를 묻는 두 사람에게 드루이드 씨는 [소동이 이는 건 싫다]라고 웃으며 대답했는데, 아무래도 납득하지 않는 눈치였지.

다음에는 모험가 길드로 향했다. 숲속에서 발견한 쓰레기장을 보고하기 위해서다. 보고로만 끝나면 간단하겠지만, 대응해주는 사람이 살짝 화난 모습이라서 무서웠다. 역시 무단으로 쓰레기장을 만드는 것은 꽤 못된 짓인 모양이다. 모험가 길드를 나서자 어깨에서 힘이 빠졌다.

“왜 그래?”

“아뇨, 배가 고파오네요.”

“그러고 보면 점심을 아직 못 먹었지.”

그러고 보니 못 먹었네. 아침부터 옷가게에 갔다가 예상 이상으로 시간을 들였고. 다음 길드에서도 생각 이상으로 시간이 걸렸다.

대로를 따라 숙소를 향해 걸으면서 주위를 보았다. 역시 눈에 들어오는 것은 색색의 수프.

“식욕이 달아나는 색깔이지만 궁금하네요.”

힐끗 쳐다본 파란색 수프. 옆에는 핑크색 수프까지 있었다.

“그렇긴 해. 무슨 맛일지 색깔로는 도무지 예측이 안 되니까 궁금해진단 말이지.”

드루이드 씨도 같은 생각인 모양이다. 잠깐 멈춰 서서 파란색 수프를 파는 가게를 살펴보았다.

“오늘은 예상보다 돈도 조금 더 들어왔고…….”

아니, 조금 정도가 아니다. 아, 하지만 드루이드 씨에게는 조금인 걸까?

“축하란 의미로.”

어? 축하로 저 파란색 수프를 사는 건 좀 싫은데.

“……한 번 먹어봐?”

드루이드 씨가 나를 보았다.

"……하나만."

아무래도 궁금해!

"물론이지."

파란색 수프를 파는 가게는 이번에 본 것만 해도 세 군데. 맛이 똑같은지는 모르지만, 아무튼 눈앞의 수프 가게에서 사보기로 했다.

"어서 오세요."

"한 그릇만 줘."

"예이. 다 드시고 그릇을 반납해주세요."

"그래, 가격은?"

"800다르."

돈을 내고 수프가 든 그릇과 스푼을 받았다. 근처 의자에 앉아서 둘이서 천천히 그 수프를 바라보았다.

"……가위바위보로 할까?"

"응."

파란 수프는 생각보다 식욕이 안 나니까 어쩔 수 없지.

"아."

져버렸다. 드루이드 씨의 얼굴을 보니 입가가 살짝 풀어져 있다. 진짜로 기쁜 모양이다.

"먹어봐."

"우우~."

어쩔 수 없으니 수프를 한 모금 먹었다.

"……어때?"

드루이드 씨가 걱정스레 나를 보았다.

"으음~."

뭐라고 할까, 달달하다. 전혀 예상하지 않았던 맛이라고 할까, 많이 달다.

"어어, 그러니까 말이죠, 달아요."

"달아?"

"응."

"그냥 달기만 해?"

"응."

건더기는 있지만 수프가 너무 달아서 다른 맛이 전혀 느껴지지 않는다. 하나만 사길 잘했다. 드루이드 씨에게 스푼을 건네자 조심조심 수프를 입에 넣었다.

"윽."

입에 넣은 순간 드루이드 씨가 신음을 흘렸다. 아무래도 전혀 안 맞는 맛이었던 모양이다. 그러고 보면 드루이드 씨는 단맛이 강한 과자도 안 먹었지. 산뜻한 계열의 단 음식만 먹었다.

"너무 단가요?"

"좀 그러네. 하지만 참 신기한 것도 다 있군."

어떻게든 수프 한 그릇을 둘이서 다 먹었다. 이렇게 수프를 고생스럽게 먹은 건 처음이다. 그릇을 가게에 돌려주고 기분전환으로 대로를 걸었다.

"그 가게의 수프가 너무 단 것뿐일까?"

"글쎄요? 그 가게랑 같은 냄새가 나는 수프 가게가 많았으니까, 어쩌면 다른 가게의 수프도 달지 모르겠네요."

식재료가 다르면 풍기는 냄새도 다르다. 하지만 아까 그 수프 가게와 비슷한 냄새를 풍기는 수프 가게가 많다. 그러니까 어쩌면 이 마을의 수프는 단맛이 주류일지도 모르겠다.

"혹시 그렇다면 이 동네 수프는 두 번 다시 못 사겠군."

"그러네요. 저도 조금. 아, 하지만 숙소에서 나온 하얀 수프는 아주 단맛이 적당해서 맛있었지요."

"그러고 보면 그랬지. 특제 수프는 맛있었어. 역시 우리가 수프 가게를 잘못 골랐을 뿐일까?"

그 가게만 그런가? 다른 가게를 시험해볼 용기는 없기에, 숙소 주인에게 확인해보자. 어라?

"드루이드 씨는 전에도 이 마을에 온 적이 있지 않나요?"

"몇 번 오긴 했는데, 매번 두 시간 정도만 있다가 떠났으니까. 자세히는 몰라."

그랬구나.

"아, 그렇지. 모험가용 아이템을 파는 가게에 가고 싶은데, 기운

남아있어?"

"괜찮긴 한데, 뭐 사게?"

"음, 자물쇠가 달린 매직박스를 살까 해서."

자물쇠가 달린 매직박스?

"중요한 물건을 넣어두기 위해 필요할까 싶어서."

중요한 물건……. 누가 보면 소동이 일어날 만한 포션이라든가? 분명히 빛도 나니까 실수로라도 가방에서 꺼냈다간 눈에 띈다. 잠글 수도 있으면 그런 일을 막을 수 있을까?

"그거 말고도 기능이 더 많은 매직백도 보고 싶고."

기능이 많은 매직백? 왠지 재미있겠네. 가슴이 두근거리기 시작했다!

232화 보물찾기

대로에서 옆길로 들어가서 두 번째 골목을 오른쪽으로 꺾은 곳에 있는 가게. 경비를 도는 자경단원에게 물어봤더니, 매직아이템이라면 여기서 사라고 추천해준 곳이다.

"여기로군."

“크네요. 기대돼요!”

“옷을 고를 때보다 신이 났잖아.”

“응.”

“……으음, 그건 좀 그렇지 않나?”

드루이드 씨가 고개를 수그리는 것도 모른 채 두근거리는 마음에 가게에 들어갔다. 텐트를 산 가게에서도 생각했지만, 정말로 다양한 아이템이 있다. 게다가 그게 복잡하게 있어서 완전히 보물찾기하는 기분이다.

가게 안쪽을 보니, 신기하게도 여성의 모습. 이쪽을 보기에 한 차례 고개를 숙였다.

“실례하겠습니다. 구경 좀 해도 될까요?”

“응, 그래. 궁금한 게 있거든 물어보고.”

“네. 고맙습니다!”

다행이다. 좀 차가운 인상이길래 겁먹었는데.

“아이비?”

“가게 사람에게 허가를 받았으니까 마음껏 보물을 찾아보죠!”

내 모습을 보고 드루이드 씨가 웃었다.

“보물찾기라. 분명히 그렇군.”

가게의 진열대에는 정말로 별의별 아이템이 꽉꽉 들어차있었다. 진열대와 진열대 사이의 통로에도 아이템이 쌓여있어서, 어디에 뭐가 있는지 전혀 모르겠다. 이중에서 필요한 물건을 찾는 거니까 또 재미있다. 게다가 모르는 아이템을 손에 들고 구경할 수 있으니 정말로 재미있다.

"좋아, 일단은 아이템박스와 기능 많은 매직백을 찾자."

"열심히 찾아요!"

둘이서 서로 다른 통로로 들어가서 각자 아이템을 확인하였다.

"매직박스라는 건 상자 모양이겠지? 상자를 찾으면 될까?"

진열대에서 상자 모양 아이템을 하나씩 집어서 확인하고 다녔다. 이런 가게에서는 진열대에 아이템의 기능을 읽어내는 아이템이 놓여있다. 이 가게에서도 준비되어 있기에 그것을 써서 손에 든 아이템이 뭔지 조사하였다.

"없네."

손에 든 아이템을 읽어보니 [쓰레기통 무취]라고 표시되었다. 버린 쓰레기에서 냄새가 나지 않게 하는 건가? 잘 모르겠네. 그렇긴 해도 쓸 만한 게 안 보여~.

"힘드네."

"아이비, 뭐 좀 찾았어?"

"아뇨, 드루이드 씨는?"

"두 개 찾았어."

그러면서 보여준 것은 3센티미터 정도 크기의 상자와 그보다 한층 큰 상자. 기능을 읽어내는 매직아이템을 작은 상자에 가져가자 [매직박스 30리터 시간정지, 자물쇠 기능 등록2]. 또 하나 있는 큰 상자는 [매직박스 30리터 자물쇠 기능 등록 3].

“이 등록이란 말은 뭔가요?”

“열 수 있는 사람을 박스에 기억시킬 수 있는 거야.”

우와아, 그런 기능이 있구나.

“이 박스의 열쇠는 어디 있나요?”

“이런 타입은 등록한 사람의 손바닥이 열쇠가 돼. 그러니까 열쇠를 잃어버려서 낭패를 볼 일도 없지.”

경험이 있는 건지 살짝 시선을 흐리는 드루이드 씨.

“경험이 있나요?”

“그래, 스승님이 열쇠를 잃어버렸거든. 그때는 정말로 고생했지.”

역시나 그 분은 별일을 다 저지르는구나. 그러고 보면 열쇠를 잃어버린 매직박스는 어떻게 되었지?

“열쇠를 잃어버리면 어떻게 되나요?”

“포기할 수밖에 없어.”

“그건 슬픈 이야기네요.”

“그래. 아, 그렇지, 만일의 경우를 생각해서 길드에 등록할 예정이니까.”

“만일의 경우?”

“이런 타입의 박스를 훔치는 녀석은 거의 없어. 열 수가 없으니까. 하지만 이따금 바보가 있거든. 도전해보려는 녀석이 말이야.

하지만 실제로는 열 수 없으니까 결국에는 버리지. 그렇게 주인 불명의 박스가 되었을 때, 길드에 미리 등록해두면 돌아오니까."

그렇구나, 분명히 만일의 경우를 위해 등록이 필요하네.

"그래서 어느 쪽이 좋을 것 같아?"

"그렇군요, 어느 쪽이 좋을까요?"

크기는 다르지만, 들어가는 용량은 30리터로 똑같네. 차이는 등록수와 시간 정지. 포션을 넣을 거면 시간 정지가 필요할까?

"작은 쪽일까요?"

"용량이 같으니까, 역시 작은 게 좋겠지."

"큰 쪽에는 시간 정지가 없어서."

"응? 아, 그런가. 그게 있으니까 시간 정지는 필요한가."

드루이드 씨는 아무래도 포션에 대해 생각하지 못했던 모양이다. 열화판 포션만큼 빠르지는 않지만, 정규품 포션도 시간 경과와 함께 열화된다. 그렇기 때문에 포션을 장기간 가지고 다닐 경우에는 시간 정지의 가방 등에 포션을 넣어두는 게 상식이다. 이거면 정규품 포션은 열화되지 않는다. 다만 열화품은 시간 정지에 넣더라도 속도는 느리지만 열화가 계속된다.

"그럼 이 작은 쪽이 좋겠군. 30리터나 되면 중요한 건 다 들어가겠지?"

"괜찮을 거야."

가방 안에 있는 것은 소라의 포션과 프렘의 마석. 거기에 검은 보주, 그리고 흑석이 12개.

"남은 건 기능 많은 매직백인가."

매직백이라면 이쪽 진열대에 쌓여있었지.

"드루이드 씨, 저쪽 진열대에 쌓여있어요."

내가 가리키는 곳에는 둥글게 말려서 꽂혀있는 매직백들.

"좋아, 하나하나 확인할까."

"응."

"뭘 찾는 거야?"

진열대로 다가가는데, 뒤에서 목소리가 들렸다. 그게 생각 외로 가까워졌기에 놀라서 돌아보았다. 뒤로 좀 떨어진 곳에 선 여성의 모습이 있었다.

"매직백입니다. 기능이 있는 게 없을까 싶어서."

갑자기 나타난 여성에게 드루이드 씨도 놀랐는지 목소리에 당황한 빛이 있었다.

"기능 있는 매직백?"

"예. 있습니까?"

"아, 거기 있는 건 그냥저냥인 물건이야."

그냥저냥?

"어떤 기능이 필요해?"

"그렇군요. 위장 기능이 있는 가방은 있습니까?"

위장 기능?

"분명히 어디 있긴 할 텐데, 뭐에 쓰려고?"

"귀중품을 숙소에 놔둘 때에 쓸 겁니다. 거기 직원들은 좋은 사람이지만, 아무래도 사람들이 드나드는 곳이니까."

"그렇군. 잠깐만 있어봐."

여성은 그렇게 말하더니 가게 안쪽으로 돌아갔다.

"가지고 다닐 거 아닌가요?"

"겨울은 범죄가 늘어나는 계절이니까, 가지고 다니는 건 위험하다 싶어서."

들어본 적이 있다. 겨울에는 월동을 위해 범죄를 저지르는 사람이 늘어난다고. 이 마을도 그런가?

"그렇긴 해도 귀중품이 든 가방을 그대로 방에 놔두기도 무서우니까."

그건 너무 무섭다.

"그러니까 대책으로 매직박스에 넣어두고 열 수 있는 사람을 제한을 거는 거지. 그리고 위장 기능이 있는 매직백으로 특정 사람 말고는 보이지 않도록 할까 하고."

"위장 기능이 있는 매직백 같은 게 있군요. 놀랐어요."

"몰랐어?"

"응."

"그런가. 매직백에 있는 기능은 재미있어. 대체 어디에 써야 할지 모를 기능도 있으니까."

어떤 기능일까?

"찾았어. 벨 기능이 있는 것도 있는데, 어떻게 할래?"

"벨 기능?"

"그래, 매직 아이템의 기능을 멈추기 전에 건드리면 벨이 울려. 당신들 말을 들어보니 벨 기능이 있는 게 좋을 것 같은데."

응? 매직백의 기능은 켜거나 끌 수도 있어? 나중에 드루이드 씨에게 천천히 확인해보자.

"이쪽은 벨 대신 독침이 들어있는 타입."

독침? 그건 좀 그렇다. 방에 들어갔더니 사람이 죽어있으면 안 되잖아.

"독침은 필요 없겠군요. 그냥 벨이면 됩니다."

"그리고 이거."

여성의 손에는 나무상자가 있었다. 예쁘게 조각이 새겨져서 보기에도 좋았다.

"지금 손에 든 그 박스랑 용량이나 기능은 같지만, 여기에는 추적 기능이 있어."

추적 기능?

"추적 기능이란 건 뭡니까?"

이번에는 드루이드 씨도 모르는 모양이다.

"박스를 누가 훔쳐가면…… 이거."

여성이 박스 안에서 꺼낸 것은 투명한 플레이트. 그 플레이트에

[추적]이라고 말하자, 불이 깜빡거리기 시작했다.

“이 빛이 박스가 있는 곳이야. 조금 떨어진 장소에 있을 때는 투명 플레이트에 화살표가 표시돼. 그 화살표를 따라가면 박스에 도달할 수 있을 거야.”

여성이 박스와 조금 거리를 벌리기에 따라가 보니까, 플레이트에 박스 방향을 향해 화살표가 표시되었다.

“도둑맞았을 때의 대책 기능이란 소리군요.”

“그래, 어때?”

“얼마입니까? 좀 비싸 보이는데.”

드루이드 씨의 말에 여성은 만족스럽게 끄덕였다.

“매직백과 매직박스. 양쪽 합쳐서 1라다르야.”

“어? 싸군요?”

드루이드 씨의 반응에 [싼가?] 싶어서 고개를 갸웃거렸다. 1라다르면 비싼 거 같은데.

“그래, 이건 밖에 내놓지 않은 물건이니까. 싸게 해줄게.”

232화 좀 부끄럽네요

여성의 이름은 로즈라고 해서, 이 가게의 주인. 이런 아이템 가게의 주인은 여태까지 남자밖에 못 봤기에 놀랐다.

"예이, 거래 고마워. 정비라면 꼼꼼히 해뒀으니까 험하게 쓰지만 않는다면 오래 쓸 수 있을 거야."

주인에게서 매직박스와 기능 있는 매직백을 받았다. 이걸 써보는 게 기대돼.

드루이드 씨는 돈을 지불한 뒤에 다른 아이템을 보러갔다. 딱히 탐나는 게 있는 것도 아니지만, 구경하고 다니는 게 재미있어진 모양이다.

"고맙습니다. 소중히 쓸게요."

"하하하, 좋은 마음가짐이야. 그렇지, 재미있는 가방을 소개해 줄게."

주인이 방 안쪽에서 가져온 매직백. 지금 들고 있는 것보다 크기도 용량도 작지만, 시간이 배속이 된다는 모양이다.

"시간이 빨라진다는 건가요?"

"그래."

시간 정지라면 알지만, 시간이 빨라지는 건 처음이네.

"으음? 하지만 그걸 어디에 쓰나요?"

"모르지."

어라, 모르는 거야?

"이 가방에 물건을 넣으면 금방 부서지고 썩으니까. 어디에 쓸지 떠오르질 않네."

이상하네, 아까는 추천하는 가방이라고…… 응? 아, 재미있는 가방이라면서 소개했지. 그렇긴 해도 망가지기 쉽고 썩기 쉽다니, 써먹을 데가 전혀 없는 가방이네.

"그리고 다음은 이거야. 통칭 [무서운 가방]이지."

무서운 가방? 이름도 이상하네. 주인이 가방에 손을 넣고 기능을 작동시키는 스위치를 눌렀다. 매직백에 붙은 기능을 작동시키는 법은 모두 손잡이 안쪽에 있는 스위치라는 모양이다.

"봐."

"히익."

주인이 가방에서 팔을 꺼내자, 팔이 잘려나가서 피가 나고 있었다.

"뭐 하시는 건가요! 얼른 의사를."

진열장의 아이템을 물색하던 드루이드 씨가 내 비명을 듣고 달려왔다. 그리고 주인의 부상을 보고 가방에서 천을 꺼내려고 했다.

"진정해, 괜찮으니까. 다친 것처럼 보일 뿐이야."

주인이 웃으면서 말하였다.

""어?""

이야기를 들어보니, 실제로는 잘려나간 게 아니라 그렇게 보일 뿐이라고 한다. 하나도 다치지 않았으니까 전혀 아프지 않다는 말이었다. 잠시 뒤에는 안 보이던 팔이 스윽 나타나고 피처럼 보이던 것도 말끔히 사라졌다. 정말로 아무런 일도 없었던 것 같은 상태로 돌아왔다.

"어디다 쓸지는 모르겠지만, 재미있지 않아? 사람을 놀래키는 데에는 충분하겠지?"

사람을 놀라게 하다니. 드루이드 씨와 함께 한숨을 내쉬었다. 그것을 보고 크게 웃는 주인. 첫 인상과 꽤 다르네. 차가운 인상은 어디로 간 걸까? 그렇긴 해도 기능 있는 매직백 중에는 어디다 쓸지 모르는 물건도 많구나.

"어쩐 일이지. 로즈가 그렇게 신나하다니."

어딘가에서 차분한 목소리가 들렸다. 목소리의 주인을 찾아보니, 가게 안쪽에서 왠지 온화한 인상의 남성이 가게로 나온 참이었다.

"그래? 나한테 즐거운 일은 매일 얼마든지 있는데."

"하지만 그렇게 크게 웃는 일은 드물지."

"뭐, 오랜만에 재미있는 손님이 왔으니까~. 비장의 물건들을 꺼냈어."

재미있는 손님들이라니 우리 이야기? 이건 주인이 우리를 마음에 들어 했다고 생각하면 되나? 하지만 이게 기뻐해도 되는 일일까?

“정말로 신기한 일이군. 처음 보는 얼굴인데, 여행자들인가?”

“네. 여행을 하고 있습니다. 이 마을에는 겨울 동안 머무를 예정입니다.”

“그렇군. 나는 로즈의 남편인 데로스라고 하네. 잘 부탁해.”

남편이었구나. 왠지 마음이 편해지는 분위기의 사람이야.

“죄송합니다.”

“응? 뭐지?”

“이거 사고 싶은데요.”

가게에 있던 손님이 주인을 부르는 소리가 들렸다. 아무래도 뭔가를 구입하고 싶은 모양이다.

“거참 귀찮네~. 돈만 놓고 나가면 될 텐데.”

주인은 크게 한숨을 내쉬더니 손님을 상대하러 갔다. 그걸 보고 웃는 데로스 씨. 참 신기한 사람들이네.

주인을 보니, 진열대를 가리키며 뭐라고 말하고 있었다. 아무래도 상품이 있는 위치를 가르쳐주는 모양이다. 그러고 보면 우리가 구입한 것은 양쪽 다 가게 안쪽에 있던 거였지. 뭔가 차이가 있나? 주인은 진열대에 있는 상품은 그냥 평범한 거라고 했는데. 근처 진열대에서 아이템을 집어 들었다. 꽤 잘 만들어진 것 같은데.

“이 가게에서 진열해놓은 물건들은 로즈에게 [뭐, 그렇게 나쁜 건 아니니까 팔아도 될까] 하는 정도야."

내가 아이템을 보며 고개를 갸웃거렸기 때문일까, 데로스 씨가 가르쳐주었다. 아니, 그렇게 나쁜 건 아니다? 내 눈으로 보면 진열된 아이템은 하나 같이 잘 정비되어서 괜찮은 상품이다. 드루이드 씨가 의아한 기색으로 아이템을 손에 들고 살펴보았다.

"로즈가 정말로 괜찮다고 생각한 물건은 진열해놓지 않아. 죄다 안쪽 방에 놔두고 있지."

우리가 구입한 물건들은 안쪽에서 가져와준 것, 즉 주인의 눈에 든 아이템이란 소린가. 왠지 기쁘다.

"귀찮기는~. 그런 건 알아서 해!"

갑자기 주인의 고함소리가 가게에 울렸다. 그쪽을 보니 모험가에게 화내고 있었다.

"왜 저러는 거죠?"

"무슨 일이 있었나?"

주인의 고함소리에 드루이드 씨가 나를 감싸는 위치에 섰다.

"로즈는 마음에 든 사람 외에게는 차가우니까~. 사람에 따라 태도가 휙휙 바뀌니까 문제야."

그렇게 말하면서 가게 안쪽에서 계산을 하는 로즈 씨를 따스한 눈길로 바라보는 데로스 씨. 왠지 이 두 사람을 보면 등골이 근질근질해진다.

"꽤나 눈이 높은 모양이군요. 내가 보기엔 여기 전시된 물건들도 꽤 좋은데요."

드루이드 씨가 진열된 아이템을 보며 말했다.

"로즈는 눈썰미 스킬을 가졌거든."

눈썰미 스킬? 그런 스킬이 있나?

"아, 진짜 못 해먹겠네."

"로즈, 손님에게 그렇게 소리 지르면 안 되지."

"알고 있어. 으으, 진짜."

주인의 분노가 데로스 씨와 이야기하면서 사라지는 게 느껴진다. 사이좋구나.

"아이비, 슬슬 돌아갈까."

"응. 아, 박스 등록은 언제 해?"

"내일 할까. 옷가게에도 갈 예정이 있고. 그렇지, 박스 등록은 어느 길드든지 가능합니까?"

"그래, 모험가, 상업 길드 양쪽 다 가능해. 등록해두게? 추천해주고는 있지만, 귀찮다면서 등록하는 녀석은 별로 없거든?"

"그렇긴 하겠지만, 만일의 경우를 생각해서."

"그렇긴 해."

"이 마을의 겨울은 어떤가요?"

"올해 겨울은 예상이 안 가네."

로즈 씨가 창밖을 보며 한숨을 내쉬었다.

"그 탓인지 범죄자가 예년보다 많은 것 같아. 아주 안타깝지만."

데로스 씨가 난처한 표정을 하였다. 드루이드 씨와 이야기한 것처럼 역시 범죄를 저지르는 사람이 늘어나는 모양이다.

"이 시기면 자경단이 경비를 강화하니까 보통은 금방 잡히는데 말이지, 바보들이야."

로즈 씨는 한심하다는 얼굴이다.

"이 마을의 자경단은 우수하군요."

"얼마 전에 범죄 집단에게 손을 빌려준 놈들이 대량으로 나와서 소동이 일었지만, 그래도 대충 우수하지."

그 범죄 집단은 내가 엮인 사건의 그 조직 말인가? 정말로 광범위하게 피해가 나왔네.

"대충은 아니겠지. 지금 단장은 정말로 우수하다는 평이잖아?"

"어, 그랬던가?"

데로스 씨는 자경단 단장을 꽤 높게 평가하는 모양이다. 로즈 씨는 비판이 아니라 반대도 아니라…… 부끄러움? 같은 느낌이었다. 얼굴도 좀 붉은 것 같은데?

"우리 아들입니다."

"그렇습니까. 대단하군요."

"흥."

그러니까 주인이 저런 표정을 하는 건가. 아, 데로스 씨의 눈이 아주 자상한 빛을 띠고 주인을 보고 있다. ……아니, 보고 있는 이쪽이 다 창피한데요!

"왠지 이 둘을 보고 있으니 멋쩍어지는군."

드루이드 씨도 두 사람을 보고 비슷한 느낌으로 어색한 분위기였다.

"응. 왠지 낯간지러워요."

로즈 씨를 보니 방금 전까지의 그 표정이 싹 사라졌다. 신기한 마음으로 쳐다보니, 작게 한숨을 내쉬는 게 보였다.

"하지만 앞으로 어쩌려나."

"로즈."

데로스 씨의 표정이 다소 어두워졌다. 무슨 일 있나? 두 사람을 보고 있으니, 로즈 씨가 쓴웃음을 지었다.

"정말로 우수한지는 문제가 일어났을 때에 알 수 있으니까."

뭔가 어색한 분위기가 흘렀다. 혹시나 커다란 문제라도 일어난 걸까?

234화 영 아니었나

"어서 와요."

"다녀왔습니다."

"지금 왔습니다."

숙소로 돌아오자 주인인 사리파 씨가 맞아주었다.

"가게는 어땠나요?"

"어어, 아주 좋은 가게를 소개받았습니다. 이것저것 사서 대만족입니다."

드루이드 씨가 기쁜 듯이 말하는 모습에, 사리파 씨도 기쁜 듯이 미소를 지었다.

"그렇죠? 도라는 이 동네의 좋은 가게들을 꿰고 있으니까 무슨 일이 있거든 물어봐요."

아, 수프에 대해 물어봐도 되나?

"저기, 이 마을의 노점 중에 수프 가게가 많던데, 원래부터 그런가요?"

"아니. 몇 년 전에 수프 전용 소스가 판매되었거든. 그때부터 늘었단다."

수프 전문 소스? 그렇다면 다들 그 달달한 소스를 써?

"혹시 먹어봤어? 최근에는 영 아닌 가게가 늘었다고 도라가 그랬는데, 괜찮았어?"

영 아닌 가게? 혹시 우리가 딱 그런 곳에 걸렸나?

"저기, 독특한 맛이었어요."

"영 아니었습니다."

나는 말을 적당히 흐렸는데, 드루이드 씨가 솔직하게 말했다.

그는 수프를 먹은 뒤에 안색이 안 좋았으니까. 맛없다고 말하고 싶은 마음은 이해된다.

"어머나, 진짜 이상한 곳도 있다고 들었는데, 괜찮아요?"

"예, 일단은."

"다행이네요. 아, 오늘부터 1주일 동안 저녁은 필요 없다고 도라에게 들었는데 맞나요?"

"그렇습니다."

오늘 아침, 1주일 동안 저녁은 필요 없다고 전하였다. 아, 다른 일들이 많아서 식재료를 보러 가는 걸 깜빡했네. 아직 매직백 안에 식재료가 있으니까 괜찮지만, 눈이 오기 전에 어느 정도 확보해두어야지.

"저기, 부탁이 좀 있는데요."

"뭡니까?"

사리파 씨의 부탁에 드루이드 씨가 고개를 갸웃거렸다.

"양을 잘못 재서 빵을 너무 많이 만들었는데 안 드실래요? 싸게 해줄 테니까 부탁이에요!"

빵?

"흰 빵인가요?"

"아, 오늘은 나무열매를 섞은 빵인데."

흰 빵은 아닌가. 그건 아쉽네. 하지만 나무열매를 섞은 빵도 맛있겠네.

"드루이드 씨, 사도 되나요?"

난 빵을 좋아하니까 먹고 싶어! 드루이드 씨도 내 취향을 알기에 웃으면서 승낙해주었다.

"그럼 좀 받아가지요."

"고마워요. 무슨 생각인지 30인분이나 만들어서."

30인분? 숙소에는 분명히 손님이 열네 명이고, 주인 내외. 우리를 포함해서 열여덟 명이지.

"다른 생각을 하면서 만들다가 또 저질러서. 도라에게 들키면 야단맞아요."

또? 조금 덤벙대는 구석이 있다고는 생각했지만, 조금이 아니라 자주 그런가? 왠지 귀여운 사람이네.

"사리파 씨."

"네?"

"저녁은 우리들끼리 해먹고 싶지만, 빵만 매일 부탁할 수는 있습니까?"

어, 빵만? 그럴 수 있으면 좋겠다. 드루이드 씨의 제안에 두근거리는 마음으로 사리파 씨를 보았다.

"물론 그래도 되지요."

와아! 빵을 매일 먹을 수 있어!

"그럼 부탁하겠습니다."

사리파 씨와 헤어져서 방으로 돌아왔다. 기분은 최고로 좋다.

"드루이드 씨, 고마워요."

"응? 아, 빵 이야기?"

"응, 매일 먹는다니 최고의 사치."

"[쌀]도 먹고 싶으니까 잊지 말고."

"그야 물론."

방에 돌아와서 아이들을 가방에서 꺼냈다.

"늦어져서 미안해. 포션은 여기 꺼내둘 테니까 먹어."

아이들의 포션을 준비하는 동안에 드루이드 씨가 이런저런 아이템을 방에 설치하였다. 소리가 밖으로 새어나가지 않는 아이템, 방에 누군가가 침입하려고 하면 소리가 나는 아이템. 그리고 이번에 구입해온 매직박스를 열고 가방에서 포션 등을 꺼내서 거기에 넣었다.

"아이비, 등록할 거니까 이리 와."

"네~. 천천히 먹어."

아이들의 포션을 다 늘어놓은 뒤에 드루이드 씨의 곁으로 다가갔다. 매직박스의 뚜껑 안쪽이 희미하게 빛났다.

"이 빛에 손바닥을 내밀어줄래?"

"응. 왠지 두근두근해."

"하하하, 아프지 않으니까 괜찮아."

빛에 손바닥을 내밀자, 빛의 선이 오른쪽에서 왼쪽으로 이동했다.

"자, 완료."

"이걸로?"

"그래, 등록 완료."

딱히 뭘 기대한 건 아니지만, 조금 더 뭔가가 있어도 좋았을 거 같은데.

"아이비, 나도 등록해도 될까?"

"어?"

드루이드 씨가 이상한 소리를 해서 고개를 갸웃거렸다. 그런 걸 나한테 물을 필요는 전혀 없는데.

"아니, 이 포션이나 마석은 아이비가 받은 거니까."

"아니에요, 우리 둘이 받은 거예요. 그러니까 드루이드 씨가 마음대로 써도 문제 없어요."

"그런가."

드루이드 씨는 이상한 데서 사양하는 경향이 있네. 이런 사양이 옷을 고를 때에는 왜 전혀 안 나오는 걸까. 이상하다.

"좋아, 여기에 또 넣고 싶은 거 있어?"

"없어요."

박스 안을 보았다. 빛나는 포션 열 개. 그리고 검은 빛이 도는, 아마도 검은 보주. 그리고 흑석이 몇 개. 투명도가 높은 붉은 마석. 왠지 박력이 있네. 슬쩍 시선을 돌리고 조용히 뚜껑을 닫았다.

"찰칵 소리가 나면 잠겼다는 거니까."

뚜껑을 닫을 뿐이면 소리가 나지 않기에 살짝 뚜껑을 눌러보았다. 찰칵 소리가 들렸으니까 이걸로 잠긴 모양이다.

"문제는 이건데."

그렇게 말하며 드루이드 씨가 손에 든 것은 위장 기능이 있는 매직백. 내가 고개를 갸웃거리자.

"어디에 둘까."

"아, 위치 이야기구나."

위장 기능이 있으니까 겉모습은 숨길 수 있다. 하지만 만지거나 위에 올라가보면 바로 들통이 나겠지.

"누가 건드리지 못하게 하려면 역시 책선반이 좋을까."

방 안에는 텅 빈 책선반이 있었다. 가늘고 높은 선반이니까 가방을 두기에는 딱 좋다.

"위장 기능이 있으면 누구든 거기 놓을 것 같으니까, 무슨 일이 있으면 바로 조사하지 않을까요?"

"……분명히 그렇긴 하군."

그렇긴 해도 달리 좋은 장소는 없는데. 방에 비치된 선반의 문을 열었다. 시트나 타월 등이 잘 정리되어 있었다.

"드루이드 씨, 여기에 두지 않을래요?"

"그 선반에?"

"네, 가득 차 있는 것도 아니니까 가방이라면 쉽게 들어가요."

하지만 이 선반도 너무 뻔한가? 그래도 마음 같아서는 문이 있으니까 여기가 낫긴 한데.

"아, 그렇군."

드루이드 씨가 뭘 떠올렸는지, 소라와 아이들이 있는 쪽에 시선을 주었다.

"소라, 프렘, 시엘. 위장 기능이 있는 가방을 어디에 두면 좋을 것 같아?"

식사가 끝나서 쭉쭉이 운동을 하는 소라. 왜인지 같이 쭉쭉이 운동을 하는 시엘. 이미 반쯤 잠들어있는 프렘. 각각이 드루이드 씨의 손에 있는 가방에 시선을 주었다. 그리고 세 마리가 각자 두 침대 사이에 있는 선반을 주장했다.

"거기?"

드루이드 씨의 말에 세 마리가 몸을 흔들었다. 여태까지 전혀 후보로 언급되지 않았던 장소라서 좀 의아스럽지만.

"3대2니까 저기네."

"그래."

매직박스를 가방에 넣어서, 세 마리가 지정한 선반에 두었다. 선반에는 작은 불빛이 있었기에 살짝 이동시켰다.

"자, 기능을 작동시킬 테니까 가방에 손을 올려놔보겠어?"

매직백의 기능을 작동할 경우, 버튼을 누를 때에 가방을 만지고 있는 사람은 예외가 된다고 들었다. 그러니 가방에 손을 대고 드루이드 씨가 기능을 켜는 스위치를 누르는 걸 기다렸다. 처음이니

까 마음이 두근거린다.

"좋았어."

어, 끝? 드루이드 씨의 말에 고개를 갸웃거렸다. 하지만 그 모습을 보면 기능은 작동한 모양이다. 하지만 눈앞의 가방에는 변화가 보이지 않았다.

"이거 진짜로 다른 사람에게는 안 보이는 건가요?"

가방에서 손을 떼고 좀 물러나서 확인하였지만, 잘 보였다. 뭐, 만진 상태로 스위치를 켰으니까 당연하지만.

"응? 멈춰볼게."

드루이드 씨가 다시금 스위치를 눌러서 기능을 정지시켰다.

"아이비는 거기에 있다가, 스위치 켜면 어떻게 되는지 말해봐."

"응."

가방을 만지고 있지 않으니까, 이 상태로 기능을 발동시키면 안 보이게 되겠지. 드루이드 씨가 스위치를 누른 순간, 슈욱 하고 가방이 시야에서 사라졌다.

"우와~, 대단해! 드루이드 씨, 정말로 사라졌어!"

"안 보여?"

"전혀 안 보여."

"그럼 괜찮겠군."

가방을 놔둔 선반으로 다가가서 가방이 있는 곳 근처로 손을 뻗어보았다. 안 보이는데도 뭔가가 손에 만져지는 감촉. [오오~] 소리를 내며 감동하고 있자, 드루이드 씨가 웃음을 터뜨렸다.

235화 포상

"끝났다~."

"수고했어. 양이 정말 많군."

숙소 뒤에 있는 좀 넓은 마당을 빌려서 빨랫감을 널었는데, 그 양이 좀 대단했다.

"계속 못 빨았으니까요. 숙소의 침대 시트도 있었고. 그렇긴 해도 팔이 아파."

드루이드 씨는 클린 마법을 쓸 수 있다. 다만 그는 클린 마법이 적성에 안 맞는지 그걸 쓰면 엄청난 양의 마력을 잃는 모양이다. 그렇기 때문에 빨래는 나와 함께 손빨래. 그렇다고 해도 그는 한 손이라서 제대로 빨거나 짤 수 없다. 그러니까 내가 같이 했다. 그는 더러워진 물을 갈거나 다 빤 세탁물을 개는 등, 가능한 일을 해 주었지만.

"미안해."

드루이드 씨의 목소리가 가라앉았다. 엄청나게 가라앉았다.

"괜찮다니까요."

한 팔을 잃은 뒤로 오르 마을에서는 마을에 있던 세탁소로 갔다는 모양이다. 세탁소는 클린 마법을 잘 쓰는 사람이 하는 가게. 돈이 필요하지만, 거기에 신세졌다는 모양이다. 여행 도중에 빨래를 하려던 때에 드루이드 씨가 클린 마법을 못 쓴다는 사실을 알았다. 그 뒤로 빨래는 어떻게 했느냐고 물었고, 그때야 비로소 세탁소라는 가게가 있다는 사실을 알았다.

이 마을에도 세탁소는 있었지만, 도라 씨에게 물어보았더니 안 가는 편이 낫다는 말이었다. 옷이 찢어져서 돌아오는 등, 꽤나 평판이 안 좋은 모양이다. 그래도 빨랫감의 양을 보고 아무래도 나 혼자 빠는 건 미안하다고 생각한 걸까, 드루이드 씨는 세탁소에 가자고 했다. 하지만 제지했다. 나는 빨래를 딱히 싫어하는 게 아니니까. 아니, 더러움이 가시고 깨끗해지는 건 보고 있으면 기분 좋다. 게다가 찢어져서 돌아오면 너무 아깝다. 그렇다고는 해도 이게 만만찮은 작업이었기에 드루이드 씨가 이렇게 기죽은 것이다. 나로서는 이렇게 빨래가 널려 있는 광경을 보고 기분이 후련해지는데. 엄청나게 [달성감]이 있으니까.

하지만 드루이드 씨는 나에게 빨래를 죄다 맡긴 것을 후회하고 있다. 어두운 감정을 표정으로 잘 드러내지 않는 드루이드 씨가 딱 보기만 해도 알 수 있을 정도로 기죽었다. 다음에는 나도 모르는 틈에 세탁소에 가버릴 것 같다. 으음~, 어떻게 하면 좋을까?

……아, 포상!

"드루이드 씨, 도라 씨가 추천한 과자 가게에 데려가주세요!"

"어? 아, 분명히 도넛 가게였지?"

내 갑작스러운 이야기에 다소 당황한 분위기였지만, 신경 안 써, 신경 안 써.

"그래요, 도넛이요. 오늘 포상으로 도넛!"

"포상?"

"저, 열심히 했잖아요!"

괜찮다고 해도 마음에 둔다면, 여기서는 포상을 받는 작전으로 바꾸자. 그 편이 드루이드 씨의 마음이 풀릴지도 모른다. 아마도, 분명 풀리겠지.

"알았어. 도라 씨가 맛있다고 한 곳이니까."

아, 웃었다. 다행이다. 도라 씨 말로는, 이 가게의 과자는 다른 곳보다 좀 비싸다고 한다. ……엄청나게 비싸다고는 안 했으니까 괜찮을 거야. 도라 씨에게 금액을 들어두길 잘했어.

"25종류가 있다고 했지."

"네. 뭘 먹을지 기대돼요!"

"좋아, 포상이라면 25종류 다 사자."

"엥? 25종류?"

"그래."

조금 비싼 과자를 25개? 생각했던 것보다도 호화스러운 포상이 되었다. 드루이드 씨를 보니, 아까까지의 조금 어두운 분위기가 사라지고 즐거운 듯이 웃고 있다. 뭐, 좋아.

"같이 먹어요."

"아이비의 포상이잖아?"

"같이 먹는 편이 맛있어요. 게다가 25종류의 제패는 다음 기회라도 충분하고."

"그렇군. 꼭 오늘이 아니더라도 언제든지 살 수 있으니까."

"언제든지라고 하면 안 되죠. 포상이니까, 뭔가 열심히 했을 때가 아니면."

"그런가. ……다음에도 잘 부탁해."

"맡겨주세요."

조금 가슴을 펴고 주먹으로 두드렸다. 그때 타이밍도 좋게 배에서 소리가 났다. 부끄러워~. 하지만.

"도넛을 상상했더니 배가 고파와요."

아침밥을 먹고 휴식한 뒤로 계속 빨랫감과 싸웠다. 아마 한 시간 이상. 점심을 먹기에는 이른 시간일지도 모르지만, 운동량을 생각하면 배고 고파도 어쩔 수 없어.

"풋, 하하하. 지금부터 갈까?"

"그럼 얼른 가요. 드루이드 씨, 도넛이 우리를 기다려요."

기쁘다, 오랜만의 과자! 열심히 일했을 때에 포상이란 느낌으로 과자를 사먹는 때가 있었다. 물론 그때는 싼 과자였지만, 그래도 충분히 행복해서. 하지만 여행을 나선 뒤로는 단 음식이라면 과일. 그것만 해도 사치였지만, 역시 과자를 먹고 싶어진다. 그러니 하타우 마을에 도착한 뒤로는 과자를 아직 먹지 않았다. 단 음식이라면 어제 먹은 수프. 그건 과자가 아니고, 달기는 해도 맛있진 않았다. 그러니까 솔직하게 과자에 굶주렸다. 그러니까 평소보다 기쁘다. 도라 씨가 추천한 옷가게는 좋았으니까, 도넛 가게도 기대할 수 있을 거야.

방에 가서 소라와 프렘 등을 데리고 도넛 가기로 향했다.

"빨래는 다 끝났나?"

숙소를 나서자, 도라 씨가 현관을 청소하고 있었다.

"네, 그러니까 도넛이에요."

"도넛?"

아, 기분이 너무 고양되어서 대답을 이상하게 해버렸다.

"내 빨랫감도 다 해주었으니까 상을 주려고요."

"그래. 분명히 거기 도넛은 상으로 좋을 거야."

"벌써부터 기대돼요."

아~, 정말로 기대된다.

"오늘은 언제쯤 돌아오지? 빵은 식당에 놔두면 될까?"

"도넛 가게에 갔다가 길드에 갔다가 옷가게에서 옷을 받기만 하면 되니까, 저녁식사 시간에는 돌아올 거예요. 빵은 식당으로 부탁할게요."

“알았다. 아이비, 나는 [코코라]라는 도넛을 추천해.”

“[코코라]란 말이죠. 고맙습니다.”

다시 일을 하는 도라 씨에게 감사의 말을 하고 대로를 향해 걸었다. 도라 씨의 설명으로는 좀 후미진 곳에 있는 가게인 듯했다.

“어어, 대로에서 세 번째…… 두 번째?”

“마을 문을 향해 가면서 두 번째 골목에서 오른쪽이야.”

도라 씨에게 들은 길을 떠올리자, 드루이드 씨가 가르쳐주었다. 그는 길을 똑똑히 기억하는 모양이다. 다행이다. 이걸로 미아가 되지 않고 가게에 갈 수 있겠다.

“그리고 골목을 돌아서 세 번째 골목에서 또 왼쪽.”

“예!”

도라 씨가 과자 이야기를 할 때, 가는 길을 설명 들었는데 상상 이상으로 기억에 남지 않았다. 거기에 조금 동요하면서 드루이드 씨를 믿으며 길을 걸었다.

“왜 그래?”

“아뇨, 길을 못 외운다는 사실에 조금 충격을 받아서.”

“신기하네. 아, 길보다도 도넛 쪽에 의식이 가서 그런가?”

길보다도 도넛? 그러고 보면 어떤 도넛이 있는지, 여태까지 본 도넛을 떠올리고 있었지. ……어, 정말로 도넛 쪽에 의식이 간 거야? 아무리 과자에 굶주렸다고 해도…….

“……어, 진짜로?”

"헤헤."

아~, 왠지 속내를 들킨 심정이라서 엄청 창피하다.

236화 도넛에 고기꼬치

"이 가게인가 보군."

가게에 도착해서 조금 놀랐다. 단 과자 가게라서 귀여운 외관을 상상했는데, 장식 같은 것도 없이 투박한 모습. 주변에는 도넛의 단내가 떠돌며 식욕을 자극하였다.

"냄새 좋네."

다만 배가 고픈 지금은 좀 힘들다. 그렇긴 해도 아직 오전인데 이미 손님이 줄을 서 있다. 인기점이라고는 들었지만, 대단하네.

"기대되네."

"응. 엄청 기대돼!"

제일 뒤에 줄을 서서 두근거리는 마음으로 우리 순서를 기다리고 있자, 1분도 되지 않아서 뒤에 사람들이 서는 기척이 느껴졌다. 정말로 손님이 끊임없이 늘어난다.

잠시 기다리자 가게 안에 들어갈 수는 있었지만, 안에서도 사람들이 줄을 서 있었다. 가게는 외관과 마찬가지로 투박한 인상으로 장식품은 적다. 상품이 어디 있나 찾아보니, 제일 앞줄 사람의 앞에 주르륵 하고 도넛이 예쁘게 진열된 것이 보였다. 지켜보고 있으니 상품을 자기 손으로 집는 게 아니라 가게 사람에게 집어달라고 하는 게 이 가게 방식인 모양이었다.

"도넛 반죽에 일곱 종류의 맛이 있나 보군."

드루이드 씨가 벽에 붙은 상품 설명서를 가리켰다.

"일곱 가지나 되나요?"

그 설명서를 읽어보니, 반죽만이 아니라 위에 올리는 크림 하나하나에도 정성이 들어간 모양이다.

"어서 오세요."

천천히 나아가서 상품 앞까지 오자, 귀여운 여성이 말을 걸어주었다.

"주문은 정하셨나요?"

"모든 종류를 하나씩 살 수 있겠습니까?"

드루이드 씨가 주문해주었는데, 그 말을 들은 눈앞의 여성이 난처한 표정을 하였다.

"저기, 모든 종류를요?"

"네."

"잠깐 기다려주세요."

조금 당황한 기색으로 여성이 가게 안으로 들어갔다. 그걸 의아한 마음으로 보고 있자, 안에서 남성을 데리고 나왔다.

“죄송합니다. 오늘은 이미 세 종류가 다 팔려서.”

아직 오전인데도 품절이 생기다니. 정말로 인기 있구나.

“아~, 그럼 그것들 외에 한 종류씩 부탁합니다.”

“죄송합니다.”

“아뇨, 인기 있으니까 어쩔 수 없지요.”

잠시 기다리자, 여성이 바구니에 도넛을 채우고 위에 천을 씌워서 건네주었다. 그걸 받아들자, 드루이드 씨가 계산을 하였다.

아, 진열된 도넛에 정신을 빼앗겨서 가격을 안 봤네. 가게에 붙어있는 가격표를 보았다. 한 개 80다르. ……비싸네. 어어, 22종류 구입했으니까 1760다르. 뜻밖에도 비싼 포상이 되었다.

“갈까.”

“응. 포상, 고마워.”

“나야말로 고맙지.”

드루이드 씨는 내가 왜 포상을 요구하는지 아는 거겠지. 내 마음을 존중해주어서 이쪽이야말로 [고맙다].

“조금 걸으면 공원이 나와. 오늘은 추위가 좀 덜하니까 거기서 먹을까.”

“응.”

오랜만에 태양이 얼굴을 내민 덕분에 최근 며칠 동안 계속되었던 추위가 다소 누그러졌다. 태양의 힘은 대단해. 그렇게 생각하지만 역시나 추위 때문에 도중에 따뜻한 음료를 구입했다. 햇볕은 따뜻하지만, 역시 바람은 차가웠다. 사리파 씨가 우리 옷차림을 보다못해 빌려준 겨울용 외투는 따뜻하지만, 얼굴에 와닿는 바람까지는 막아주지 않는 모양이다.

마침 양달 진 장소에 의자가 있었기에 거기에 앉았다. 드루이드 씨와 나 사이에 바구니를 두고 바구니 위의 천을 벗겼다.

"이렇게 종류가 다양하면 고민되네."

바구니 안에는 예쁘게 자리 잡은 다양한 도넛. 보는 것만으로는 맛이 상상가지 않는 것들뿐이다. 하지만 하나 같이 맛있겠다.

"도라가 추천한 건 아마 이거겠지."

드루이드 씨가 바구니 안에서 하나를 가리켰다. 분명히 [코코라]라는 이름이었던가. 그걸 보니 갈색의 크림을 바른 도넛으로 위에 나무열매 으깬 것을 뿌려놓았다.

"먹어도 될까요."

"물론이지. 자."

드루이드 씨가 타월을 물로 적셔서 건네주었다. 이럴 때에 물마법을 쓸 수 있으면 편리하구나 싶다.

"조금 물기를 짜내고서 써."

타월을 받아보니 수분이 좀 많았는지 물이 맺혀있었다. 그걸 살짝 짜서 손을 닦고, 드루이드 씨의 손을 잡아서 닦아주었다.

"고마워."

"아뇨. 저는 [코코라]를 먹을 건데, 드루이드 씨는?"

"으음~."

드루이드 씨는 너무 단 것을 싫어하니까.

"신맛이 도는 과일을 올린 도넛이라면 괜찮을까?"

시면서도 깔끔한 단맛이 있을 테고. 고민하는 드루이드 씨를 곁눈질하면서 손에 들었던 [코코라]를 한 입 물었다. 입에 퍼지는 씁쓸한 단맛. 게다가 나무열매가 맛있다.

"맛있네. 드루이드 씨, 이거 씁쓸하면서 맛있어."

"씁쓸?"

"응. 이 크림이 단맛을 적당히 잡아줘서 먹기 편해."

"다른 것도 같은 맛일까?"

"글쎄? 하지만 이 크림이라면 드루이드 씨도 맛있게 먹을 수 있을지도."

내 말에 손에 든 도넛을 보더니 바구니 안에서 도넛 하나를 꺼냈다. 그리고 그는 그대로 도넛을 입에 넣었다. 입에 안 맞는 맛이면 어쩌지 싶어서 조금 불안하게 그를 바라보았다. 하지만 다음에 보여준 표정에 몸에서 힘이 빠졌다.

"입에 맞았어?"

"그래, 이 크림 상상 이상으로 좋네. 위의 소스 같은 것은 좀 달지만, 괜찮아."

다행이다. 각각 순서대로 집어서 먹어보았다. 역시나 도라 씨가

추천할 만한 가게라서 맛있다. 다만 역시 22개는 많았다.

“무리는 하지 말고 남겼다가 다음 간식으로 할까.”

“응. 드루이드 씨는 그거면 돼?”

“응? 그래, 괜찮아.”

정말로? 나와 같은 양밖에 안 먹었는데. 혹시 단 거니까 그렇게 안 들어가는 걸까. 하지만 양으로는 분명히 부족할 것 같다.

“아, 드루이드 씨, 저기서 수프 말고 그 옆의 고기는 어떨까요?”

추운 계절은 수프가 맛있지만, 당분간 이 마을의 수프는 피하고 싶다. 아, 하지만 도라 씨에게 괜찮은 수프 가게를 골라달라고 할까. 도라 씨가 추천하는 곳이라면 괜찮겠고.

“고기라. 분명히 단 거 말고 다른 걸 좀 먹고 싶군.”

역시 드루이드 씨에게는 단 음식만으로는 부족했구나. 기억해 두자. 그러고 보면 수프 가게의 숫자와 그 색에 눈을 빼앗겨서 다른 가게들을 확인하지 않았네. 어떤 고기를 팔지 조금 기대가 되기 시작한다.

“가볼까.”

공원을 나와 고기 가게로 향했다. 가게 간판에는 고기꼬치구이라고 적혀있고, [홀스]와 [타인]이라는 두 종류의 고기가 있는 모양이다.

“처음 듣는 고기네.”

“[홀스]와 [타인]은 분명히 낙농으로 기르는 모우의 종류라고 들은 적 있군. 이 마을은 낙농이 왕성하니까."

그렇구나. 그렇긴 해도 [홀스]와 [타인]? 왠지 어딘가에서 들어본 적 있는 듯한 이름인데.

"아이비도 조금은 먹을 수 있을까?"

"맛은 궁금하지만, 배에 여유가 없어요."

좀 여유를 남기면 좋았을걸. 노점 앞에 와보니 좋은 냄새가 식욕을 자극하지만, 아쉽게도 배가 가득하다. 아~, 하지만 맛있겠어.

"그래. 한 입만이라도 안 될까?"

그렇게 먹고 싶다는 눈으로 고기를 응시했나? 하지만 한 입만 먹어보라고 하니 엄청 당긴다.

"괜찮아?"

"물론이지. 같이 먹는 편이 맛있겠지?"

아, 후후.

"응."

드루이드 씨는 꼬치구이 두 종류를 각각 세 개씩 구입. 꼬치구이는 꽤 크기에 조금 놀랐다. 역시 단 음식만으로는 부족했구나.

"드루이드 씨, 모자라거든 모자란다고 확실히 말해주세요."

"아니, 아까까지는 정말로 괜찮다고 생각했는데, 고기 굽는 냄새에 왠지 배가 고파서."

단 맛 때문에 배가 가득 찼다고 착각할 수도 있나? 뭐, 하지만 배가 가득 찬 나도 이 냄새에 구미가 당기니까. 고기를 받아서 방금 전까지 앉았던 의자로 돌아왔다.

“어느 쪽을 먹을래?”

“응?”

“[홀스]와 [타인]. 부드러운 쪽이 [타인]이라나 봐.”

“어어, [타인] 쪽을.”

꼬치를 받아서 고기를 입에 넣었다. 고기 감칠맛과 소스의 맛이 달달하니 맛있다.

“드루이드 씨, 이거 맛있어.”

“다행이다. 그거면 될까?”

“응. 정말로 배가 꽉 차서.”

“그래.”

내게서 꼬치를 받아들고 맛있게 먹는 드루이드 씨. 역시 배에 조금 여유를 남겨둬야 했다.

237화 상급님?

배가 무겁다. 도넛을 잔뜩 먹은 뒤에 거기에 또 고기꼬치를 한 입 먹었는데, 완전히 과식이다. 하지만 맛있었으니까 마음은 대만족. 다만 몸이 무겁다.

"너무 먹었군."

드루이드 씨는 조금이 아닌 것 같은데. 도넛을 나랑 똑같이 먹고, 그 뒤에 내가 두 입 먹었다고는 해도 고기꼬치를 여섯 개나 다 먹어치웠으니까. 그 고기꼬치에는 고깃덩이가 세 개씩 꽂혀 있었으니까! 그의 몸을 보았다. 근육질에 탄탄한 체격이라서 부럽다. 나는 여자라서 이렇게는 될 수 없지만, 그래도 내 경우는 더더욱 근육이 안 붙는 건지 전체적으로 몸이 가늘다. 조금 더 열심히 먹으면 근육이 늘까? 최근에는 잘 먹게 되면서 키도 좀 컸는데.

길드에 도착해서, 전에 대응해준 여성을 찾았다. 우리가 찾은 것과 비슷한 타이밍에 여성이 우리를 발견해주었다.

"어서 오세요. 도와드릴 일이라도 있을까요?"

어라? 왠지 어제랑은 대응이 다른 것 같네. 드루이드 씨를 보았지만, 딱히 신경 쓰는 기색은 아니다. 내 기분 탓인가?

"매직박스의 등록을 부탁하고 싶은데, 가능합니까?"

"물론입니다. 잠시만 기다려주세요. 하지만 드문 용건이네요.

박스 등록은 좀처럼 안 하시는데."

"아무래도 수고스러우니까요."

일부러 길드에 박스를 가져올 필요가 있으니까. 수고스러운 건 맞지.

"분명히 그렇지요. 하지만 무슨 일이 생겼을 때에는 도움이 되지만요."

"일이 생긴 뒤에야 그걸 깨닫게 되지요."

나중에 후회해도 늦지만.

"후후후, 그렇지요. 하지만 그때에는 늦으니까요. 자, 등록이 끝났습니다."

어? 벌써? 검은 판 위에 놓았을 뿐인데.

"아, 남기고 가신 두 광물의 금액이 오늘 아침에 확정되었으니까 계좌에 넣어드렸습니다. 이쪽이 그 서류입니다. 확인해보시겠습니까?"

드루이드 씨가 서류를 받고 확인하더니 사인했다.

"감사합니다."

"이쪽이야말로 번거롭게 해드렸습니다."

"아뇨. 그럼 또 볼일이 생기거든 잘 부탁드리지요."

정중하게 고개를 숙이는 여성을 보며 고개를 갸웃거렸다. 역시 좀 다르다.

"고마워요."

"고맙습니다."

여성의 앞을 떠나서 입금 확인과 통장 정리를 위해 길드 구석의 방으로 향했다.

"그 여성의 대응이 어제보다 정중해지지 않았어?"

"아마도 상급 거래 상대가 된 거겠지."

상급 거래 상대?

"이제 거래할 것도 없는데?"

"길드 쪽 사람들은 그걸 모르고, 올 겨울에 아무 일도 없다고만 할 수는 없으니까."

아무 일도 없기를 빌고 싶은데. 겨울 정도는 마음 편히 지내고 싶다.

드루이드 씨가 금액을 확인하고 옷값과 숙박비를 인출해주었다. 어제 숙박비를 인출하는 것을 까맣게 잊어버렸다. 숙소에 돌아간 뒤에야 그걸 깨닫고 쓴웃음을 지었다.

"무사히 다 팔렸군."

"응, 다행이야. 나머지 두 개는 얼마나 받았어?"

"하얀 쪽은 생각보다 쌌지만, 다른 쪽이 비쌌으니까 결론적으로는 대충 예상한 금액이었어."

다행이다. 뭐, 하나 정도 크게 벗어난다고 해도 지금이라면 문제없지만.

"자, 다음은 옷가게다."

“예. 외투 기대돼요. 빌려온 이 코트도 따뜻하지만, 좀 짧아서.”

내 몸에 맞는 외투가 없었기에 그나마 입을 만한 코트를 빌려왔는데, 내게는 좀 작았다. 그 바람에 다소 답답하다. 소매도 짧고.

대로를 걷고 있자, 하늘에 떠있던 태양이 구름에 가렸다. 방금 전까지 그나마 있던 온기가 사라지고, 바람이 아까보다 더 차갑게 느껴졌다.

“어서 오세요.”

서둘러서 걸었더니 어느 틈에 옷가게에 도착한 모양이다.

“먼저 옷값을 지불해도 됩니까?”

“네. 감사합니다.”

바르카 씨가 안쪽에 대고 말하자, 한 남자가 커다란 상자를 들고 나왔다.

살짝 고개를 숙여주자, 기쁜 듯이 답례를 해왔다.

“네, 정확하게 받았습니다. 상품은 여기 있습니다.”

바르카 씨가 상품을 하나하나 보여주면서 고친 부분을 설명해주었다. 그런 것은 죄다 드루이드 씨에게 맡겼기에, 무슨 이야기를 하는 건지 나로선 모른다. 하지만 드루이드 씨의 반응을 보면 만족하였다는 게 느껴졌다.

“지금 입어보시겠습니까?”

“예, 그렇게 하지요. 아이비, 지금 위에 입은 코트 대신 새로 산 이 코트를 입고 가자.”

"응."

드루이드 씨에게서 건네받은 코트를 보고 좀 굳어버렸다. 어라? 나는 새까만 코트를 부탁했는데, 이건 연파랑색. 마음에 들었지만 숲속에서는 좀 눈에 띌 것 같기에 포기했던 색깔이다.

"드루이드 씨?"

"마음에 든 걸로 사야지."

"하지만 숲에서는 눈에 띄어요."

"겨울이니까 괜찮을 거야."

그런가? 눈에 섞인다는 의미?

"혹시 눈에 띄는 게 정 싫거든, 한 벌 더 살 수 있게 열심히 사냥하자."

"우우."

하지만 이 색상은 역시 예뻐.

"고마워."

소매에 팔을 꿰자, 몸에 딱 찾아서 아주 입기 편하다. 목 언저리에 있는 모피도 털이 그렇게 긴 것은 아니지만, 목을 확실하게 지켜준다.

"어울리네요. 아주 귀여워요."

바르카 씨의 말에 얼굴이 좀 붉어졌다. 창피하다.

"오오, 괜찮네. 몸에 딱 맞고, 역시 솜씨가 좋아."

"고맙습니다."

드루이드 씨도 빌려온 코트를 벗고 새로 산 코트를 입어보았다. 왠지 엄청 멋지다. 역시 드루이드 씨다.

입고 온 코트 등을 예쁘게 개서 매직백에 넣었다. 구입한 다른 옷도 가방에 넣었다. 어라? 어제 확인한 것보다 한 벌 많은 것 같은데. 가방 안의 옷들을 세어보았다. 역시 많다. 그리고 이거……. 드루이드 씨를 보니 어깨를 으쓱였다.

"고마워."

"다행이다. 화내지 않을까 걱정했거든."

솔직히 [아아~] 싶었지만, 늘어난 옷이 뭔지 판명되었기에 화낼 수 없어졌다. 그것은 옷깃과 소매에 아주 예쁜 꽃 자수가 들어가서 무심코 집어 들었던 셔츠였다. 하지만 숲속을 걷기에는 안 좋은 디자인이기에 얌전히 원래 자리에 내려놓았다. 진열대에 돌려놓을 때 조금 마음이 불편했던 걸 기억한다. 그 옷이 가방 안에 있었다. 못 봤을 거라 생각했는데, 드루이드 씨는 다 보고 있었던 모양이다.

"큰 마을에 들어가면 한 번 잘 꾸며 입고 아빠랑 데이트하자."

"데이트?"

"그래."

즐겁게 말하는 드루이드 씨.

"드루이드 씨, 아니, 아빠랑 데이트. 후후후, 기대돼!"

그래. 드루이드 씨는 아빠다. 헤헤.

"귀엽네."

"응?"

드루이드 씨가 뭐라고 말한 모양이지만, 목소리가 너무 작다. 다시금 말해달라고 되물었지만, 드루이드 씨는 고개만 내저었다. 잘은 모르겠지만, 중요한 건 아닌가.

바르카 씨에게 인사를 하고 가게를 나섰다. 그러기 전에.

"봄옷은 추위가 좀 가라앉기 직전부터 가게에 내놓을 테니까 그때도 잘 부탁드립니다."

선전을 들었다. 그리고 그 말에 드루이드 씨가 반응을 보였다. 겨울에도 열심히 사냥을 하자.

이번에는 내가 아빠에게 선물을 하고 싶으니까.

238화 하타우 마을의 자경단 단장

숙소에 돌아가나 했더니, 왜인지 우리가 도착한 곳은 로즈 씨의 가게.

"드루이드 씨, 아직 필요한 게 더 있었나요?"

이것저것 생각했지만, 하나도 떠오르지 않았다.

"빨래를 편하게 해주는 아이템이 없을까 해서."

역시 그 점을 마음에 두고 있나? 오늘처럼 대량의 빨랫감을 단숨에 처리하는 일은 좀처럼 없을 텐데.

"응? 박스에 무슨 문제라도 있었어?"

카운터 안쪽의 의자에 앉아있던 로즈 씨가 드루이드 씨를 보고 눈썹을 찌푸렸다.

"아뇨, 문제없이 쓰고 있습니다."

"그래. 그럼 뭐 찾는 거라도?"

정말로 로즈 씨는 사람에 따라 대응이 다르구나. 어제 다른 손님에게는 알아서 찾으라고 소리쳤으면서.

"빨래를 편하게 해주는 아이템 같은 것 없습니까? 내 몸이 이래서 아이비에게 고생을 시키고 있는데."

드루이드 씨가 없어진 쪽의 팔을 가리켰다.

"아니, 전혀 고생 아니니까요!"

바로 부정하는 나를 보고 로즈 씨가 웃었다.

"사이좋네."

그렇게 말하더니 무슨 서류 같은 대량의 다발을 꺼내서 살피기 시작했다.

"빨래용 아이템이라~. 있었던가?"

아무래도 그 서류에는 이 가게의 아이템을 기록해놓은 모양이다. 차례로 넘겨보지만, 아무래도 우리가 찾는 건 없는 듯하였다.

"빨래를 보조하는 아이템이라면 때를 빼주는 클린 마법 내지 탈수 마법?"

"그렇군요. 뭐 좀 있습니까?"

"으음~, 어디서 본 것도 같은데 말이지~."

두 사람을 보니 길어지겠다 싶어서 가게의 아이템을 보고 다니기로 했다. 어제는 매직박스를 찾으러 다녔기에 다른 물건들을 보고 다닐 수 없었다. 진열대에 있는 아이템을 손에 들어보았다. 장소에 따라서는 다소 먼지가 쌓였지만, 어느 아이템이고 잘 정비되어 있었다. 로즈 씨에게 여기 진열된 아이템들은 그럭저럭이라는 모양이지만, 내가 보기에는 충분히 쓸 만한 것들이다.

"별게 다 있네. 이건 [반죽한다 최적의 반죽]?"

뭘 반죽하는 건지 완전히 불명. 고개를 갸웃거리면서 진열대에 돌려놓았다. 분명 누군가에게 도움이 되는 아이템이겠지. 다음에 마음이 간 아이템에는 작은 사각형 구멍이 줄줄이 있었다. 용도해석 아이템의 설명에 따르면 [얼린다 수분 전반]이라고 나왔다.

"얼린다? 물을 얼릴 수 있다면 여름의 더위에 써먹고 싶네."

이게 있으면 여름의 더운 날에 차가운 물을 마실 수 있을 것이다. 게다가 수분 전반이라고 했으니까 이 사각형 구멍에 작게 자른 과일을 넣으면 얼릴 수도 있겠지. 이건 좀 갖고 싶을지도. 올해 여름은 예년에 비해서 덜 덥다고 했지만, 나로서는 충분히 더웠다. 드루이드 씨에게 이야기를 해볼까?

"뭐 좀 있었어?"

아이템을 가만히 쳐다보는 내게로 드루이드 씨가 다가왔다.

"좀 관심 가는 아이템이 있어서."

손에 들고 있는 아이템을 보여주자, 드루이드 씨가 아이템의 기능을 읽고서 끄덕였다.

"이거 여름에 좋겠네."

아무래도 드루이드 씨도 찬성인 모양이다.

"왕도 주변의 여름은 여기보다 더워. 이런 아이템은 쓸 만하겠지."

왕도 주변은 덥나. 처음 알았어. 여행을 하면서 안 건데, 나는 더위에 좀 약한 것 같다. 그렇기 때문일까, 그 정보에 힘이 좀 빠졌다.

"사갈까?"

"어, 벌써 사게요? 이 마을을 떠날 때에 사도 충분할 것 같은데."

"이 가게는 인기가 있으니까, 다음에 올 때에는 이미 팔렸을 가능성이 있지."

아, 그런가.

"일단 로즈에게 [얼린다] 기능의 아이템이 또 없는지 물어볼까?"

"응."

아이템을 가지고 로즈 씨에게 갔다. 그러는 도중에도 여러 아이템을 보았지만, 원하는 기능은 딱히 없었다.

"그러고 보면 찾는 물건은 있었나요?"

빨래에 도움이 되는 기능이 있는 아이템.

"아쉽게도 없었어."

"그런가요."

탈수 마법 같은 건 재미있을 것 같으니까 좀 기대하고 있었다. 그렇기에 좀 아쉽다.

"어라? 없네. 어디 갔지?"

로즈 씨가 앉아있던 장소까지 왔지만, 그 모습이 보이지 않았다.

"안쪽인가?"

시선을 안쪽으로 이어지는 문으로 향하자, 마침 로즈 씨가 나오는 참이었다.

"역시 이 가게에는 없어. 지인의 가게에 물어볼 테니까 조금만 기다려줘."

"귀찮게 해서 죄송합니다. 고맙습니다."

드루이드 씨의 말에 고개를 내젓는 로즈 씨.

"음? 그건?"

"아, 더운 여름에 괜찮을까 싶어서."

드루이드 씨가 갖고 있던 [얼리는 아이템]을 건네주었다. 그녀는 한동안 아이템을 본 뒤에 한 차례 고개를 끄덕였다.

"이 기능의 아이템은 여름에 다 팔리는 일이 많지. 잘도 찾았네."

분명히 여름에는 잘 팔리는 아이템이겠지.

"아이비가 찾아주었지요. 비슷한 기능의 아이템은 더 없습니까?"

"아쉽게도 없어."

"그렇습니까. 그럼 그거 주시죠."

"마지막으로 체크라도 해볼게."

"고맙습니다."

지금은 겨울이라서 얼음은 필요 없지만, 한 번 써보고 싶네. 어떤 얼음이 나올까?

"음, 문제없어."

"대금은?"

"2기다르."

숙소로 돌아가거든 한 번 써봐야지.

인사를 하고 가게를 나가려는데, 입구에서 한 남자와 부딪칠 뻔했다.

"죄송합니다."

"아니, 이쪽이야말로 미안했어. 다치진 않았고?"

시선을 주니, 하타우 마을 자경단복을 입었고 드루이드 씨보다 꽤 체격 좋은 남자가 있었다.

"아, 어서 와. 오늘은 일찍 왔네."

"일찍이라니……. 집에 이틀 만에 오는데. 아무튼 왔습니다."

"어? 그랬나?"

대화를 듣기로는 아들인가? 아, 로즈 씨의 아들은 이 마을의 자경단 단장이라고 했지. 그럼 이 남자가 이 마을의 자경단 단장. 물끄러미 바라보고 있자, 갑자기 남자와 시선이 마주쳤다. 조금 놀랐지만, 가볍게 고개 숙여 인사를 했다.

"물건 좀 사러 들렀어요."

"음? 아, 손님이었나. 우리 어머니를 상대하긴 힘들지?"

"예? 아뇨?"

"잘 대해주셨는데요, 뭘."

드루이드 씨와 내 태도에 조금 놀란 듯이 눈을 크게 뜨는 단장. 그렇게 놀랄 만한 소리를 했나?

"신기하네. 어머니가 애를 마음에 들어 하다니."

애를 마음에 들어 한다? 이건 틀림없이 내 이야기겠네.

"그 애랑 이야기하고 있으면, 애란 분위기가 전혀 없거든. 게다가 착한 애야."

로즈 씨에게서 칭찬을 들으니 얼굴이 조금 붉어졌다. 갑자기 칭찬을 들으면 창피해.

"정말로 어쩐 일이래요. 아, 나는 이 마을의 자경단 단장을 맡고 있는 타블로야. 잘 부탁해."

"드루이드입니다. 잘 부탁해요."

드루이드 씨와 가볍게 악수를 나누더니, 내게도 손을 내밀었다. 이런 인사를 해본 적이 별로 없기에 조금 마음이 두근거렸다.

"아이비입니다. 잘 부탁드립니다."

가볍게 타블로 씨의 손을 잡자, 쥐고 있던 손과 반대쪽 손이 내 머리를 가볍게 두드렸다.

"뭐랄까, 돌봐주고 싶어지는 귀여움이 있군."

돌봐주고 싶어지는 귀여움?

"그렇죠?"

드루이드 씨의 대답에 로즈 씨, 타블로 씨가 끄덕였다. 대체 뭘까, 엄청 창피한데. 분명히 아까보다 얼굴이 빨개졌을 거야.

239화 호칭은 중요합니다

빨개진 뺨을 누르면서.

"드루이드 씨, 이상한 소리 하지 말아요!"

그에게 주의를 주기로 했다. 왠지 요즘 자주 놀려대는 것 같다.

"딱히 놀리는 것 아닌데."

"아니에요!"

"본심으로 하는 말이니까 놀리는 것 아냐. 진심으로 귀엽다고 생각하니까."

진짜 그만뒀으면 싶다. 시선을 이리저리 돌리고 있자, 타블로 씨가 좀 복잡한 얼굴을 하고 있는 게 보였다. 왜 저러지?

"대답하기 싫다면 안 해도 되는데, 어디서 이 마을에? 그리고 두 사람의 관계는?"

왜 그런 걸 묻지?

"우리는 오르 마을에서 왔습니다. 아이비는 생명의 은인이고, 지금은 여행 동료입니다. 자세한 건 오르 마을의 길드에 확인해주세요. 길드마스터는 우리 둘과 아는 사이니까요."

생명의 은인이란 말은 좀 과한데요.

"은인?"

타블로 씨는 드루이드 씨와 나를 교대로 보고 뭔가 생각하였다. 드루이드 씨는 어깨를 으쓱이고, 나는 어떻게 돌아가는 건지 알 수 없어서 그냥 타블로 씨를 바라보기만 했다.

"……미안하군. 내 착각이었던 모양이다. 불쾌했다면 사과하지."

어? 뭐지? 고개를 갸웃거리며 드루이드 씨를 보았다.

"타블로 단장. 아이비는 불쾌하고 자시고보다도 애초에 의미를 이해하지 못하고 있습니다."

드루이드 씨, 타블로 씨에게 단장이라는 직함을 붙여서 부르네.

나도 타블로 단장님이라고 부르는 게 좋을까?

그보다도 두 사람의 이야기를 전혀 이해할 수 없다. 제대로 확인하는 게 좋겠지. 나중에 괜한 오해를 낳지 않기 위해서라도.

"저기~, 무슨 말씀인가요?"

나랑도 관계있는 모양인데, 둘이서 대체 무슨 이야기를 하는 걸까.

"으음, 이걸 어떻게 말해야 한다……."

타블로 단장은 곤란하다는 표정을 하고 있다. 어쩔 수 없기에 드루이드 씨를 보았다.

"아이비랑 나는 부녀로 보이잖아?"

"응."

여행 도중에 만난 사람들에게도 그런 말을 들은 적 있다. [사이 좋은 부녀네요]라고. 그건 기뻤다.

"하지만 아이비는 나를 아빠라고 부르는 게 아니라 이름으로 불렀으니까. 주위에서 보면 무슨 관계인지 모르겠지. 친척 관계라면 삼촌이라고 부르든가 했겠지. 친구라고 하기엔 나이 터울이 너무 크고."

아, 그런가. 진짜 부녀라면 이름으로 안 부르겠네. 그렇다면 우리는 어떻게 되었을까.

"보기에 따라서는 내가 아이비를 억지로 끌고 다니는 것으로 보일까."

설마! 절대 그렇지 않은데.

"그런 생각도 좀 했지."

"에엑! 어떻게 그럴 수가."

놀랐다. 그런 식으로 보인다니. 드루이드 씨를 [아빠]라고 부르면 문제가 없을까?

"올여름에 커다란 범죄조직이 괴멸되었지. 피해자들은 보호되었다는 정보가 나왔지만, 비밀리에 끌려간 피해자가 없다고 단언할 수 없다고 해. 그러니까 관계성을 모르는 여행자가 있으면 확인하라는 전달이 있었다."

아하, 그 조직 말인가.

"아이비? 으음, 미안하다."

타블로 단장은 왜인지 사과해왔다. 어라? 혹시 그 조직에 대해 떠올리고 있었으니까 표정에 혐오감이라도 드러났나?

"아뇨, 그게 말이죠~."

설명하는 게 좋을까? 하지만 되도록 꺼내기 싫은 화제인데.

"타블로 단장, 아이비는 딱히 불쾌하게 여기는 것 아닙니다."

"어, 그래?"

"네."

타블로 단장을 불쾌하게 느낀 적은 없다. 만일을 생각해서 물어본 거겠고, 확인은 중요하다.

"그런가."

"우리 아들이 멍청해서 미안하네~."

로즈 씨의 한심함 어린 목소리가 들렸다. 거기에 타블로 단장이 살짝 눈썹을 찌푸렸다.

"어머니. 이건 일입니다."

"실수한 거잖아?"

"……."

타블로 단장은 로즈 씨에게 말빨로 절대 못 이기는 거겠지. 그런 느낌이 든다. 아마도.

"어라? 하지만 마을 문에서 그런 것도 확인하지 않았나요?"

길드 카드와 소유주에 대해서는 매직아이템으로 확실히 조사했던 것 같은데.

"그렇긴 한데, 이따금 그걸 빠져나가는 놈들이 있지."

드루이드 씨가 내 머리를 가볍게 쓰다듬었다. 그런 건가? 완벽하지는 않은 건가?

"하고 싶은 이야기가 더 있거든 안쪽 방을 쓰는 게 어때?"

그러고 보면 여기는 가게 출입구였다. 장사를 방해해버렸네.

"아니. 그러고 보면 오르 마을이라고?"

"음? 예, 얼마 전까지 마물 소동으로 시끄러웠던 바로 그 오르 마을."

"고생이었다고는 들었지. 식량 지원이 필요하다고 생각했는데, 괜찮았나?"

"음, [쌀]을 식량으로 보급할 수 있었으니까 문제없었지요."

재미있을 정도로 단숨에 퍼진 것은 식량 문제에 불안이 있었기 때문이겠지.

"[쌀]? 가축 먹이인 그거?"

타블로 단장이 놀란 표정을 하였다. 뭐, 그게 보통 사람의 반응이겠지.

"음, 맛있는데 먹어보겠습니까?"

"음, 사양하지."

무리인가.

"궁금하네. 어떻게 해서 먹는 거야?"

여기서 갑자기 로즈 씨가 말을 받다니.

"끓이고 [쌀] 안에 고명을 넣고 뭉쳐서 먹습니다."

드루이드 씨의 설명은 간결했지만, 그걸로 상상할 수 있을까?

"응? 전혀 상상이 안 가네."

주먹밥을 모르는 사람이면 무리겠지. 아, 그렇다면.

"만들어 와볼까요?"

쌀을 먹는 사람이 늘어나는 건 기쁘다. 이 마을만의 고명도 만들 수 있을지 모른다. 그러고 보면 이 마을의 소스의 특징도 알고 싶고.

"괜찮겠어?"

"네, 주먹밥이라고 하는 건데요, 같이 먹어줄 사람이 늘어나는 건 기쁘니까요."

"그럼 부탁 좀 해볼까. 우리 부부랑 아들 몫을."

어라? 타블로 단장은 거절했는데. 힐끗 시선을 보내자, 싫다는 얼굴이다.

"뭐야, 타블로. 불만 있어?"

"아니, 나는 사양할게요."

무리라면 어쩔 수 없나.

"몇 년 전에 비가 계속 온 탓에 흉작이 나서 겨울에 식량이 바닥을 친 적이 있었지? 그때 [쌀]을 먹을 수 있다고 알았으면 아이들이 그렇게 고생할 일도 없었어. 아니야?"

로즈 씨의 슬픔과 후회가 담긴 목소리가 가슴 아프다.

"[쌀]은 재배하기 쉽고, 조금 손을 써주기만 해도 수확이 많아. 수해가 났던 해에도 [쌀]은 수확량이 확실했으니까. 뭐, 그 덕분에 모우들이 죽지 않았으니까 이 마을은 버틸 수 있었지만."

"그렇죠. 그때 같은 일을 다시 겪는 건 싫으니까요. 아이비, 부탁해도 될까?"

"물론이에요."

만일의 경우를 위한 식량으로 고려한다면, 내가 만들어오는 것보다 같이 만드는 편이 좋을지도 모른다. 쌀은 물 조절이 아주 중요하다. 게다가 밥   할 때에 불 조절도 필요하다.

"타블로 단장님, 로즈 씨. 같이 해보지 않으실래요?"

""뭐?""

"그래, [쌀]을 요리하는 데에는 요령이 좀 필요하죠. 만일을 생각한다면 요리법을 봐두는 편이 좋지 않을까요?"

드루이드 씨도 같은 생각에 도달한 모양이다.

"분명히 그렇군. 먹을 수 있다고 알아도 조리방법을 모른다면 의미가 없으니까."

로즈 씨는 납득한 모양이다. 타블로 단장을 보니.

"으음, 그건……."

어?

"아하, 타블로는 재주는 많은데 요리만큼은 젬병이거든. 몇 번을 가르쳐도 이상한 것만 나와."

로즈 씨의 말에 이리저리 시선을 피하는 타블로 단장. 요리가 서툴다니 라트루아 씨 같네. 그러고 보면 항상 신세만 지는 건 미안하다면서 라트루아 씨가 수프를 만든 적이 있었지. 하지만 그이후로는 딱 잘라 사양하였다. 뭐라고 할까…… 마음만으로 충분한 맛이었으니까. 그 수프, 어떻게든 먹을 수 있게 손보느라 고생이었어~.

"어려운 게 아니라면 괜찮을 거야……. 분명히."

으음, 왠지 엄청나게 불안해지는데.

"저기, 좀 어려우니까 무리는 하지 않는 게 좋아요. 잘하는 사람을 누구 데려온다든가."

"풋."

"아하하하."

내가 말을 잘못한 모양이다. 드루이드 씨는 웃음을 터뜨렸고, 로즈 씨는 대폭소. 타블로 단장, 미안해요. 악의는 전혀 없어요.

240화 오랜만의 쌀!

웃음이 진정된 뒤에 시간이 날 때에 주먹밥을 같이 만들기로 약속했다. 타블로 단장은 결혼을 약속한 사람이 있다면서 그 사람을 데려오기로 한 모양이다. 하지만 [쌀] 요리를 만들어달라고 했다가 괜히 미움 사지 않을까? 좀 걱정이 된다. 두 사람의 관계에 무슨 일이 생기는 건 싫기에 물어보았더니, 좀 복잡한 표정을 하는 타블로 단장. 고개를 갸웃거리고 있자, 로즈 씨가 '그녀는 호기심 덩어리니까 문제없을 거다'라고 가르쳐주었다. 그 말에 한숨을 내쉬는 타블로 단장. 혹시 여자친구의 그 호기심에 휘둘리는 걸까?

"힘내세요."

그렇게 말해주었더니 로즈 씨가 폭소와 함께 내 등을 두드렸다. 로즈 씨에게는 제대로 웃겼던 모양이다.

타블로 단장에게 숙소 위치를 가르쳐주고 가게를 뒤로 했다. 로즈 씨는 기분이 좋은 건지, 다른 손님들에게도 유쾌하게 대해주었다. 때때로 기능 있는 매직백으로 장난을 치는 건지 비명소리가 들리지만…….

숙소로 돌아오기 전에 장을 좀 보러갔다. 저녁을 위해 필요한 야채나 쌀, 고기 등을 확보하러.

"[쌀]도 사게? 많이 받았잖아?"

"키운 장소가 다르니까 밥 하는 방법도 달라져야 하지 않을까 싶어서요. 확인 좀 하게요."

오르 마을을 떠나기 전에 쌀 농가 사람에게 대량으로 쌀을 받았다. 쌀을 퍼뜨려준 사례라고 했는데, 그 양은 둘이라면 겨울을 가볍게 날 수 있는 정도. 그러니까 살 필요는 없지만, 이 마을의 쌀이 어떤 것인지 확인하고 싶다.

"그런가, 알았어. 그럼 순서대로 가게를 돌아볼까."

"응."

대로를 걸으면서 제일 먼저 발견한 것은 야채를 파는 가게. 역시나 대로에 접한 만큼 가게가 크다. 품목은 일반적인 야채 외에도 이 마을의 특산품들이 있었다. 냄비 요리에 적합한 야채와 날로 먹을 수 있는 야채 등을 가게 사람에게 확인하면서 구입했다. 푸줏간에서는 모우 고기 두 종류, [홀스]와 [타인]의 자투리 고기를 살 수 있었다. 마지막으로 쌀을 찾으러 곡물상으로 향했다. 쌀은 역시 동물 먹이 취급이라서 싸다. 쌀을 사겠다고 했더니 정말이냐고 세 번이나 확인을 해왔다.

숙소로 돌아오자, 빵 굽는 좋은 냄새가 풍겨왔다. 그렇게 먹었는데 또 먹고 싶어지는 냄새다. 방에 돌아와서 소라 등을 가방에서 꺼내주었다. 드루이드 씨는 세 마리의 소리가 밖에 새어나가지 않도록 아이템의 기동 버튼을 눌렀다.

"이제 소리를 내도 괜찮아."

드루이드 씨의 허가에 세 마리가 기쁜 듯이 뛰어다녔다. 뭐, 프렘은 뛰지 않고 데굴데굴 구르지만.

"뿃뿌뿌~."

"떼류류~."

"냐웅."

역시 가방 안에 하루 종일 있는 건 재미없겠지.

"내일은 쓰레기장에 가나?"

"네. 소라, 프렘, 시엘, 내일은 숲에 갈 거니까 신나게 놀 수 있어."

내 말에 세 마리가 기쁜 듯이 부르르 몸을 떨었다. 그 모습은 세 마리 모두 다르기에 보고 있으면 귀엽다.

"그러고 보면 주먹밥이면 되나요? 드루이드 씨, 구운 주먹밥을 더 좋아하면서."

드루이드 씨는 맛이 확실히 있는 구운 주먹밥을 좋아했다. 그렇기에 주먹밥을 설명했을 때에는 조금 놀랐다.

"으음. 여행 도중에 만들어준 주먹밥 있었잖아? 양념한 고기를 섞었던 그거."

양념한 고기 주먹밥? 그거는 주식으로 먹기엔 양이 적었으니까 양념을 해서 고기랑 섞어 주먹밥으로 만들었던 그거? 분명히 그건 맛이 확실히 있어서 드루이드 씨도 하나 더 먹었지.

"[쌀] 이야기를 했더니 그게 떠올라서 먹고 싶어졌어."

그런가. 또 먹고 싶어졌다는 말을 해주는 건 기쁘네.

"그럼 다음에 만드는 주먹밥은 그걸로 할게."

그렇기는 해도 한 종류만 하면 안 되겠네. 또 어떤 맛의 주먹밥을 만들면 될까?

"[쌀] 이야기를 했더니 먹고 싶어졌는데, 오랜만에 [쌀]로 하지 않겠어?"

"분명히 먹고 싶어졌어."

밥이라~. 뭘로 할까. 드루이드 씨의 쌀 요리는 아마도 덮밥이지. 아, 모우가 있다. 이 이름과 고기의 생김새는 전생의 내 기억이 섞여있어.

"덮밥으로 할게요."

아, 말투가……. 드루이드 씨를 보니 웃고 있었다. 때때로 튀어나온다니까.

"그래, 기대할게."

드루이드 씨의 기뻐하는 표정에 이쪽까지 웃게 되었다. 아니, 그렇게 훈훈함에 젖어있기만 하면 안 돼.

"드루이드 씨."

"왜 그래?"

"아빠라고 부르는 편이 좋을까요?"

호칭으로 불신감을 산다면, 호칭을 바꾸는 게 좋겠지.

"부르고 싶은 대로 불러."

"어?"

"딱히 남들이 뭐라고 하든 문제없으니까. 태연하게 있으면 돼."

그런가. 딱히 잘못을 저지른 것도 아니니까. 하지만 일일이 남들이 확인을 하는 것은 나로서는 좀 불만. 그렇다고 해서 바로 드루이드 씨를 아빠라고 부르는 건…… 창피해. 아니, 때때로 아빠라고 불렀지만, 그건 그냥 그때 분위기라고 할까.

"하하, 억지로 그러지 않아도 되니까."

"응. 고마워."

"자, 저녁을 지어볼까."

"그래."

밥을 하면서 모우 고기를 자른다. 야채도 썰어서 양념해서 조린다. 밥이 다 되면, 미리 준비해둔 고명에 달걀을 전체적으로 푼다. 달걀이라고 해도 여기서는 육 열매지만. 달걀이 반숙이 되었을 때 불을 멈추고 잔열로 완성시킨다. 밥공기에 밥을 담고 있자, 도라 씨가 2층으로 올라왔다.

"그건?"

내가 만든 덮밥이 신기한 걸까. 아니면 쌀이 신기한 걸까. 의문 어린 눈치로 물어왔다.

"쌀 요리로 소고기덮밥이라는 거예요. 쌀 위에 이 고명을 올리면 완성돼요."

"[쌀]?"

도라 씨는 살짝 놀란 표정이었다.

"네, 쌀이에요."

가만히 밥공기의 쌀을 바라보는 도라 씨. 어어, 슬슬 이걸 완성시키고 싶은데.

"저기, 좀 드셔보실래요?"

드루이드 씨가 더 먹을 가능성을 생각해서 조금 넉넉하게 만들었다. 그러니까 도라 씨에게 다소 나눠줘도 괜찮다.

"사리파에게도 줄 수 있을까?"

"어어, 조금씩이라면 될지도요."

우리 먹을 것을 생각하면 다는 안 되겠지만, 조금만 나눠주는 걸로 타협하자.

"그럼 부탁 좀 하지."

방에서 밥공기를 가져와서 밥을 담고 위에 고명을 올렸다.

"자, 여기요."

"고마워."

도라 씨는 기쁜 듯이 1층으로 내려갔다. 뭘 하러 온 거지?

"왜 그래? 아까 밥공기를 가져갔지?"

내일 쓰레기장에 가기 위한 준비를 하던 드루이드 씨가 왔다.

"도라 씨가 왔길래, 넉넉히 먹으려고 만든 소고기덮밥을 좀 나눠줬어요."

"아, 그 정도야 괜찮아."

신기하게 생각하면서 우리가 먹을 몫을 완성시켰다.

""잘 먹겠습니다.""

먹으면서 밥의 상태를 확인했다. 밥이 좀 되다. 뭐, 이 정도라면 괜찮을까?

"오늘 [쌀]은 어느 쪽?"

"이 마을 거요."

"그래. 평소의 [쌀]이랑은 좀 다르네. 하지만 여전히 맛있어."

맛있다고 하면서 먹어주는 사람이 있다는 건 좋네. 드루이드 씨는 평소처럼 많이 먹은 건 아니지만 아무튼 다 먹었다.

"잘 먹었습니다."

"드셔주셔서 감사합니다."

식기 등을 씻고 뒷정리를 드루이드 씨에게 부탁한 뒤, 나는 식후에 마실 차를 준비했다. 방으로 돌아가려는데, 도라 씨가 다급한 기색으로 2층에 올라왔다.

"미안해."

"예?"

"빵을 다 구웠다고 말하러 왔는데 까맣게 잊고 있었지 뭐야."

아, 아까 2층에 온 건 그런 거였나.

"우리도 잊고 있었네요. 금방 가지러 갈게요."

"그건 언제든지 좋은데. [쌀] 덮밥이라고 했던가? 맛있었어."

"입에 맞았다니 다행이네요."

"다음에 나와 사리파에게 [쌀] 요리를 가르쳐줄 수 없을까?"

"괜찮아요."

"고마워."

도라 씨는 다급히 1층으로 내려갔다. 이 시간이라면 바쁘겠지. 고생이시다.

방에 돌아와서 빵 이야기를 하자, 드루이드 씨가 1층에 빵을 받으러 가주었다. 그동안에 차와 과일을 준비했다. 소라와 다른 애들은 식후 운동 중.

어라? 뭔가 잊고 있는 것 같은데…….

"빵 가져왔어."

"아~! 빨래!"

"아!"

다급히 둘이서 빨래를 걷으러 갔다. 추위 때문에 빨래들은 하나같이 싸늘해서 제대로 마른 건지 도무지 알 수 없었지만 일단 다

걷어서 돌아왔다. 확인해 보니까 아무튼 다 말라있었기에 다행이었다.

241화 식량 확보!

“추우니까 조심하세요! 그리고 비가 내리면 꼭 비를 피해야 해요. 이렇게 추울 때면 급격하게 체온을 빼앗겨서 생명이 위험하니까요.”

“네.”

문지기의 주의를 들으며 숲으로 향했다. 오늘은 소라랑 아이들을 마음껏 뛰어놀게 해주고 싶다. 하타우 마을에 도착한 뒤로 어제까지 겨울 장비 준비나 길드와의 용무 때문에 그렇게 해주지 못했으니까. 그렇긴 해도 춥네.

“얼굴이 차가워요.”

“그래, 이 추위를 어떻게 좀 해야겠는데.”

드루이드 씨의 질문에.

“얼굴을 천으로 둘둘 싼다든가?”

진지하게 대답해보았지만.

"얼굴을 숨기면 마을에서 쫓겨나게 되니까 그건 안 되지."

"아, 그러네요."

잊고 있었다. 얼굴을 숨기는 건 금지되어 있다. 그러니까 얼굴을 가릴 수는 없다. 혹시 숨겼다간 마을에 들어갈 수 없게 된다. 그리고 수상한 놈으로 찍힐 게 틀림없다.

"뭐, 너무 추워지거든 입가 정도는 가려도 되니까. 그렇다고 해도 이 정도 추위로는 안 되지만."

꽤나 추운데 아직도 안 되네. 고생스럽네.

뒤를 돌아봐서 문과 꽤 거리가 벌어졌음을 확인했다. 주위 기척을 살펴서 사람이 없는 것도 확인 끝.

"기다렸지~."

가방을 열자, 뿅 하고 소라가 튀어나왔다. 이어서 시엘. 소라보다 멋진 착지를 보였다. 그리고 프렘. 항상 그렇지만 가방에서 떨어질 것만 같아서 급히 안아들고 지면으로.

"뿟뿌뿌~."

소라가 기분 좋은 듯이 뿅뿅 뛰어올랐다. 시엘도 오랜만에 아단다라 모습으로 돌아와서 몸을 쭉 펴고 있다.

"미안해. 답답했지?"

역시 소라와 시엘은 숲이 어울려. 프렘은…… 모포 위가 어울릴까. 시엘을 선두로 천천히 숲 안쪽을 향하면서 세 마리의 모습을 살폈다. 본래 모습으로 돌아온 시엘은 최근 관록이 생긴 것 같다.

체격이 이전보다 좋아졌기 때문일까? 소라는 여전히 시엘을 좋아한다. 시엘이 본래 모습으로 돌아오면, 거기에 몸을 부딪쳤다가 튕겨나는 소라. 프렘은 시엘의 등에 올라타서 기분 좋은 표정이다. 아무튼 소라와 프렘은 너무 멋대로야.

"어디로 가는 걸까?"

"뭐, 괜찮겠지."

드루이드 씨와 함께 동물이나 마물의 흔적을 확인하면서 시엘의 뒤를 따라갔다.

"마을 주변에는 커다란 동물이나 마물의 흔적은 거의 없군."

"맞아. 들쥐나 산토끼 흔적만 있고."

잠시 걸어가자 달콤한 향기가 나는 장소에 도착했다.

"이런 계절에 꽃?"

"하지만 꽃 같은 건 안 보이는데."

드루이드 씨와 함께 주위를 둘러보았지만, 꽃은 어디에도 없다. 의아하게 생각하며 시엘을 바라보니, 시엘도 주위를 둘러보고 있었다.

"시엘?"

뭔가 있나 싶어서 기척을 열심히 찾았다. 움직이는 기척은 없다.

"냐옹."

""왜 그래?""

드루이드 씨와 목소리가 겹쳐서 좀 놀랐다. 왠지 모르게 좀 창피한 기분과 함께 시엘에게 다가갔다. 소라도 시엘의 근처로 와서 뭔가를 바라보고 있다. 그 시선을 따라가 보니, 거기에는 하얗고 작은 꽃. 왠지 몰라도 아주 예쁜 꽃이 있었다.

"우왓!"

나는 예쁘다고 생각했는데, 드루이드 씨는 나와 달리 펄쩍 뛰며 싫은 표정을 하였다. 혹시 독이라도 있나?

"드루이드 씨, 이 꽃을 아세요?"

"그래, [죽음을 부르는 꽃]이라고 불리지."

죽음을 부르는 꽃. 왠지 무시무시한 이름인데, 꽃 이름이 그래?

"그게 이 꽃 이름인가요?"

"아니, 꽃 이름은 스노."

꽤나 예쁜 이른. 하지만 죽은 사람을 부르는 꽃? 생긴 거로는 지면에서 15센티미터 정도 위치에 다섯 장의 하얀 꽃잎이 흔들리고 있다. 꽃 자체도 아주 작다.

"왜 죽음을 부르는 꽃이라고 불리나요?"

"이 꽃이 피는 해에는 눈이 많아서, 사망자가 늘어나거든."

그러니까 죽음을 부른다고 하는 건가.

"왜 그렇게 된 거죠?"

"어?"

"아뇨, 이 스노는 일부러 가르쳐주는 거잖아요. 올해는 눈이 많으니까 조심하라고."

"조심하라고?"

"응, 이 꽃을 본 해는 눈이 많이 올 테니까 대책을 세우라는 소리잖아요?"

"아, 그러고 보면 또 다른 별명이 있었지. 분명히 [알림의 꽃]이라고."

"나는 그쪽이 좋아."

죽음 같은 별명은 싫어. 이렇게 꽃이 예쁜데.

"강하게 인상에 박힌 쪽이 퍼진 거겠지."

분명히 죽음이란 말이 더 인상이 강하지. 어쩔 수 없나. 그렇긴 해도 이 꽃이 피었다면 올해 겨울은 눈이 많고 매우 힘들어지나.

"지금 대책으로 문제없을까요?"

"숙소로 돌아가서 일단 확인해보자. 또 길드에 이 꽃을 보았다고 보고해야지."

길드에 보고해두면, 제대로 대책을 세워줄까? 뭐, 그건 이 마을의 길드마스터에게 달렸겠지.

"시엘, 가르쳐줘서 고마워."

"냐웅."

드루이드 씨가 꽃이 핀 장소를 확인한 뒤에 오늘 목적지인 쓰레기장으로 향했다. 잠시 뒤에 쓰레기장이 보였다.

"어라? 이 마을의 쓰레기장은 다른 곳에 비해 작네요."

"그러네. 마을 규모를 생각하면 이보다 두 배는 되어도 이상할 것 없는데. 마을 전속의 테이머라도 두고 있나?"

상상했던 것보다 비교적 작은 쓰레기장. 포션이 있는지 불안하지만, 언뜻 둘러본 인상으로는 문제없이 버려져 있었다. 다행이다.

"소라와 시엘은 너무 멀리서 놀지 마. 그리고 포션도 마석도 지금은 필요 없으니까! 프렘도 잘 부탁해."

세 마리에게 부탁한 뒤에 필요한 것을 주으러 갔다.

"검은 얼마나 필요하지?"

드루이드 씨의 말에 어젯밤에 확인한 검 개수를 떠올렸다. 하루에 두 개 주고 있으니까 앞으로 열흘 정도는 문제없겠지만, 얼마나 더 주우면 괜찮을까.

"숙소에 열흘치는 있어요. 눈이 쌓이지 않으다면 딱히 문제없겠지만요."

"눈이 오면 거기 묻혀서 주울 수 없을 테니까."

그래, 쓰레기장에도 눈이 쌓이기 때문에, 적설량에 따라서는 못 줍게 될 가능성이 있다.

"챙길 수 있는 데까지 챙겨갈까? 버릴 일은 없을 테니까."

분명히 소라가 검을 안 먹고 넘길 리는 없으니까.

"응, 그렇게 해."

검은 드루이드 씨에게 맡기고 나는 포션을 주우러 갔다. 가방 안이 가득 찼기에 그걸로 끝. 눈이 내리기 전에 다시금 검을 주우러 오면 겨울을 날 수 있을 정도가 될까? 숙소에 돌아가거든 숫자를 확인해봐야지.

“기다렸지. 일단 서른 개 정도는 주운 것 같아.”

“고마워.”

드루이드 씨가 가지고 있는 매직백도 가득 찬 모양이다.

“자, 오늘은 얌전히 있으려나?”

“괜찮아. 부탁도 했고.”

두근거리는 마음으로 아이들이 있는 곳으로 향했다.

“기다렸지. 먹을 것들 챙겨왔어.”

소라와 프렘의 주위를 훑어보았지만, 아무것도 떨어져 있지 않다. 그 사실에 몸에서 힘이 빠졌다. 다행이다, 박스 안이 더 불어날 일은 없겠다.

“냐옹.”

“응? 왜 그래?”

시엘이 다가와서 내 얼굴에 자기 얼굴을 비벼댔다. 이건 [잠깐 좀 다녀올게]라는 신호.

“밥 먹으러 가게?”

“냐옹.”

“조심해. 이 주변에 어떤 마물이 있는지 모르니까.”

머리를 쓰다듬어주자 눈을 가늘게 뜨며 기분 좋다는 표정을 했다.

"아단다라보다 강한 마물의 정보는 없었지만, 조심해."

드루이드 씨는 가볍게 그 머리를 두드리고 손을 들었다.

"냐옹."

우리 말에 꼬리를 즐겁게 흔들더니, 바람처럼 숲 안쪽으로 달려갔다.

"빠르네~."

드루이드 씨가 무심코 그렇게 말할 정도로 시엘이 전력으로 달리면 순식간에 보이지 않게 된다. 어디, 시엘이 돌아올 때까지 숲을 탐험해볼까. 소라가 아까부터 꼼지락거리고 있고.

"소라, 숲을 탐험할까?"

"뿟뿌뿌~."

"……류~."

프렘은 이미 충분하다는 눈치로 불만스럽게 울었다.

"프렘은 게으름뱅이구나."

드루이드 씨의 말에 프렘이 몸을 위아래로 주욱 뻗었다. 혹시 항의? 그렇다면 귀여운 항의네.

"뿟뿌뿌뿌뿌뿌~."

"알았으니까 기다려!"

프렘을 안아들고 소라에게로 다가갔다. 시엘이 돌아올 때까지 뭐 좀 찾을 수 있을까?

242화 미아?

"뿟뿌뿌~."

숲에 소라의 울음소리가 울린다. 평소보다 조금 큰 울음소리. 오랜만에 숲에서 자유를 맛봐서 기분이 많이 좋은 모양이다.

"소라, 너무 깊숙이 들어가면 안 돼."

선두에 나서서 뛰어가는 소라를 쫓아가지만, 아무래도 깊숙한 곳으로 들어가려는 것 같다.

"뿌~?"

소라는 멈춰 서서 뒤에 있는 우리를 보았다.

"위험한 마물이나 동물이 있을 가능성이 있으니까."

그렇게 말하긴 했지만 고개가 갸웃거려졌다. 지금 있는 장소 주변의 기척을 아까부터 살피고 있지만, 이상하다.

"왜 그래?"

"그게 이 주변의 기척에 움직임이 없어서."

"응?"

"추위에 약한 동물은 동면에 들어갔을 가능성이 있으니까 움직임이 없는 건 이해되는데, 추위에 강한 마물도 움직이지 않는 게 이상해서."

보통 숲속에는 다종다양한 것들이 움직이며 기척을 낸다. 그중에서 위험한 기척인지, 안전한 기척인지를 간파하여 행동한다. 이 숲에 들어올 때에는 분명히 여러 동물들이 움직이고 있었다. 시엘의 기척을 느꼈는지 도망치는 기척도 많았지만, 지금은 왜인지 아무런 움직임이 없다. 기척은 느껴진다. 하지만 움직이질 않는다. 이건 뭔가 이상하다.

"뭔가 있나? 그러고 보면 너무 조용한데."

아빠의 말에 귀를 기울여보니, 바람소리나 나뭇가지들이 스치는 소리는 들려도 동물이 내는 소리는 들리지 않았다. 역시 기척과 마찬가지로 움직임이 없다.

"조금 무서워요."

"그렇군."

시엘은 괜찮나? 불안해져서 주위를 둘러보았다.

"뿟뿌뿌~."

소라의 기쁜 듯한 소리에 그쪽을 보았다. 의아한 마음으로 다가가니, 소라 앞에 검은 구체가 굴러다니고 있었다.

"아, 이건 수호신의 자식이던가?"

드루이드 씨의 말처럼 얼마 전에 보았던, 아마도 숲의 수호신 서펀트 씨의 자식이다.

"왜 그래? 서펀트 씨는 없어?"

검은 구체에게 말을 걸어보았지만, 움직임이 없다. 불안한 마음에 검은 구체를 가만히 만져보았다. 건드린 순간 꿈틀 하고 떨리는 몸.

"다행이다. 살아있구나."

움직이지 않길래 죽은 건지 불안했는데, 괜찮은 모양이다. 그러고 보면 전에 만난 애도 겁이 많았지. 으음~, 만진 건 실수였을지도 모르겠어. 손을 떼고 차분한 목소리를 의식하면서 천천히 말을 걸어보았다.

"미안해. 저번에 만났는데, 혹시 기억해?"

"뿃뿌뿌~."

소라도 구체 주위를 팔짝팔짝 뛰면서 울고 있는데, 말을 거는 걸까? 잠시 동안 가만히 지켜보고 있자, 구체 안에서 갑자기 또 하나의 구체가 튀어나왔다.

"오옷, 얼굴이다."

"왠지 귀엽네요."

저번에 만났을 때에는 서펀트 씨의 이미지가 강렬했기에 자식들을 자세히 보지 못했다. 그래서 모르고 있었는데, 검은 구체의 얼굴은 더 작은 구체인 모양이다. 왠지 귀엽다.

"어, 귀엽다고? 아니, 그건 좀 아닌데."

드루이드 씨는 아무래도 귀엽게 여기지 않는 모양이다. 아쉽네. 귀엽다고 생각하는데, 혹시나 이건 나만의 감각일까? 그건 좀 싫은데.

검은 구체는 작은 구체 부분을 이리저리 움직여서 주위를 살펴보았다. 그 모습은 뭔가 필사적으로 보인다. 혹시 서펀트 씨를 잃어버렸나?

"서펀트 씨가 어디 있는지 알아?"

우리에게 익숙해졌는지, 말을 걸자 목을 힘껏 뻗어 나를 본 뒤에 얼굴을 옆으로 흔들었다. 목이 있었다는 사실에 놀랐지만, 그걸 보고 있자니 마음이 놓였다. 뭐라고 할까, 열심히 애쓰는 모습이라서 마음이 푸근해진다고 할까?

"모른다면 미아가 된 건가."

드루이드 씨의 말에 또 고개를 옆으로 흔드는 듯한 모습? 미아는 아닌 모양이다.

"여기가 어딘지는 알아?"

다시금 드루이드 씨가 묻자, 마치 굳어버린 것처럼 전혀 움직이지 않는 검은 구체. 이건 아무리 봐도 미아 아닌가? 가만히 드루이드 씨를 살펴보니 쓴웃음을 짓고 있었다.

"어떻게 하죠?"

"흐음. 소라, 서펀트가 어디 있는지 알겠어?"

"뿌."

소라는 고개를 갸웃거리듯이 몸을 옆으로 기울였다. 아쉽게도 모르는 모양이다.

"어쩔 수 없군. 소라가 돌아올 때까지 기다릴까."

그것밖에 방법이 없나? 주위에 움직이는 기척은 없지만, 위험한 장소니까 우리끼리만 찾으러 다니는 것도 득책은 아니다. 하지만 이미 소라를 좇아서 돌아다녔으니까 설득력이 없네~. 그런 생각도 들지만, 이 이상 위험한 짓은 안 하는 편이 좋겠지. 서펀트 씨가 어디 있는지 모르는 지금은.

"시엘에게 부탁할 수밖에 없는 모양이네요."

시엘의 일이 늘어나는 건 미안하지만, 요정이라는 말까지 듣는 서펀트 씨의 자식을 여기에 두고 갈 수도 없다. 못된 사람의 눈에 띄면 큰일이 일어날 가능성이 있다.

"그렇긴 해도 신기한 생물이군."

드루이드 씨가 검은 구체를 툭툭 손가락으로 찌르자, 얼굴을 집어넣지는 않았어도 꿈틀 몸을 떨었다. 아직 좀 무서운 건지 움직임이 뻣뻣한 게 정말 귀엽다.

"드루이드 씨, 그러면 불쌍하잖아요."

"아이비도 웃었으면서."

"그치만 반응이 귀여워서."

둘이서 웃고 있자, 이쪽을 향해 달려오는 기척이 있었다. 조금 긴장했지만, 그 기척이 잘 아는 것이란 것을 깨닫고 몸에서 힘이 빠졌다. 소라도 시엘의 기척을 느낀 건지, 기척이 느껴지는 쪽을 향해 뿅뿅 뛰어갔다.

"시엘인가?"

소라의 모습을 보고 드루이드 씨도 알아차린 모양이다.

"응. 지금 이쪽으로 향해 엄청 빨리 돌아오고 있어."

정말로 빠르다고 감탄하는 동안에 시엘이 바람처럼 달려왔다.

"냐옹."

"어서 와, 다치진 않았어?"

그렇게 묻자, 내 머리에 얼굴을 쓱쓱 비비는 시엘. 그 힘이 오늘은 평소보다 좀 세다. 왠지 사냥이 잘 되어서 기분이 좋은 모양이다. 시엘의 힘에 밀려서 몸이 뒤로 밀려날 것만 같다.

"배 든든히 채웠어?"

드루이드 씨가 슬쩍 내 등을 받쳐주었기에, 간신히 시엘을 받아낼 수 있었다. 다행이다.

"냐옹."

그가 시엘의 머리를 쓰다듬자 그르르 소리를 내며 받아들였다. 그때에 생각이 미쳐서 검은 구체 쪽으로 시선을 주자, 처음에 만났을 때의 상태로 돌아가 있었다. 아무래도 시엘에게 놀라서 얼굴을 집어넣은 모양이다.

"시엘, 부탁이 있어."

시엘의 눈을 똑바로 쳐다보았다. 시엘도 나를 똑바로 바라보았다.

"있잖아, 이 애는 이 마을에 오기 전에 만났던 커다란 뱀, 서펀트 씨의 자식인 것 같은데, 미아가 된 모양이야. 미안, 잠깐만 들어 올릴게."

검은 구체를 가만히 들어 올려서 시엘에게 보여주었다.

"서펀트 씨에게 데려다주고 싶은데, 어디 있는지 알아?"

"냐옹."

시엘은 서펀트 씨가 어디 있는지 아는 건지, 망설임 없이 대답해주었다.

"어디로 가면 만날 수 있어?"

내 질문에 시엘은 지금 돌아온 길을 도로 걸어가기 시작했다.

"안내해주는 거야?"

"냐옹."

힐끗 뒤를 돌아보며 울더니, 다시 천천히 걷기 시작했다.

"고마워."

검은 구체를 지면에 내려놓을까 했지만, 저번에 구체가 걷던 속도를 생각하고 이대로 안고 가기로 했다. 이 아이의 속도로 걷다간 분명히 밤이 될 거야.

"서펀트 씨에게 가자."

품 안의 구체에게 조용히 말해주자, 얼굴이 갑자기 튀어나와서 놀랐다. 아무리 그래도 갑자기 튀어나오면 좀 무서워.

243화 조금 안심

시엘의 뒤를 따라서 숲속 깊은 곳으로 나아갔다. 주위 기척을 살피자, 여기저기서 마물의 기척이 느껴졌다. 하지만 역시 움직임은 없는 모양이다.

"여기까지 와도 조용하군."

드루이드 씨의 말에 고개를 끄덕이고는, 만일의 경우를 생각해서 경계를 끌어올렸다.

그렇긴 해도 춥다. 오랫동안 밖에 있었기 때문에 생각 이상으로 몸이 차가워진 모양이다. 손끝발끝이 시려온다. 돌아가거든 따뜻한 물로 목욕해야지. 드루이드 씨가 욕탕 있는 숙소를 고집한 이유를 이해할 수 있겠다.

"응? 추워? 괜찮아?"

손가락을 모아서 비비는 내 모습을 본 건지 드루이드 씨가 걱정스럽게 내 얼굴을 들여다보았다.

"괜찮아."

"정말로?"

드루이드 씨의 걱정하는 이 표정은 어떻게 대해야 좋을지 모르겠어. 여기에 고집을 부리면 못된 짓을 하는 기분이 든다. 고집 부릴 필요도 없지만…….

"저기, 코트가 있으니까 몸은 괜찮지만, 손끝발끝이 차가워서. 하지만 숙소에 돌아가면 느긋하게 목욕할 거니까. 그러니까 괜찮아."

무슨 변명 같은 말이 되어버렸네.

"그래. 분명히 손끝이 곱아들지. 뜨거운 물로 씻고 싶어."

"진짜로."

품속에서 굼실굼실 움직이는 기척에 검은 구체를 보았다. 얼굴 부분이 이리저리 움직이면서 주변을 보고 있다. 혹시 서펀트 씨가 근처에 있나?

"뿟뿌뿌~."

시엘의 뒤에서 얌전히 뛰어가던 소라가 갑자기 큰 소리를 내었다. 그쪽을 보니, 힘차게 뛰어가는 모습이 눈에 들어왔다. 놀라서 눈을 크게 떠보니, 아무래도 커다란 검은 바위로 가는 모양이다.

"엄청 큰 바위네요. 어라? 무늬?"

다가가보니 검은 바위라고 생각했던 것에 하얀 무늬가 있는 것을 깨달았다. 게다가 이 무늬는 본 적이 있다.

"혹시 서펀트 씨?"

바위로 보인 것은 커다란 몸이었던 모양이다.

"어느 쪽이 얼굴일 것 같아?"

드루이드 씨의 질문에 좌우를 둘러보았다. 전혀 차이가 없다.

"으음."

서펀트 씨와 만나기는 했는데, 눈앞에 있는 것은 몸이니까 얼굴이 있는 쪽으로 가야 한다. 하지만 몸을 좀 굽히고 있어서, 좌우를 둘러봐도 다 똑같이 보이니까 어느 쪽으로 가야 좋을지 모르겠다. 정말로 어떻게 이렇게 클 수 있나 놀랄 정도로 커다란 서펀트 씨. 어느 쪽으로 가야 할지 고민하는데, 머리 위에 그림자가 드리워졌다. 위를 올려다보니, 서펀트 씨가 이쪽을 내려다보고 있었다. 시선이 마주친 순간, 무섭다는 마음 같은 건 전혀 없고 순수하게 얼굴을 찾은 것에 안도하였다.

"오랜만이에요. 기억하나요?"

조금 목소리를 높이며 한손을 흔들었다. 드루이드 씨도 가볍게 손을 들고 있다. 가만히 이쪽을 바라보는 눈이 살짝 가늘어지나 싶더니, 스윽 하고 고개가 아래로 내려왔다.

"다행이다. 기억하나 보네요. 오늘은요, 이 아이가 미아가 되었길래 데려왔어요."

품 안의 검은 구체를 보여주자, 서펀트 씨가 한숨을 내쉬었다. 그리고 품속의 검은 구체가 부르르 몸을 떨었다. 혹시 나중에 야단맞는 걸까? 힘내!

"자, 다음부터는 조심해."

검은 구체를 발치에 내려놓자, 다리가 튀어나오고 총총총 서펀트 씨를 향해 걸어갔다. 하지만 바로 작은 돌에 걸려서 서펀트 씨가 있는 장소와는 정반대 방향으로 굴러갔다. 드루이드 씨가 다급히 뒤를 쫓아가서 안아들더니 서펀트 씨의 몸 위에 내려놓았다.

"미안해, 처음부터 그랬으면 좋았을걸."

그러고 보면 서펀트 씨의 몸 위에서는 떨어지지 않네. 신기하게 생각하면서 검은 구체의 다리를 보았다. 검은 구체의 발끝에는 발톱이 있어서, 그걸로 서펀트 씨의 비늘 가장자리를 꽉 붙잡고 있다. 그렇구나, 그래서 안 떨어지는구나.

감탄하고 있자, 시엘이 슬라임이 되어서 서펀트 씨의 위로 뛰어올랐다. 그걸 본 소라도. 그리고 검은 구체와 함께 놀기 시작했다.

"소라랑 시엘이 저래서 미안해. 몸 위에서 놀고 있는데 괜찮아?"

서펀트 씨는 힐끔 시선을 주었을 뿐이지 딱히 반응하지 않았다. 아마도 괜찮다는 소리겠지. 정말이지 저 둘은!

"쿠쿠쿠쿠쿳."

이상한 소리가 나서 주위를 보았지만, 우리 이외에 움직이는 기척은 없다. 드루이드 씨가 숲을 둘러보고 있지만, 아무것도 못 찾은 모양이다.

"쿠쿠쿠쿠쿳."

또 그 소리. 머리 위에서 들려왔다.

"어, 서펀트 씨가 내는 소리?"

"쿠쿠쿠쿠쿳."

어라? 입은 열지 않았는데……. 목으로 소리를 내는 건가? 그보다 뱀도 울 수 있어? 게다가 덩치가 커다란 서펀트 씨에게는 안 어울리게 귀여운 소리. 외모랑 목소리가 일치하지 않는다. 가만히 서펀트 씨를 보고 있자, 가까이 있던 얼굴이 더욱 다가왔다. 거기에 놀라자, 입에서 혀가 튀어나왔다. 거기에 시선을 주자 혀 위에 검은 구체.

"어? 아니, 이미 충분하니까."

감사의 표시로 주려는 거겠지만, 겉으로 꺼내놓을 수 없는 마석이 늘어나는 건 큰일이다. 조심스럽게 거부했지만, 억지로 내게 넘겨주었다. 다급히 돌려주려고 했지만, 이미 얼굴은 물러난 뒤. 돌려줄 기회를 놓쳐버렸다. 게다가 서펀트 씨의 표정은 어딘가 모르게 만족스럽게 보여서 돌려주기 껄끄러워졌다.

"어어~, 고마워."

감사의 말을 하자, 눈을 가늘게 뜨며 한 차례 끄덕이는 서펀트 씨. 그러고 보면 이 마석의 힘을 우리는 모르지. 물어보면 가르쳐 주려나?

"서펀트 씨, 이 마석에는 어떤 힘이 있어?"

"쿠쿠쿠쿳쿠쿠쿠쿳."

이런, 뱀의 말은 못 알아듣지. 어떻게든 설명해주는 것 같지만. 위를 올려다보니 똑바로 내 눈을 바라보는 서펀트 씨.

"미안, 무슨 말인지 못 알아들었어."

"……쿠쿠쿳."

서펀트 씨의 목소리에서 힘이 빠졌다. 역시 설명해주는 거였나.

"어어, 그렇지! 죽은 사람을 되살릴 수 있다는 게 진짜?"

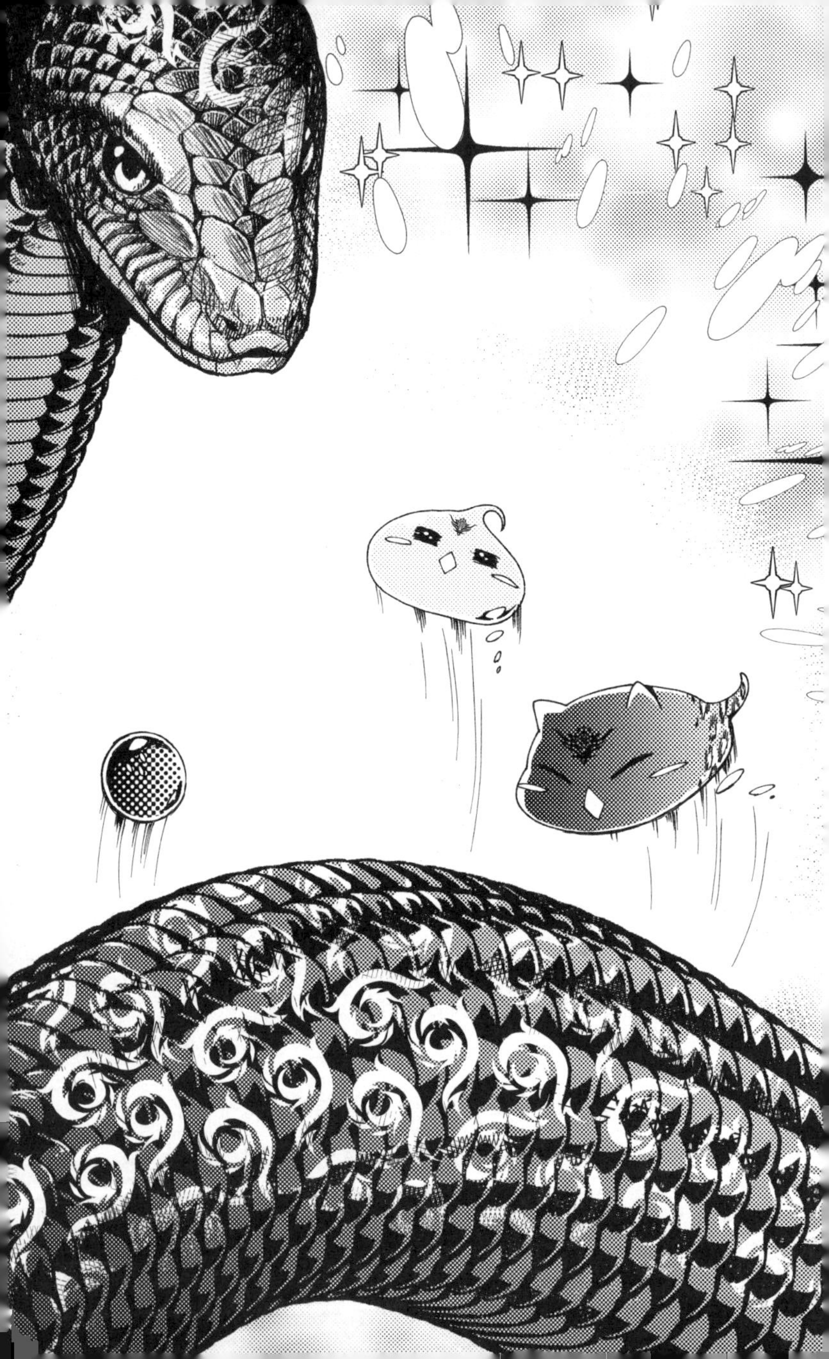

그 질문에 서펀트 씨가 고개를 내저었다. 아무래도 아닌 모양이다. 역시 드루이드 씨의 말이 맞았다. 하지만 아니라는 대답에 안심했다. 그런 무시무시한 마석은 필요없다.

"고마워."

받아든 마석이 다소나마 가볍게 느껴졌다. 정말 마음 탓이지만.

"슬슬 돌아가라. 어두워지기 시작했어."

주위를 보니, 숲속에 들어오던 빛이 약해지고 있었다.

"응. 서펀트 씨, 또 봐. 소라, 시엘! 돌아가자."

내 말에도 서펀트 씨 위에서 몸을 흔들기만 하는 두 마리.

"두고 간다~."

그런 드루이드 씨의 말에 허둥거리기 시작했다. 너무하잖아. 돌아온 소라와 시엘의 머리를 한 차례 가볍게 쓰다듬었다.

"쿠쿠쿠쿳."

서펀트 씨는 인사인지 한 번 울더니 이동하기 시작했다.

"뿟뿌뿌~."

"냐옹."

소라와 시엘도 인사? 를 하였다.

어느 틈에 시엘이 아단다라로 돌아와 있었다. 이전보다 변화를 매끄럽게 할 수 있게 되어서 시엘은 변화를 즐기는 모양이다.

"돌아갈까."

마을로 돌아가는 도중에, 숲에 사는 마물들의 기척이 움직이는 것을 깨달았다. 아까까지는 전혀 움직이지 않았는데. 주위 기척을 살펴보니 동물들도 있는 것 같았다.

“왜 그래?”

“움직이지 않았던 기척들이 움직이기 시작해서.”

“……혹시 서펀트가 있었으니까 못 움직였던 걸지도 모르겠군.”

“응?”

“숲의 수호신이라고 할 정도의 힘을 가졌으니까 다들 무서워하는 걸지도.”

무서워한다? 그렇게 마음 착한데? 서펀트 씨에 대해서 아직 잘 모르는구나. 또 만날 수 있을까?

244화 추위 주의

문지기에게 인사를 하고 마을에 들어갔다. 태양이 구름 뒤에 숨었는지 추위가 더해졌다. 어제보다 꽤 추울 것 같지만, 기분 탓일까?

“이대로 길드로 갈까?”

“아니, 오늘은 숙소로 돌아가서 몸부터 데우자. 너무 추워.”

분명히 손끝발끝의 감각이 없다. 숙소에 돌아가자, 도라 씨가 맞아주었다. 왠지 안도한 표정을 하고서.

“어서 와.”

“지금 왔습니다. 무슨 일 있었나요?”

“방금 전에 길드에서 오늘 밤에는 꽤 많이 추울 가능성이 있다는 연락이 있어서.”

“그런가요. 그러고 보면 오늘 추위는 정말 심하군요.”

내 기분 탓이 아니라 정말로 어제보다 추운가.

“그렇죠. 아직 이 정도로 추워질 시기는 아닌데 말이죠. 그러니까 걱정이 되어서.”

“혹시 아직 돌아오지 않은 사람이 또 있습니까?”

“드루이드 씨의 옆방에 묵는, 아이를 데리고 여행하는 분들이 아직입니다.”

도라 씨가 문 밖으로 시선을 보냈다. 분명히 우리 옆방에는 나와 비슷한 또래의 남자애와 조금 위의 남자애를 데리고 있는 부부가 묵고 있었을 터. 괜찮을까?

“이런, 붙잡고 있어서 죄송합니다. 뜨거운 물로 좀 씻어서 몸을 데우시죠. 감기 걸리겠어요.”

도라 씨에게 인사를 하고 방에 돌아와서 목욕할 준비를 하여 욕실로 향했다. 손끝발끝부터 추위가 전해져서 지금은 몸 전체가 춥다.

"천천히 씻고 와."

"네!"

드루이드 씨와 헤어져서 여탕으로 향했다. 단추를 끄르려고 해도 손이 잘 안 움직여서 힘들었다. 손이 곱아서 마음대로 움직여 주질 않는다. 악전고투를 하고 있자,

"괜찮아?"

온화한 여자 목소리가 들렸다. 시선을 돌리자, 지금 막 씻고 나온 건지 수증기가 떠도는 40대 정도의 여성이 내 손을 보고 있었다.

"단추 도와줄까?"

"아뇨, 괜찮아요."

"사양 안 해도 돼. 그런 상태면 감기 걸리겠어."

가볍게 뻗어오는 손에 긴장해서 등이 쭉 펴졌다. 그걸 느꼈는지 여성이 잠시 주저했지만, 조심히 단추를 끌러주었다.

"자, 이제 다 됐어."

"고맙습니다."

"무슨 말을. 나는 3층에 묵고 있는 루샤. 잘 부탁해."

"2층에 묵고 있는 아이비입니다. 잘 부탁드립니다."

머리를 가볍게 숙여서 인사했다. 그게 기쁜지 웃으면서 루샤 씨도 고개를 숙여주었다.

"자, 얼른 들어가. 감기 걸리겠다."

"네."

단추만 다 끌렀으면 손가락이 좀 안 움직이더라도 옷을 벗을 수 있다. 타월이나 비누를 챙겨서 욕탕에 들어갈 때, 뒤를 확인하니 탈의실에서 나가는 루샤 씨의 뒷모습이 눈에 들어왔다.

"좋은 사람이었지."

몸이 너무 차가우면 뜨거운 물이 아프게 느껴진다는 경험을 하면서 천천히 들어가서 몸을 데웠다. 추위로 굳어졌던 근육이 천천히 풀어지는 게 기분 좋다.

꾸르르…….

"배고프다."

몸도 데워졌고, 괜찮겠지.

꾸르르…….

좋아, 이만 나가자! 몸을 닦고 탈의실에서 나가자, 빵 냄새가 풍겨왔다. 이 숙소에 묵고 있으면 살찌겠어.

2층으로 올라갈 때 도라 씨가 아직도 현관 근처에 있는 게 보였다. 아직도 마지막 손님이 돌아오지 않은 모양이다.

"씻고 왔어요."

"어서 와."

방에 돌아가자 이미 드루이드 씨가 소라와 시엘, 두 마리와 놀고 있었다. ……아니, 두 마리의 장난감이 되어 있다고 해야 할까? 침대에 엎드려 자는 드루이드 씨의 허리 위에서 소라와 시엘이 몸을 부딪치고 있다.

"아프지 않아?"

"응? 아니, 진동이 기분 좋아."

……이게 상부상조? 조금 다른가? 그렇긴 해도 기분 좋나?

"이 애들은 몸은 닦아줬으니까. 프렘은 침대 위에 있어."

"고마워."

니 침대를 보니 프렘이 자고 있다. 가만히 살펴보다가 타월을 준비해서 그쪽으로 이동시켰다. 프렘은 여전히 침을 흘리며 잔다. 조금만 더 있으면 이불에 침자국이 묻을 뻔했다.

"아, 3층에 묵는 루샤 씨한테 신세 좀 졌어."

"응? 무슨 일 있었어?"

"손이 곱아서 단추를 못 끄르고 있는데 도움을 받았어."

"그랬군. 손을 조금 데우고 들어가면 좋았겠군."

"드루이드 씨는 괜찮았어?"

"단추 없는 옷을 입었으니까 괜찮았지."

그러고 보면 없었지. 숲에 가는 추운 날에는 단추가 있는 옷을 입지 않도록 하자.

"아, 맞다. 손을 데운다는 건 어떻게 해?"

"어어, 손을 비빈다든가, 데운 타월을 준비해달라는 것도 좋겠지."

데운 타월은 괜찮을지도 모르겠네. 오늘 추위는 손을 비비는 정도로는 안 될 것 같으니까.

꾸르르…….

"……."

내 배에서 소리가 난 순간, 드루이드 씨와 시선이 마주쳤다. 차, 창피해. 얼굴에 뜨거운 기운이 도는 게 느껴진다.

"어어, 저녁 만들어올게요."

아, 애들 밥도 아직 안 줬지. 먼저 준비하자.

"크크, 도와줄게. 이 추위 속에서 돌아다니면 배가 고플 수밖에 없지."

"드루이드 씨도?"

드루이드 씨가 힐끗 내 쪽을 보며 웃음을 보이더니 끄덕였다.

"그래. 씻는 도중부터 배가 고파서. 누가 더 있었으면 창피했겠어."

드루이드 씨의 말에 웃으면서 아이들의 포션을 매직백에서 꺼냈다. 그걸 알아차렸는지, 드루이드 씨의 허리에서 기세 좋게 뛰어내려오는 소라.

"큭, 소라, 지금 그건 안 되지."

아팠던 모양이다. 프렘도 포션을 알아차렸는지 침대에서 몸을 굴려서 포션 쪽으로 다가왔다. 이럴 때만 부지런하다니까~.

"저녁 하고 올게. 소라, 프렘은 천천히 먹어. 시엘, 밥 다 될 때까지만 놀아야 된다. 그럼 다녀오겠습니다."

"뿟뿌~."

"류~."

"냐옹."

2층의 조리 공간을 빌려서 저녁을 하기 시작했다. 오늘은 숲에 갈 예정이었기에 아침에 수프를 준비해달라고 했다. 그러니까 그걸 데우기만 하면 된다. 간단하게 샐러드를 만들고, 그리고 숙소의 빵을 받아서 완성. 오늘은 천천히 먹고 싶었으니까 방으로 이동. 침대를 보니 세 마리가 나란히 자고 있었다. 프렘만 타월 위로 이동시켰다.

""잘 먹겠습니다.""

추운 날에는 역시 수프가 맛있다. 큼직큼직한 고기가 들어가서 만족스럽게 먹을 수 있었다.

"숲에 가는 날은 수프를 만들어가는 게 좋겠군. 돌아와서 데우기만 하면 바로 먹을 수 있고."

"맞아."

휘이잉, 덜컹덜컹덜컹.

"와앗!"

바람소리가 커지나 싶더니, 창문이 크게 흔들려서 놀랐다.

"바람이 세졌군."

"응."

창문이 바람에 흔들려서 덜걱대는 것을 들으면서 저녁을 먹었다. 맛있지만, 왠지 불안한 시간이 지나갔다.

245화 수면 부족

"졸려……."

어젯밤에는 계속 바람이 시끄럽게 불고 창문도 덜걱덜걱 시끄러워서, 솔직히 무서워서 제대로 잘 수 없었다. 휘잉~ 하는 소리는 왠지 불안감을 조장한다.

"좋은 아침. 괜찮아? 어제는 별로 못 잔 모양인데."

"괜찮아요. 아침에는 그래도 좀 잤으니까."

"오늘은 길드에 스노를 보고하는 것만 하고 느긋하게 보낼까."

"응."

조금 나른하게 느껴지는 몸을 가벼운 운동으로 풀어주고, 아침 식사를 받으러 1층으로 갔다. 식당에 들어가니, 숙소에 묵고 있는 사람들이 모여서 이야기하는 모습이 눈에 들어왔다.

""안녕하세요.""

옆을 지나갈 때에 인사하자, 각자 답례를 해주었다. 나는 그대로 자리로 향했지만, 드루이드 씨는 모인 이들 사이에 끼어들었다. 모험가들은 숙소에 묵을 때에 아침 인사를 나누면서 각자가 가진 정보를 교환한다. 나는 아직 어리기 때문에 참가할 수 없다. 그러니까 아침의 정보 교환은 드루이드 씨가 하는 일로 정해졌다.

"안녕하세요."

아침식사를 돌리는 도라 씨에게 인사를 하고 자리에 앉았다. 며칠 지내면서 손님들이 앉는 자리도 대충 정해졌는지 다들 항상 같은 자리다.

"오오, 어젯밤에는 꽤 요란스러웠는데 제대로 잤어? 응? 아, 얼굴을 보아하니 힘들었나 보군."

도라 씨는 내 얼굴을 보고 쓴웃음을 지었다. 그렇게 얼굴이 반쪽이 났나? 아침에 거울을 보았을 때에는 눈밑이 좀 거뭇거뭇한 정도였는데.

"그렇게 얼굴이 안 좋은가요?"

조금 걱정스러워져서 물어보았다.

"눈밑이 시커멓고, 안색도 평소보다 안 좋아. 꽤 걱정스럽거든?"

그러고 보면 평소보다 안색이 안 좋았지. 흐음, 그렇게 안 좋게 보이는구나.

"정말로 괜찮겠어? 목이 아프다든가 으슬으슬하다든가 하진 않고?"

조금 생각해보았지만, 딱히 문제는 없기에 고개를 내저었다.

"조금이라도 몸이 안 좋거든 말해줘."

"네. 고맙습니다."

프렘의 포션을 마셔두는 편이 좋을까? 드루이드 씨랑 이야기를 해보자.

"왜 그래?"

"안색이 안 좋다며 감기 걸린 거 아니냐는 이야기를 들었어요."

"아, 안색 말인가."

드루이드 씨도 알고 있었나.

"좀 걱정은 되었지만 딱히 안 좋은 건 아닌 모양이니까, 지켜보기로 했어. 하지만 아침보다 안색이 더 안 좋아진 거 같기도 하네. 나중에 포…… 나중에 말하자."

왠지 모르게 드루이드 씨도 프렘의 포션을 떠올렸나 싶었지만, 여기서 말할 만한 내용도 아니라는 것을 깨달았는지 드루이드 씨가 어깨를 으쓱였다.

아침식사를 하면서 무슨 정보가 있었는지 물어보았다.

"이 마을에서는 한 달에 네 번, 다른 마을이나 소도시에서 고기를 가져오는 모험가가 있다고 해. 이틀 전에 돌아올 예정이었는데, 그게 연락이 두절되었다네. 추위에 대한 대책도 하고 갔다는 이야기지만, 이 정도 추위는 예상하지 못한 모양이니까. 수색대가 나갈 것 같아."

"그런가요."

어제 추위를 떠올렸다. 방안에는 빨간 마석을 쓰는 난로가 있어서 따뜻할 텐데도, 평소보다 추웠다.

"오늘은 좀 있다가 모험가 길드에 가볼까. 아침에는 바쁠 것 같고."

"응."

그러고 보면 돌아오지 않았다던 사람들은 돌아왔을까? 식당을 둘러보니, 제일 떨어진 자리에서 그 가족이 보였다. 아이들은 꽤나 지친 표정을 하고 있다. 하지만 무사했던 모양이다.

방에 돌아가니, 소라와 프렘도 식사를 끝마친 모습이었다.

"낮에 모험가 길드에 갈 건데, 같이 가줄래?"

내 말에 세 마리가 부르르 떨며 반응해주었다. 귀여워~.

"차 마실까."

드루이드 씨가 없나 싶더니만 차 준비를 해주었던 모양이다.

"고마워."

"음, 아까 하던 이야기인데."

"응?"

"혹시 감기 기운일지도 모르니까, 프렘의 포션을 마셔두자."

쓰러지면 걱정을 하겠고, 예정도 바뀌었다. 여기서는 예방을 위해서라도 그러자.

"응. 프렘, 포션 좀 가져갈게."

침대 위에서 꾸벅꾸벅 졸던 프렘이 번쩍 눈을 떴다. 여전히 눈매가 이상한데도 귀엽게 보이는 게 신기하다.

"떼류~."

……졸린 느낌으로 그렇게 우는데, 이건 [좋아]라는 소리일까? 계속 프렘을 보고 있자, 열심히 뜨고 있던 눈이 점차 감겼다.

"자."

프렘을 보는 사이에 드루이드 씨가 포션을 박스에서 가져와주었다. 그걸 작은 컵에 한 모금 따라서 마셨다. 몸에 스며드는 감각이 들었다. 역시 감기 기운이 있었을까?

"괜찮아?"

"응. 프렘의 포션은 우수하니까 괜찮아."

"그럼 낮까지 느긋하게 쉴까. 아이비는 졸릴 테니까 자둬. 수면 부족은 몸에 안 좋아."

"고마워."

배가 부르니 수마가 밀려들었다. 여기서 괜히 버텨도 의미는 없다.

"조금 잘게."

"그래, 자 둬."

침대에 들어가서 잘 준비를 하자, 드루이드 씨가 머리를 가볍게 쓰다듬어주었다. 그것을 기분 좋게 느끼며 눈을 감았다.

의식이 갑자기 떠올랐다. 자고 있던 몸을 일으키고 팔을 뻗으며 방을 둘러보았다. 드루이드 씨는 없다. 드루이드 씨의 침대 위를 보니, 소라와 아이들이 모여서 자고 있었다. 창밖을 보니, 따뜻한 빛이 방에 들어오고 있다. 추위는 좀 가라앉았을까?

찰칵.

"일어났어?"

"응."

드루이드 씨가 들어오자 좋은 빵 냄새가 방에 퍼졌다. 역시 이 냄새를 맡으면 배가 고파오네.

"몸은 좀 어때? 안색은 좋아졌는데."

"이제 괜찮아."

몸이 무거운 느낌도 사라졌고, 수면 부족도 해소되었다.

"다행이군. 점심으로는 어제 남은 빵을 가져왔는데 이거면 될까?"

"응, 잘 먹겠습니다."

침대에서 내려와서 주름진 옷을 가볍게 두들겼다. 으음, 주름이 생기지 않는 옷 같은 건 없을까. 갈아입고 자면 좋았을걸.

""잘 먹겠습니다.""

점심을 먹으면서 앞으로의 예정을 이야기하였다. 그렇긴 해도 모험가 길드에 갈 예정밖에 없지만.

"힘들거든 여기 남아서 쉬어도 되는데?"

"괜찮아. 이제 쌩쌩해."

꽤나 걱정을 샀지만, 어떻게든 설득해서 같이 가게 되었다. 소라와 아이들을 보자, 멍하니 눈을 뜨고 이쪽을 바라보는 시엘과 시선이 마주쳤다. 그냥 조는 거였을까?

"졸려? 여기 남아있어도 되는데?"

같이 가자고는 했지만, 꽤나 졸린 모양이다. 조금 걱정이지만, 이 아이들은 머리가 좋으니까 누가 오거든 잘 숨겠지.

"냐아!"

불쾌한 듯이 소리 내는 시엘.

"같이 갈래? 괜찮아?"

"냐옹."

"뿃뿌뿌~."

왠지 졸린 듯한 소라의 목소리. 하지만 같이 갈 모양이다. 프렘은…… 숙면 중. 왠지 평소보다 수면이 깊은 듯하다.

"어제는 세 마리 다 별로 못 잤던 모양이니까."

"그래?"

"바람 소리가 걱정되었나 보지. 바람이 세게 불 때마다 일어나서 주위를 보았어. 아이비랑 똑같이."

드루이드 씨의 말에 고개를 끄덕였다. 강한 바람에 눈을 떴다면 나랑 같을까. 게다가 오늘은 어딘가 모르게 졸리고 기운이 없었지.

"프렘도 데려가는 편이 좋겠지. 오늘 프렘은 누가 방에 들어와도 대응할 수 없을 가능성이 있어."

분명히 꽤나 깊게 잔다. 이 상태면 들킬지도 모른다.

"그럼 다 같이 길드에 가사."

"뿟뿌뿌~."

"냐옹."

246화 스노 보고

숙소 현관 밖으로 나가보니, 어제와 비교해도 꽤나 추웠다. 순간 그냥 돌아갈까 하는 생각이 들었다.

아이들이 들어있는 가방을 보았다. 춥지 않을까? 푹신한 타월을 사서 추위 대책을 세웠지만, 이 정도로 추울 거라곤 생각하지 못했다.

"왜 그래?"

가방을 가만히 바라보는 나를 걱정스럽게 쳐다보는 드루이드 씨. 무슨 일이 생긴 거라고 생각한 걸지도 모른다.

"가방 안을 데울 방법이 있을까?"

드루이드 씨는 잠시 생각하다가 내가 뭘 하고 싶은 건지 이해했는지 고개를 한 차례 끄덕였다.

"돌아가는 길에 로즈의 가게에 들러서 이야기해볼까?"

"응. 고마워."

"소중한 동료를 위한 일이니까."

드루이드 씨의 말이 들린 건지 가방이 진동을 전해왔다. 소라일까? 시엘일까?

여느 때처럼 대로로 나갔지만, 사람들이 적다. 이 추위로 많은 사람들이 집에 틀어박혀있는 모양이다.

"사람이 적군."

"가게도 닫은 곳이 많은 것 같아."

노점을 살펴보았지만, 절반 이상이 닫은 모습이었다. 이 추위는 사람들의 생활을 바꾸는 모양이다.

"가자."

평소에는 주위를 구경하면서 걷지만, 오늘은 너무 춥다. 그러니까 자연스럽게 길드로 향하는 발길이 빨라졌다. 서둘러 모험가 길드에 와보니, 안은 한산한 모습이었다. 길드의 이런 모습은 처음이다.

"아무래도 이런 날에는 사람이 적군. 저기로 가면 될까."

카운터에 앉아있는 길드 직원. 무슨 작업을 하는 모양인데, 졸린 듯한 눈을 하고 있다.

"실례."

"아, 어서 오세요. 무슨 용건으로 오셨습니까?"

드루이드 씨의 목소리에 놀란 표정을 보이며 다급히 대응해주는 남성. 눈을 뜬 채로 자고 있었나?

"숲속에서 스노를 봤는데 그 보고를."

"감사합니다. 자세하게 말씀해주시겠습니까."

스노는 하루 만에 급성장해서 꽃을 피우고 또 하루 만에 져서 사라진다고 드루이드 씨에게 배웠다. 그러니까 발견한 날이 다르면 같은 장소에 피었다고 해도 다른 꽃이라나 보다. 그리고 스노의 목격 정보가 많을수록 그 해 겨울은 힘겨운 해가 된다는 모양이다. 올해는 목격 정보가 얼마나 모일지 모르겠지만, 스노의 정보라고 알았을 때 직원이 보인 표정은 내가 잘못 본 게 아니라면 다소 안색이 안 좋아진 걸로 보였다. 혹시 목격 정보가 꽤 많이 모인 걸까?

"감사합니다."

"아니, 보고가 많이 들어왔나?"

드루이드 씨의 질문에 한 차례 끄덕임이 돌아왔다. 그 표정은 고뇌로 일그러져 있었다.

모험가 길드를 나갔다. 이제부터 로즈 씨의 가게에 갈 건데, 태양이 다소 구름 뒤에 숨었다. 태양의 온기가 사라지자, 정말로 얼어붙듯이 추웠다.

"본격적으로 겨울이 찾아오면 숲에 가는 건 위험할지도 모르겠군."

"숙소에서 느긋하게 지낼 수밖에 없겠어."

"그래."

목숨을 위험에 드러내면서까지 숲에 갈 필요는 없다. 시엘이 숲 속에서 생활한다면 조금 무리를 해서라도 가겠지만 지금은 함께 있다. 정말로 변화의 마석을 만들어낸 프렘에게 감사할 따름이다.

서둘러서 로즈 씨의 가게로 향했다. 평소보다 발걸음을 재게 놀렸는데도 평소보다 가게가 멀게 느껴졌다. 사람의 감각은 정말 믿을 게 못 돼~.

"어서 와. 얼른 문 좀 닫아, 추우니까. 아니, 아이비잖아."

로즈 씨의 가게 문을 열자, 바로 그런 목소리가 들렸다. 조금 무뚝뚝한 목소리였지만, 우리라고 안 순간 분위기가 변했다. 거기에 살짝 쓴웃음이 나왔다.

"로즈 씨에게 의논할 게 있어서."

"뭐지?"

이 가게에 오기 전에 내가 테이머이며 슬라임을 테이밍했다는 사실까지 말하기로 정하였다.

"테이밍한 슬라임이 가방에 있는데요, 이 아이들이 춥지 않도록 가방에 들어갈 만한 방한 아이템이나 난방 아이템 같은 것 없을까요?"

"아이비는 테이머였구나?"

"네."

로즈 씨가 내 어깨에 걸린 가방을 보았다. 그중 하나만 매직백이 아니니까 아이들이 어디에 있는지 바로 알았겠지.

"가방 안을 데우는 물건……. 으음~, 어디서 본 것도 같은데……."

아이템이 실린 서류를 차례로 넘겨보는 로즈 씨.

"그래! 역시 있었어. 이건 어때?"

로즈 씨가 기쁜 기색을 하면서 찾아낸 서류를 내밀었다. 그걸 받아서 설명문을 읽어보았다.

[불 마법의 마석을 사용하여가방 안을 데우는 난방 아이템. 전용 가방과 함께 사용하면 추위 대책 효과가 두 배~세 배. 그러니까 쓸 거면 같이 쓰는 편이 단연 효과적!]

응? 뭐지? 다소 독특한 추천 문구라고 표현해야 할까, 판매의 상투구라고 할까. 뭐, 알기 쉽다면 알기 쉽지만.

"죄송합니다, 이거 실물을 보고 싶은데요……. 어라?"

다 읽고서 로즈 씨를 보니, 눈앞에 있을 터인 사람이 없었다.

"어라? 로즈 씨?"

"기분 좋게 안쪽으로 들어갔어. 아마 찾으러 간 모양인데."

움직임이 빠르네.

"찾았어. 이거야, 이거."

그녀가 가져온 아이템을 보니, 일부분에 구멍이 뚫린 두꺼운 나무판자. 지금 사용하는 가방보다 다소 작다.

"이걸로 정말로 따뜻해지나?"

드루이드 씨가 의아하니 나무판자를 바라보았다.

"설명으로는 그렇지. 그리고 이쪽이 아이템의 효과를 곱절로 만들어주는 전용 가방이야."

로즈 씨가 가져온 가방을 보았다.

아이템이 바닥에 딱 들어가는 크기라서, 지금 가방보다 좀 크다.

"시험 삼아서 아이템을 써보는 게 어때? 얼마나 따뜻해지는지는 서류만 가지곤 알 수 없으니까."

로즈 씨가 불 마법을 강화하는 붉은 마석을 하나 빌려주었기에, 서류를 읽어 기동 방법을 찾았다. 기동에는 나무판자에 있는 구멍에 마석을 끼우고 가방 바닥에 깐 뒤, 판자 측면에 있는 돌기를 한 번 누른다. 그것뿐. 사용하는 마석은 그리 대단한 것이나 레벨이 높은 것도 필요 없다는 모양이다. 잠시 뒤에 가방 안이 따뜻해지기 시작했다.

"우와아. 꽤 따뜻해지네요."

가방 안에 손을 넣어 온도를 확인했다. 이어서 드루이드 씨와 로즈 씨도 팔을 넣어서 아이템의 효과를 실제로 확인하였다.

"분명히 따뜻하군. 이거면 될까? 아, 가방을 교체하게 되나……."

드루이드 씨가 소라와 아이들이 들어있는 가방을 보았다. 그러고 보면 전에 소중한 사람에게 받은 가방이라고 설명한 적이 있다. 그러니까 가방을 바꾸는 것을 고민한다고 생각할지 모른다. 분명히 좀 고민했지만, 소라와 아이들과 안심하고 함께 있기 위해서라면 가방을 바꾸는 것에 망설임 없다.

"여름용 가방과 겨울용 가방이네요. 왠지 사치스러워요."

드루이드 씨에게 그런 사치가 어딨냐는 웃음을 샀다. 그렇게 간단한 것도 아닌 금액이지만.

"이건 제가 낼게요!"

"아니, 여행에 필요한 물건이니까 공동계좌의 돈을 써야지."

"아니, 여긴 제가 내겠어요. 소라와 아이들의 것이니까."

""…….""

눈씨름을 벌이고 있자, 왠지 커다랗게 한숨을 쉬는 드루이드 씨.

"아이비는 고집이 세다니까."

"아뇨, 드루이드 씨도 고집이 세잖아요!"

우리의 싸움을 보며 로즈 씨가 웃음을 지었다.

"정말로 사이가 좋네. 아이비, 사달라고 하지 그래?"

"로즈 씨까지 그런 소릴. 남이 사주는 것에 익숙해지면, 분별없이 굴게 될지도 모르니까요."

""그건 아니지.""

왠지 둘이 동시에 같은 말을 하였다.

"……소라와 아이들에게 신세 지고 있으니까 뭐든 해주고 싶어요."

소라와 프렘, 시엘에게는 정말로 신세를 졌다. 그러니까 그들의 환경을 좋게 만들기 위한 것은 내가 사서 선물해주고 싶다. 이 말이 통한 것인지, 드루이드 씨가 물러나 주었다. 다만 다음에는 이런 일로 물건을 살 때에는 드루이드 씨가 낸다는 이야기가 되었다.

247화 프렘의 침 문제

숙소로 돌아오자, 몸에 스며드는 따스한 온기. 그 온기에 추위로 굳어있던 몸이 천천히 풀어졌다.

"어서 와."

2층으로 올라가려고 계단에 발을 올리자, 뒤에서 목소리가 들렸다.

"지금 왔습니다. ……어?"

돌아보니 온몸이 젖어있는 사리파 씨.

"어떻게 된 겁니까?"

드루이드 씨가 현관 옆에 있던 타월을 다급히 가져와서 그녀에게 건넸다. 이 타월은 숙소에 묵는 이들이라면 누구든 쓸 수 있다고 한 물건이다.

"으음, 욕탕에서 좀 넘어져서."

부끄러운 듯이 웃지만, 괜찮은 건지 걱정되었다.

"괜찮아요? 다치진 않았어요?"

"아이비는 마음도 착해. 괜찮아, 흔히 있는 일이고. 넘어지는 요령이라면 잘 알아."

음? 넘어지는 데에 요령이 있어?

"그보다도! 추웠지? 욕실은 언지든지 쓸 수 있으니까."

"고맙습니다. 하지만 먼저 사리사 씨가 들어가세요. 감기 걸리겠어요."

"괜찮아."

"안 돼요. 도라 씨가 걱정해요."

"분명히 걱정 끼칠 것 같네. 알았어. 씻으러 갈게. 아, 드루이드 씨와 아이비, 오늘도 저녁식사는 따로인가요?"

"예. 그건 왜?"

드루이드 씨가 의아한 듯이 고개를 갸웃거렸다.

"모두에게 할 말이 좀 있어서 저녁식사 자리에서 할까 하고 있었거든요."

모두에게 이야기가?

"그렇다면 이야기를 할 시간에 식당으로 갈게요."

"부탁할 수 있을까?"

"알겠습니다. 아이비도 괜찮지?"

"물론."

모두가 있을 때에 할 이야기란 것을 보면 뭔가 중요한 이야기겠지. 우리와도 관계가 있는 거니까 협력은 당연.

시간을 들은 뒤에 방으로 돌아왔다. 소라와 아이들을 가방에서 꺼내고 로즈 씨 가게에서 구입한 가방을 내밀었다.

"뿟뿌뿌~."

"냐옹."

"떼류류~."

아무래도 이야기를 듣고 있었는지 새로운 가방에 흥미진진하다.

"추워도 이 가방이라면 따뜻하게 보낼 수 있어. 밖에 나가면 가방 안이라도 추웠지?"

"뿌~."

내 말에 평소보다 작게 몸을 떠는 소라. 추워서 떨었다는 소리일까? 혹시 그렇다면 이 가방을 구입하길 잘했네.

"먼저 씻으러 갈까?"

"응! 아, 하지만 그 전에 아이들 몸을 닦아줄게요."

타월을 뜨거운 물에 적시려하는데, 드루이드 씨가 제지하였다.

"오늘은 밖에서 놀게 한 것도 아니니 깨끗하지 않아?"

"아니, 저기."

"응?"

"프렘의 침이 모두에게……."

"뿌~!"

"냐아!"

"……떼류."

매번 생각하지만, 프렘은 입을 제대로 다루지 못하나? 가방에 모두를 넣어두면, 전원에게 피해가 나온다.

"그렇군. 내가 닦을게."

"고마워."

적신 타월을 드루이드 씨에게 건네고, 나는 쓰던 가방을 정리했다. 프렘의 침을 빨아들인 타월을 빨랫감 바구니에 넣고, 가방 안을 꼼꼼하게 닦아서 말렸다. 새 가방의 난방 아이템 위에 침 대책으로 타월을 깔았다.

"좋았어."

"이쪽도 끝났어."

세 마리를 다 닦은 타월을 빨랫감 바구니에 넣는 드루이드 씨.

"고마워. 가방 준비도 끝났습니다."

"그럼 씻으러 가야겠군. 세 마리는 얌전히 있어. 소리는 막고 있지만, 누가 방에 들어오거든 바로 숨고."

"쀳쀼쀼~."

"냐옹."

"뗴류."

평소와 달리 짧은 대답을 한 프렘을 보았다. 가만히 보고 있자, 다소 삐진 분위기. 혹시 침 이야기를 해서 삐졌나? 살며시 머리를 쓰다듬어주자, 휙 하고 고개를 돌렸다. ……삐진 프렘, 귀여워.

"씻고 올게. 돌아오거든 밥 줄게."

목욕을 마치고 방에 돌아오자, 입구 앞에 뭔가가 놓여 있었다. 주위를 보니 다른 방의 앞에도 같은 것이 있었다. 이건 각자 사용해도 좋다는 걸까? 일단 방에 들여놓자. 문을 열고 그 물건을 들여고 있자, 드루이드 씨가 돌아왔다.

"그건?"

"방 입구 앞에 있길래 써도 된다는 걸까 하고. 뭔지 알겠어요?"

"그래, 그건 난방 아이템이야. 붉은 마석을 써서 방 전체를 데우지."

"? 방은 이미 따뜻한데요?"

"그렇군. 밤에 한다는 이야기는 이거 관련일까?"

그러고 보면 오늘은 이야기가 있으니 저녁식사 전에 식당에 가게 되어 있었지. 그래, 이 아이템을 설명하려는 걸까?

"어쩔까? 약속시간까지 저녁식사를 끝내둬?"

"응. 시간적으로는 저녁을 다 먹었을 때일 테니까, 먼저 먹자."

모여달라는 시간은 평소였다면 식후에 느긋하게 쉬고 있을 시간. 그러니까 조금 일찍 저녁을 먹어둘 필요가 있다. 시계를 보니 좀 이르긴 하지만 느긋하게 쉬고 있으면 금방 시간이 되겠지.

방에 돌아가서, 매직백에서 고기를 꺼냈다. 오늘 고기는 매콤한 소스에 아침부터 재워둔 것. 그밖에는 야채와 쌀! 오늘은 갓 지은 밥입니다. 따뜻한 밥에 매콤한 맛의 고기, 최고.

2층의 조리장에 필요한 것을 들고 가서 요리 시작. 일단은 쌀을 안치는 것부터. 다음에는 다른 요리에 착수한다. 쌀 요리의 불조절은 드루이드 씨가 봐주고 있으니까 안심. 오늘 야채는 매운 맛의 고기에 맞도록 살짝 간을 약하게. 야채 수프에 찐 야채를 곁들인다. 다음에는 절인 고기를 굽는다. 고기를 굽는 동안에 밥은 다 되었으니, 고기만 다 구워지면 완성.

"맛있겠네."

"후훗, 먹어봐요."

오늘은 조리장에 있는 테이블을 빌려서 저녁식사.

""잘 먹겠습니다.""

찐 야채는 단맛이 돌아서 잘 넘어간다. 거기에 알싸하니 매운 맛의 고기. 그리고 갓 지은 밥. 응, 맛있어.

"아이비, 이 고기 맛있군."

다행이다. 입에 맞은 모양이다.

"여기다~."

밥을 먹고 있는데, 조리장에 얼굴을 내미는 한 남자아이. 아마 같은 층에 머무르는 아이이다.

"왜 그러니, 얘야?"

"배가 고파오는 냄새가 나서…… 그거?"

남자애가 가리킨 것은 드루이드 씨가 포크에 꽂고 있는 고기. 엄청나게 쳐다보고 있다.

"흠, 조금 있으면 저녁식사 시간이잖아? 지금 먹으면 야단맞지 않을까?"

"그렇지만……."

꽤나 배가 고픈 건지 고기를 뚫어지게 쳐다보고 있다. 여기에는 드루이드 씨도 어째야 좋을지 모르는 표정이다.

"아니! 구티!"

"윽, 형."

아무래도 형이 데리러 온 모양이다. 그 사실에 드루이드 씨와 함께 안도했다. 구티에게 나눠주는 것 자체에는 딱히 문제없지만, 부모의 허가가 필요할 테니까.

"죄송합니다, 동생이 그만."

"아니, 괜찮아."

"같은 층에 묵는 루이디입니다. 이쪽은 동생인 구티고요."

"고마워, 난 드루이드."

"아이비입니다. 잘 부탁해요."

인사하자, 구티가 손을 흔들어주었다. 루이디는 크게 한숨을 내쉬고, 방해해서 미안하다며 동생을 데리고 돌아갔다.

"왠지 장난꾸러기로군."

드루이드 씨가 쓴웃음을 지었다. 분명히 그런 인상이었다. 형은 고생도 많겠어.

248화 겨울의 추위 대책

식당에 들어가자, 많은 이들이 이미 식사를 마쳤는지 느긋하게 담소를 나누고 있었다. 항상 앉는 자리에 앉자, 도라 씨가 차를 들고 나타났다.

"고맙습니다."

따뜻한 차를 천천히 즐겼다. 이 숙소의 차는 내가 항상 마시는 차보다 조금 단맛이 있다. 다음에 어떤 찻잎을 쓰는 건지 물어보자.

시야 구석에서 흔들리는 뭔가가 비쳤다. 그쪽으로 시선을 돌리자, 방금 전에 만난 구디가 손을 흔들고 있었다. 거기에 손을 흔들어주자, 활짝 웃으면서 더 세게 손을 흔들어댔다. 동갑 정도라고 생각했는데, 혹시 나보다 어린 걸까? 잠시 뒤에 사리파 씨가 식당에 모습을 보였다.

"오늘은 모여주셔서 감사합니다."

그녀는 식당을 둘러보고 살짝 심호흡을 하는 듯하였다. 그리고,

"오늘 길드에서 올겨울에 대비하여 주의사항이 왔습니다. 여러분은 이미 느끼셨겠지만, 올겨울은 이미 이상할 정도로 춥습니다. 또 길드에서는 다수의 모험가에게서 [스노 발견]의 보고가 들어왔다고 합니다."

스노 이야기가 나왔을 때, 식당이 살짝 술렁거렸다.

"스노가 많이 발견된다는 것은 그해 겨울에 이상할 정도의 혹한이 온다는 것을 의미합니다. 과거의 경험을 살려서 이 마을에서 손닿는 데까지 준비를 했습니다. 하지만 실제로 어느 정도 대처가 가능할지는 알 수 없습니다."

식당이 정적에 휩싸였다.

"지금 사용하시는 숙소의 난방 아이템은 과거의 경험을 거울삼아 강화하였습니다. 하지만 앞으로 찾아올 추위에 대응할 수 있다는 보증은 없습니다. 과거에 이 마을에서 있었던 일입니다만, 이상할 정도의 추위가 찾아온 해, 난방을 한 건물 안인데도 동사자가 나왔다는 기록이 남아있습니다."

건물 안에서 동사? 난방으로는 추위를 막을 수 없었다는 소리? 대체 얼마나 추운 거야. 무서워.

"생명을 지키기 위해서 여러분에게 협력을 부탁드리고 싶습니다. 저녁에 각 방 앞에 난방 아이템을 두었습니다. 그것은 붉은 마석을 사용하여 방을 데우는 물건입니다. 사용법을 모르신다면 나중에 개별로 설명드리겠습니다. 그 아이템을 각 방에서 사용하여 숙소 전체의 난방을 돕도록 하고 싶습니다."

숙소 전체의 난방을 돕는다?

"다만 죄송스럽게도, 여러분의 난방 아이템을 돌릴 만한 마석은 준비할 수 없었습니다."

사리파 씨의 말에 단숨에 술렁거림이 커졌다.

"마석을 채취하던 동굴이 무너져서 확보할 수 없었습니다. 죄송합니다."

그러고 보면 처음에 이 숙소에 왔을 때에 들었다. 마석을 대량으로 채취했던 동굴이 무너져서 가격이 올랐다고.

"저기~, 마석은 얼마나 필요합니까?"

한 남자가 손을 들었다.

"레벨 6의 마석이라면 최소한 다섯 개. 추위에 따라서 달라집니다만, 문헌에 남은 최악의 추위가 올 경우에는 20개 정도 필요해질 가능성이 있습니다."

사리파 씨의 말에 식당에 있던 모험가들이 숨을 삼켰다. 그리고 각자가 수군수군 이야기를 시작했다. 그녀는 작게 한숨을 내쉬고 답답한 마음이 엿보이는 표정을 하였다.

"레벨 6의 붉은 마석이 20개라."

레벨 6의 마석은 나한테 없는 것 같은데. 드루이드 씨네 집에서 발견한 레벨 6보다도 낮은 레벨의 마석은 죄다 팔아버렸으니까. 프렘이 준 마석은 자세한 레벨은 모르지만, 투명감에서 비교하자면 레벨 5 이상은 되겠지. 아마도 레벨 5나 4 정도가 제일 많을 거라고 드루이드 씨와 함께 예상하였다.

"레벨 5 이상이면 문제 있나?"

"아뇨, 문제없이 돌아가고, 마석의 숫자도 20개나 필요하지 않겠지요."

쓸 수 있다면 문제는 없겠네. 남은 마석을 숙소에 제공할 수도 있다. 이건 방에 돌아간 뒤에 이야기해봐야지.

"질문하실 게 있으면 하시죠."

"마석이 부족할 경우에는 어떻게 하면 되지?"

"그건…… 구입을 부탁드리고 싶습니다만, 이 문제가 나오기 전부터 마석의 가격이 올랐습니다. 그러니까 억지로 부탁드릴 수는 없습니다."

사리파 씨가 침묵하였다.

"그런가. 어떻게든 싸게 입수할 방법을 찾아보지."

"죄송합니다."

그 뒤로 질문 등이 몇 차례 오갔지만, 역시 어느 모험가도 마석을 20개나 가지고 있지 않은 모양이라서 역시 마석의 확보가 제일 큰 문제인 듯했다.

"방으로 돌아갈까."

"응."

자리에서 일어나서 식당을 뒤로 하려는데, 도라 씨가 제지하였다.

"난방 아이템의 사용법은 안 들으셔도 됩니까?"

"예, 써본 적이 있어서 문제없습니다."

"그렇습니까. 죄송합니다만 협력을 부탁드립니다."

도라 씨가 깊게 고개를 숙였다. 그는 사리파 씨와 마찬가지로 답답한 마음을 억누르듯이 괴로운 표정을 하고 있었다.

"우리라면 괜찮습니다. 마석에도 여유가 있으니까요."

"그렇습니까?"

"네."

"다행이군요. 그럼 실례하겠습니다."

드루이드 씨의 말에 도라 씨는 안도한 표정을 보였다. 방에 돌아와서 일단 마석을 확인해보기로 했다. 마석을 넣은 매직백에서 붉은 마석이 든 꾸러미를 몇 개 꺼냈다.

"레벨 5이라고 확인한 건 이거였지."

꾸러미를 연고 테이블에 쏟아보니, 마석은 다해서 18개.

"이 정도 숫자라면 문제없겠지."

"저기, 마석에 여유가 있으면 숙소에 제공하지 않겠어요?"

"나도 같은 생각을 했어."

다행이다.

"다만 레벨이 너무 높은 건 내놓지 않도록 하자."

박스에 넣어놓은 마석 말인가? 분명히 그건 너무 눈에 띄겠지.

"그리고 이쪽이 프렘이 만들어낸 마석인데, 레벨은 불명이야."

프렘이 쓰레기장에서 만들어낸 마석. 감정해줄 사람이 없기에 레벨은 불명. 하지만 드루이드 씨네 집에서 본 레벨 5의 마석보다 더 투명하게 보였다.

"레벨을 아는 물건들은 숙소에 제공하고, 우리는 이쪽을 쓸까."

"얼마나 있어?"

"으음, 다해서 33개로군."

투명도에서 볼 때 레벨 5보다 위의 마석. 이거라면 좀 적어도 괜찮으려나.

"이쪽은 제공 안 하게?"

"레벨을 모르니까."

레벨을 모르는 물건을 제공하면 안 되나?

"가지고 있는 마석의 레벨을 조사하지 않았다는 사실은 위화감을 안겨주겠지. 그렇다고 해서 이렇게 레벨이 높은 마석을 33개나 감정받는 것도 눈에 띄고. 그렇다고 여기서 제공하지 않으면 뒷맛이 쓰겠고."

드루이드 씨는 머리를 싸쥐었다. 그렇구나, 분명히 돈이 되는 마석의 레벨을 조사하지 않는 모험가는 없겠네. 마석을 하나 들어서 불빛에 비춰보았다. 조금 탁하긴 하지만 꽤 투명도가 높은 마석. 이거 하나만 해도 확실하게 눈에 띄겠어.

"누군가를 이쪽으로 끌어들일까?"

어? 왠지 드루이드 씨에게서 뭔가 무시무시한 말이 들려온 것 같은데.

"드루이드 씨?"

"그렇다고 해도 이 마을에 아는 사람은 없고. 사람을 가리지 않을 수는 없고."

저기……. 드루이드 씨의 눈은 진심이었다. 하지만 분명히 협력해주는 사람이 필요하긴 하다. 그렇게 되면 프렘에게 부탁해서 마석을 더 만들어내게 할 수도 있을지 모른다.

"떼류~."

고민하고 있자, 프렘의 울음소리가 귀에 닿았다. 그쪽을 보니 어쩐 일로 다른 두 마리는 자고 있는데 프렘은 일어나서 이쪽을 보고 있었다.

"프렘, 붉은 마석을 조금 더 만들어달라고 하면 만들어줄 거야?"

"떼류류~."

프렘은 부르르 몸을 떨면서 기쁜 눈치였다. 아무래도 협력해줄 모양이다. 내 동료들은 다들 마음이 착해~ 라는 마음에 조금 미소가 떠올랐다.

"좋아, 단장으로 하자."

내가 생각하는 사이에 드루이드 씨가 무시무시한 결정을 내렸다.

"저기, 드루이드 씨."

"응?"

"아니, 저기……. 아! 로즈 씨네 가게에서 마석의 레벨을 조사하는 아이템이 없는지 찾아보죠."

그래, 그런 아이템이 있을지도 모른다.

"그래, 그런 수가 있었나."

다행스럽게도 무시무시한 발상을 멈출 수 있었던 모양이다. 로즈 씨네 가게에 아이템이 없으면 어쩐다.

249화 귀찮은 아이템

태양이 나온 시간에는 추위가 살짝 누그러진다. 그때를 틈타서 로즈 씨네 가게로 향했다.

"어서 와."

"실례하겠습니다."

"어라? 또 뭐 필요한 거라도 있었나?"

연일 방문한 우리를 보며 의아한 눈치인 로즈 씨. 거기에 쓴웃음을 지으며 대답했다.

"꼭 좀 필요한 아이템이 생겨서요."

"뭐지?"

"마석의 레벨을 조사할 수 있는 아이템은 없을까요?"

로즈 씨가 놀라서 눈을 치떴다.

"마석의 레벨? 길드에 가면 간단히 조사해줄 텐데?"

그건 맞는 말인데, 역시 안 될까?

"조금 개인적으로 조사해보고 싶습니다. 없을까요?"

드루이드 씨가 가볍게 미소 지으며 설명했지만, 로즈 씨의 눈썹이 살짝 곤두섰다. 이거 의심을 샀나?

"……무슨 범죄랑 연관된 건 아니지?"

"물론입니다."

로즈 씨와 드루이드 씨를 교대로 보았다. 두 사람 다 진지한 시선을 주고받고 있다. 이상한 긴장감이 있어서 심장이 쿵쾅거리며 시끄럽다.

"휴우, 뭐, 알았어."

"고맙습니다. 그래서 있습니까?"

"있기야 있지. 다만 감정 스킬처럼 자세하게까지는 몰라. 게다가 문제가 있지."

문제?

"보여주시겠습니까?"

"그래, 잠깐 기다려봐."

로즈 씨가 안쪽 방에 들어가는 걸 지켜보고 있었더니, 드루이드 씨가 한숨을 내쉬었다.

"긴장했다~."

"수고하셨어요."

그러고 보면 아이템의 기능을 읽어내는 매직아이템이 있는데, 그걸로 마석 레벨을 볼 수는 없을까?

"저기, 이걸로는 마석의 레벨을 볼 수 없나요?"

근처에 있는 기능 판독용 매직아이템을 손에 들었다.

"그걸로는 마석의 레벨을 조사할 수 없어. 설령 된다고 해도 우리로서는 살 수 없고."

"살 수 없다?"

"그 매직아이템은 시험을 거쳐 자격을 획득했고, 아이템을 판매하는 가게를 가진 사람만이 소지할 수 있는 거야."

"시험? 자격?"

"아이템 중에는 잘못 쓰면 위험한 것도 있지. 그러니까 지식이 필요한 건데, 확실히 관리하지 않으면 그 지식에 착오가 생기겠지?"

그렇긴 하겠네.

"그러니까 전원이 일정한 지식을 가졌는지 조사하기 위한 시험이 있어. 분명히 다섯 번 떨어지면 평생 자격을 획득할 수 없다고 그랬나."

엄청 빡빡한 세계구나. 그러고 보면 시험이라는 말을 들은 순간, 대단한 거부감을 느꼈다. 나는 시험이라는 것이 힘들다고 이해하지만, 실제로는 어떤 것인지 잘 모른다. 아마도 전생의 내 감각이 되살아난 거겠지. 최근에는 조용했으니까 조금 놀랐다.

"오래 기다렸지. 이놈이야."

로즈 씨가 손에 검은 판을 들고 돌아왔다.

"이거 말인데, 마석을 여기 두면 레벨이 표시될 거야. 아마도."

평소에는 자신감 넘치는 로즈 씨인데, 이 아이템의 설명만큼은 평소와 좀 달랐다. 이상한 마음에 검은 판을 보고 있자, 로즈 씨가 마석 하나를 그 판 위에 올려놓았다. 레벨이 표시되는 것을 기다리지만, 아무런 변화도 없었다.

"""?"""

"아~, 역시 안 되나."

"예?"

로즈 씨의 말에 시선을 주자, 그녀의 미간에 깊은 주름이 새겨져 있었다.

"어떻게 된 건가요?"

"지금 본 바와 같아. 이 감정 스킬 계열 아이템은 사실 좀 귀찮거든."

"망가지기 쉽다는 소립니까?"

"아니, 이건 망가진 게 아냐. 그냥 반응하지 않을 뿐이야."

망가진 게 아닌데 반응하지 않는다? 어어, 그건 망가졌다는 소리 아닌가?

"이 아이템은 좀 제멋대로라서, 작동할 때와 작동하지 않을 때가 있어. 원인은 불명. 나도 여러 모로 조사해봤지만, 도무지 모르겠어."

로즈 씨가 검은 판에 올려놓았던 마석을 다른 마석을 바꾸었다. 하지만 무반응. 몇 번이나 다른 마석을 써서 조사해보았지만, 반응이 없다. 역시 망가진 거 아닌가?

"이 정도로 반응이 없으면 망가졌다고 생각하겠지?"

그 말에 시선을 슬쩍 돌렸다.

"그렇긴 해도 오늘은 정말로 반응이 없네~."

로즈 씨가 크게 한숨을 내쉬었다.

"아무튼 이게 마석의 레벨을 조사하는 아이템이야. 나로서는 도무지 추천할 수 없는 아이템의 대표격이지."

드루이드 씨와 시선을 교환했다. 분명히 이걸로는 도움이 안 된다. 전부 다 조사하는 데에 시간이 얼마나 걸릴지 알 수 없다. ……제대로 작동할지도 불안하고.

"로즈 씨 말이 맞군요. 이건 아무래도."

"그렇지? 무리야."

"미안해요, 로즈 씨. 모처럼 찾아주셨는데."

내가 사과하자, 씨익 웃으면서 다소 세게 내 머리를 쓰다듬었다.

"사과할 필요는 없어. 그보다 왜 이런 걸 찾았지? 길드에 출입금지라도 먹었나?"

"아뇨, 그런 건 아니고요."

"그럼 문제없겠지. 마석의 레벨을 조사할 거면 길드가 최고야."

분명히 그건 알고 있다. 하지만 조사할 마석 쪽에 문제가……. 으음~, 어쩌지.

"아이비."

"네?"

드루이드 씨를 보니, 뭔가 진지하게 생각하는 것처럼 표정이 굳어있었다.

"왜 그러세요?"

그 표정을 보니 다소 마음이 긴장되었다.

"로즈 씨에게 이야기해보지 않겠어? 인맥도 넓고, 게다가 우리를 믿어주었어."

그러고 보면 아까 자세한 이야기를 하나도 안 했는데 믿어주었다. 로즈 씨를 보니, 어깨를 으쓱이는 모습. 그리고 검은 판 주위에 굴러다니는 마석을 판에 올렸다 내렸다는 반복하고 있다. 아무래도 로즈 씨는 아직 체념하지 않은 모양이다.

"그러네요. 게다가 지금 드루이드 씨의 말에 반응했으니까요. 얘들아, 이야기해도 돼?"

어깨에 메고 있는 가방이 진동을 전해왔다. 거기에 웃음이 나왔다. 평소보다 진동이 크다. 우리의 대화를 듣고 있던 로즈 씨가 고개를 갸웃거렸다. 주위에서 보면 무슨 이야기인지 모를 테니까 당연하겠지.

"으음, 비밀 이야기가 좀 있는데요."

"그걸 듣고서 협력해주실지 판단해주셨으면 합니다만."

드루이드 씨와 내 얼굴을 보고 로즈 씨는 웃으며 고개를 끄덕였다.

"잠깐만 있어봐. 가게 좀 닫고 올 테니."

"어, 그래도 되나요?"

"누가 들으면 안 되겠지? 게다가 이야기 도중에 방해라도 들어오는 건 내가 싫고."

정말 그래도 돼? 드루이드 씨를 보니 '우리는 막을 수 없어'라며 쓴웃음을 지었다. 분명히 그렇겠지. 가게를 닫는 그녀의 얼굴이 엄청나게 즐거워 보이니까.

"좋았어! 그럼 이제 소리를 차단해둘까."

역시나 아이템에 정통한 만큼 순식간에 준비가 끝났다.

"자, 나한테 무슨 협력을 구하려는 거지?"

"이야기를 들은 뒤에 판단하셔도 되는데요?"

"나는 재미있는 일이 좋으니까."

그런 느낌으로 괜찮나? 괜히 휘말려서 고생하게 되는 거 아니야?

"아이비, 그렇게 걱정스러운 얼굴 안 해도 돼. 많은 사람들을 봐왔으니까, 사람을 보는 눈이라면 제법 있지."

"으음."

로즈 씨의 권유에 따라 드루이드 씨와 나란히 의자에 앉았다. 맞은편 자리에는 그녀가 앉았지만, 테이블 위에는 검은 판과 마석. 아직 체념하지 않은 모양이다.

"아, 나왔다!"

"""엇!"""

검은 판이 희미하게 빛나자 로즈 씨가 기쁜 표정을 하였다. 잠시 뒤에 검은 판에는 [마법 강화? 붉은 마석 레벨 7~8]이라고 표시되었다. 망가진 게 아니었나. 그렇긴 해도 왠지 설명이 좀 미묘한데.

"여전히 석연찮은 설명이네."

로즈 씨의 말에 웃음이 나왔다. 분명히 불 마법의 강화란 말로는 설명이 부족하고, 레벨 7~8이라는 것도 너무 대충이다. 마석은 레벨이 하나 다르기만 해도 거기 모인 마력량이 크게 다르다고 들었는데.

"이걸로는 무리겠군."

드루이드 씨도 표시된 설명에 고개를 내저었다.

"말해두겠는데, 이 아이템은 그래도 레벨이 높은 편이니까. 이보다 별로인 놈은 더 심해."

아이템이란 건 심오하구나. 여러 의미로.

250화 소개

"저기, 저는 테이머라고 저번에 말씀드렸는데요."

남에게 나나 동료에 대해 말하는 건 긴장된다.

"말할 수 있는 정도만 해. 아이비는 너무 정직하니까."

"네?"

"모험가나 여행자에게는 잔꾀도 좀 필요한 법이야."

잔꾀?

"자기가 유리해지게 조금 욕심을 부려도 된다는 소리. 너무 심하면 안 되지만."

……으으음. 드루이드 씨를 보니, 쓴웃음이 돌아왔다. 이건 그도 그렇게 생각한다는 걸까?

"그러니까 모조리 다 솔직하게 말할 필요는 없어. 말했지? 나는 사람을 보는 눈이 있다고 믿고, 재미있는 것을 좋아한다고."

으음~, 그 말은 나를 믿어주니까 자세한 설명까지는 필요 없다는 소리일까? 재미있는 일을 좋아한다는 건…… 모르겠다. 어려워.

"그래서 감정 계열 아이템이 필요한 이유는?"

……잔꾀라고 해도 잘 모르겠다. 괜히 설명만 더 어려워졌다.

"로즈 씨, 아이비를 너무 고민하게 하면 역효과입니다."

고민하는 건 아닌데.

"그런 모양이네. 더 편하게 생각하란 의미도 있었는데."

편하게, 편하게.

"감정 계열 아이템이 필요한 이유는 마석을 부활시키는 슬라임을 테이밍해서. 어어, 제공하려면 레벨을 알 필요가 있어서 그래요."

이거면 전해지려나? 틀린 말을 한 건 아니니까 괜찮지? 로즈 씨를 보니, 뭐라고 표현하기 어려운 표정을 하고 있었다. 어라? 뭔가 잘못했나?

"일단은 이해했어. 즉 레벨을 모르는 마석이 있으니까 조사하고 싶은 거군."

"그래요!"

다행이다, 제대로 전해졌어.

"두 사람 사이에 커다란 골이 있는데요?"

드루이드 씨의 말에 고개를 갸웃거렸다. 골이라니 무슨 소리?

"아이비는 귀엽네. 앞으로 못된 남자를 조심하도록 해."

저기, 왜 이야기가 그런 쪽으로 흘러가지?

"괜찮습니다. 다가오는 남자라면 확실히 눈을 빛내고 지켜볼 테니까요."

드루이드 씨, 좀 무서워요. 그리고 왜 그런 이야기가 되었지?

"으음, 동료를 소개해도 될까요?"

모두와 대면시키는 편이 좋겠지. 협력을 받을 거고.

"정말로 착하구나."

로즈 씨가 엄청 따뜻한 시선을 내게 보냈다. 그 시선에는 왠지 쑥스러운 느낌이 들었다. 창피하다고 할까, 멋쩍다고 할까.

"아이비."

그런 목소리에 시선을 주자, 웃음을 참고 있는 드루이드 씨.

"로즈 씨는 레벨을 모르는 마석을 가지고 있는 이유까지 말할 필요가 없다고 말하고 싶었던 거야."

"네?"

하지만 길드에서 조사할 수 없는 마석을 왜 가지고 있냐고 의심할 뿐이라고 생각하는데.

"[제공하고 싶은 마석이 있는데, 레벨을 모르니까 레벨을 조사하고 싶었다]라고만 말하면 되는 거였어."

"그것만?"

드루이드 씨의 말에 놀라서 로즈 씨에게 시선을 주자, 그녀는 웃으면서 끄덕였다.

"길드에서 간단히 조사할 수 있는 마석을 개인이 조사하고 싶은 경우는 별로 없으니까. 마석을 갖게 된 경위에 뭔가 이유가 있을 거라고는 짐작해. 하지만 아이비나 드루이드 씨의 태도 등을 보면 악인으로는 보이지 않아. 나는 그걸 믿기로 했으니까, 갖게 된 경위 같은 건 아무래도 좋았어."

그렇구나.

"로즈 씨는 멋지네요."

생각하기 전에 머리에 떠오른 말이 입에서 튀어나왔다. 그걸 들은 로즈 씨는 크게 소리 내어 웃었다.

"기쁜 말이네."

"저기, 저는 로즈 씨에게 동료를 소개하고 싶어요. 다들 착한 아이들이라서."

부탁 같은 것은 빼고, 순수하게 소라와 아이들에게 로즈 씨를 소개하고 싶다. 그리고 로즈 씨에게 소라와 아이들을 알려주고 싶다.

"고마워. 다만 약속."

"네."

로즈 씨의 진지한 표정에 자세를 곧게 하였다.

"남을 너무 믿지 말 것. 내가 어떤 사람인지 아직 이해하지 못했잖아? 그런데 마석을 부활시키는 레어 슬라임을 테이밍했다는 소리를 했다가 무슨 짓이라도 당하면 어쩌려고? 게다가 간단히 소개하려고 들다니, 빼앗기기라도 하면 슬프잖아? 알겠어? [남을 일단 의심해라]. 이건 중요하니까."

어라? 어디서 비슷한 말을 들었던 것 같은데. 어디서 들었더라? 그건…… 드루이드 씨의 스승이 했던 말이다. 그래, 그 분에게 비슷한 말을 들었다.

"저기, 로즈 씨에게 말한 건 잘못된 행동이 아니에요. 동료와도 의논해서 괜찮다고 판단했어요."

그런 설교를 해주는 사람이 악당일 리가 없다. 나는 그렇게 판단한다.

"아이비의 마음은 아주 기뻐. 하지만 아무래도 불안하네~. 아이비, 웃으며 접근하는 인간일수록 주의가 필요하니까!"

"네, 하지만 제가 테이밍한 소라라는 슬라임은 인간을 판단하는 능력이 있어서요."

"아이비, 방금 말했지!"

"하지만 소라가 로즈 씨는 괜찮다고."

아까부터 소개해달라는 건지, 진동이 심해져서 가방에서 튀어나오려고 하고 있고.

"하아, 그렇게 말해주는 건 정말 기뻐. 하지만 말이지~."

로즈 씨가 왠지 지친 표정으로 드루이드 씨에게 시선을 보내자, 드루이드 씨가 웃음을 터뜨렸다.

"아무튼 모두를 가방에서 꺼낼게요."

가방에서 소라와 시엘, 그리고 프렘을 꺼냈다.

"뿟뿌뿌~."

"냐웅."

"떼류류~."

세 마리가 테이블 위에서 각자 로즈 씨에게 인사했다.

"뭐라고 할까, 아이비가 테이밍한 슬라임이란 느낌이네."

그게 무슨 인상이지? 세 마리를 보았지만, 딱히 이상한 데는 없다. 평소랑 같다.

"아무튼 차라도 마시면서 좀 진정할까."

드루이드 씨가 그렇게 정리해주었기에, 의자에 앉아서 차를 마셨다. 그 다음에 소라에 대해, 시엘에 대해, 프렘에 대해 설명하였다. 포션을 만들 수 있다고 하자, 로즈 씨는 크게 놀랐다. 다양한 경험을 한 로즈 씨를 놀라게 하다니, 역시나 대단한 일인 거겠지. 그리고 시엘이 사실은 아단다라라고 설명하자, 시엘을 보고 고개를 갸웃거렸다.

"아단다라가 왜 슬라임으로?"

"변화하는 힘이 있는 마석을 프렘이 만들어줘서, 그것을 이용해서 슬라임이 되었어요."

로즈 씨는 내 머리에 손을 뻗더니 부드럽게 쓰다듬어주었다.

"이야기해줘서 고맙구나."

그 말에 몸에서 힘이 빠졌다. 괜찮다고 알아도 동료의 소개는 긴장돼.

"좋아! 그럼 계속 이야기해볼까."

"네."

"너희는 [극비리에 마석의 레벨을 조사하고 싶다]는 거지?"

"그래요. 누가 있을까요?"

조사하려면 감정 스킬을 가진 사람이 필요하다. 로즈 씨를 보니, 복잡한 표정으로 고개만 내저었다.

"그런가요."

"이 마을은 동굴에서 다양한 채석이 채굴되니까, 감정 스킬을 가진 이는 다른 동네보다도 많을 거야. 하지만 전원이 길드에 등록되어 있을걸. 여행하는 감정사는 아무래도 신뢰하기 어렵고."

그렇구나.

"저기, 로즈 씨, 부탁이 좀 있습니다만."

드루이드 씨가 진지하게 로즈 씨를 바라보았다. 거기에 계속 말하라는 듯이 고개를 끄덕이는 그녀의 눈도 진지했다.

"자경단의 단장, 아드님을 소개해주실 수 없겠습니까?"

그러고 보면 드루이드 씨의 목적은 그거였지.

"그거야 괜찮지만, 길드마스터 쪽이 낫지 않나?"

소개해주는구나. 그렇게 쉽사리 승낙해도 돼? 하지만 길드마스터 쪽이 낫다는 건 무슨 소리지?

"길드마스터 쪽이 마석 취급에 능하겠지. 애초부터 그런 쪽 사람이니까."

"그렇습니다만, 모르는 사이라서."

"소개해줄까?"

"분명히 매력적인 말씀이지만, 소문으로는 상업 길드와 모험가 길드의 우두머리들이 서로 사이가 안 좋다고 들었습니다. 우리는 상업 길드 쪽에 안면을 텄으니까, 모험가 길드의 길드마스터는 좀 사양하고 싶군요."

"그렇군."

어! 두 길드의 우두머리는 사이가 안 좋아? 그런 마을이 있구나.

"알았어, 아들을 소개해주지. 녀석이라면 레벨을 조사할 수 있는 사람도 알겠지."

왠지 이야기가 정리된 모양이다. 다행이다.

251화 귀엽잖아!

"그렇긴 해도 이 애들 참 귀엽네."

로즈 씨가 눈앞에 있는 세 마리를 보고 순서대로 머리를 쓰다듬었다. 그게 기쁜지 부르르 몸을 흔드는 소라, 시엘, 프렘.

"정말로 귀엽지요!"

로즈 씨의 말이 기뻐서 조금 목소리가 커졌다. 진심으로 걱정해주는 사람에게 내 귀엽고 소중한 동료를 소개할 수 있다는 게 기쁘다. 사실은 더 많은 사람들에게 이 아이들을 자랑하고 싶지만, 그럴 수 없으니까.

"후후후, 아이비는 이 애들을 좋아하는구나."

"네. 정말 좋아해요."

내 표정은 꽤나 풀어졌겠지. 거울을 보지 않아도 대충 알 수 있을 정도로 기분이 좋다.

"그래, 아들을 언제 소개해주면 될까?"

"단장이 시간 날 때면 됩니다. 이쪽은 시간이 여유로우니까요."

"그래? 미안하군."

프렘이 테이블 위를 이동해서 내 쪽으로 몸을 뻗었다. 처음 보는 태도에 조금 당혹스럽지만, 안아 들어서 무릎 위에 올려놓자 가만히 나를 바라보았다. 프렘을 보면서 고개를 갸웃거렸다.

"왜 그래?"

"떼류~."

뭔가 호소하는 느낌이다. 하지만 이해가 잘……. 프렘이 요구하던 것들을 생각해보았다.

"졸려?"

반응이 없는 걸 보면 아닌 모양이다. 그럼 뭘까? 틀렸다. 생각해도 모르겠다.

"미안해, 뭔가 조언이 있으면 알 수 있을지도 모르겠는데."

프렘의 시선이 뒤쪽에 있는 테이블을 향하였다. 검은 판? 몸을 옆으로 눕혀서 프렘의 얼굴을 들여다보았다. 응?

"마석?"

검은 판이 아니라 마석 쪽인가? 프렘이라면 마석과 포션이고.

"떼류류~."

내 말에 기분이 좋아진 프렘. 다행이다. 마석이 정답이었던 모양이다. 혹시나,

"프렘, 빨간 마석을 만들고 싶어?"

"류류류~."

아무래도 정답인 모양이다. 무릎 위에서 몸을 뻗으며 기쁨을 표현하고 있다.

"마석을 만들어주는 거냐?"

로즈 씨가 프렘에게 확인하였다.

"류~."

거기에 기운차게 대답하는 프렘. 왠지 평소보다 의욕이 넘치는 모습이네.

"하지만 프렘. 여기에 다 쓴 마석은 없어. 내일 쓰레기장에서 주워올게."

"떼류~."

그렇게 노골적으로 기분 상한 모습을 해도 말이지.

"잿빛 돌 같아진 마석이라면 있다. 그거면 될까?"

로즈 씨의 말에 프렘이 갑자기 기분 좋은 눈치로 돌아왔다. 정말로 오늘 프렘은 평소랑 전혀 다르네. 드루이드 씨도 좀 놀라서 프렘을 바라보았다.

"프렘, 괜찮은 거야?"

"글쎄요. 이러다가 나중에 뻗어버리는 게 아니라면 좋겠는데요."

기운 있는 거야 좋지만, 나중에 지쳐서 뻗어버리면 가엾다. 주의해서 지켜봐야지.

로즈 씨가 안쪽 방에 돌아가더니 잠시 뒤에 좀 큼직한 주머니를 들고 돌아왔다. 테이블 위에 묵직한 소리를 내며 놓이는 주머니. 끈을 풀고 열어보니 대량의 잿빛 돌. 아무것도 모르면 길가에 굴러다니는 돌이 가득 들어있을 뿐이지, 딱히 가치도 없는 주머니로 보이겠지.

"참 많네요."

"아이템을 정비하고 시험 작동시킬 때에 마석이 필요하니까. 버리는 걸 깜빡하다보니 이렇게 쌓인 모양이야."

그렇구나 싶어서 주위를 보았다. 이 정도 아이템들을 시험 작동시키는 데에도 꽤나 마석이 필요하겠지.

"떼류~."

프렘은 테이블 위에 놓인 잿빛 돌을 응시. 그리고 기쁜 듯이 내 무릎 위에서 뿅 하고 뛰어올랐다. 그 높이는 대충 10센티미터 정도. 그 점프력이 너무 낮아서 잘 보지 않으면 모를 정도다. 프렘을 주머니 근처에 놓아주었다.

"마음대로 해봐라."

로즈 씨의 말에 프렘이 부르르 몸을 흔들었다. 그리고 주머니 안의 그냥 돌멩이로 보이는 마석을 널름 삼켰다.

"류류~, 류~, 류~."

프렘의 체내에 들어간 마석은 거품에 휩싸여 보이지 않게 되었다. 그리고 프렘의 울음소리. 다만 그 소리는 별로 크지 않아서 바싹 다가가지 않으면 모를 정도다.

"류! ……퐁."

뭔가 가벼운 소리가 나고, 프렘의 입에서 빨갛고 예쁜 마석이 튀어나왔다.

"이렇게나 빠른가. 하지만 정말 꽤 예쁜 마석이군."

"류류~, 류~, 류~."

프렘은 이미 다음 마석을 삼키더니 부르르 몸을 떨었다. 지켜보니 살며시 눈을 감고 기쁜 눈치다.

"류! ……퐁."

두 개째가 나왔다. 재미있는지 부르르 몸을 떨며 다음 돌을 삼키는 프렘.

"재미있는가 보네."

드루이드 씨가 프렘이 토해낸 마석을 손에 들고 먼저 부활한 마석 옆에 놓았다.

"응, 마석 만드는 걸 좋아했나?"

좋아하는 일을 참고 있었다니 가엾다.

"류류~, 류~, 류~."

그렇긴 해도 나란히 놓은 마석들을 보니 여전히 투명도 높은 마석이다.

"그것도 예쁘네. 이렇게 투명도 높은 마석은 오랜만에 봐. 최근 몇 년 동안은 동굴에서 캔 마석도 레벨이 내려갔으니까."

"류! ……퐁."

"그렇습니까?"

드루이드 씨가 세 번째 마석을 앞선 두 개 옆에 나란히 놓았다.

"류류~, 류~, 류~."

소라와 시엘이 조용해진 것을 깨닫고 주위를 보았다. 어라? 없네?

"아이비, 여기 있어."

드루이드 씨가 가리킨 방향을 보니, 그의 머리 위에 소라, 어깨 위에 시엘.

"무섭지 않아요?"

"조금은. 하지만 그렇게 무거운 것은 아니야."

그렇다고 해도 왜 거기지?

"류! ……퐁."

네 개째는 조금 작고, 앞선 세 개와 비교하면 조금 탁한 느낌이 강했다.

"류류~, 류~, 류~."

"아이비, 프렘은 괜찮은 거냐? 이렇게나 마석을 만들어내는데."

로즈 씨가 걱정스럽게 프렘을 보았다. 괜찮냐는 게 무슨 소리지?

"으음, 뭐가 말인가요?"

"마석을 부활시키려면 꽤나 마력이 필요할 거야. 이렇게 연속으로 부활시키면 마력이 고갈되지 않겠어?"

"류류~, 류~, 류~."

마력 고갈? 듣고 보니 마석의 부활에는 상당한 마력이 필요하지.

"프렘이 너무나 당연하듯이 20개나 부활시켰으니까 마력을 걱정한 적이 없었군.”

“류! ……퐁.”

“응. 하지만 20개 이상 부활시켰을 때에도 마력 고갈은 일어나지 않았지?”

“그래, 문제 없었어.”

“그거 대단하군. 아이비의 마력이 그렇게 대단한가?”

“‘“네?”’

아, 드루이드 씨와 목소리가 겹쳤다. 내 마력이 거의 없다시피 한 걸 아니까.

“류류~, 류~, 류~.”

“그게 무슨 말씀인가요?”

“아니, 테이머에 따라서 테이밍한 마물의 마력은 변하잖아?”

“그런가요?”

“아, 그러고 보면 그랬다.”

떠올랐는지 드루이드 씨가 짝 하고 손으로 무릎을 두드렸다.

“류! ……퐁.”

하지만 그 정보는 틀린 거 아닌가? 내가 여기에 있는 이상 설명되지 않는다.

“저기, 저는…….”

로즈 씨라면 괜찮다. 드루이드 씨의 머리 위에 있는 소라를 힐끔 보니, 나를 가만히 바라보는 소라와 시선이 마주쳤다. 그리고 기쁜 듯이 부르르 몸을 흔들었다. 거기에 힘을 얻어서.

"별없음이라서 마력은 많지 않고 강하지도 않아요."

"류류~, 류~, 류~."

"뭐?!"

아, 오늘 본 것 중에서 제일 크게 놀란다. 그게 조금 기쁘다.

"아이비, 그런 소리를 함부로 하면 안 돼! 악용당하면 어쩌려고!"

기뻤지만, 제대로 야단맞았다. 잔뜩 눈썹을 찌푸려서, 조금…… 아니, 꽤 무섭습니다.

"함부로 한 거 아니에요. 로즈 씨는 믿을 수 있다고 생각했고, 그러니까 문제없어요."

무섭지만, 로즈 씨니까 한 거라고요. 그렇게 아무나 믿지 않아요!

"류! ……퐁."

"하아~, 하지만 별없음이라고?"

"네."

"그런가…………. 아단다라는 사실 꽤 약한 마물인가?"

"류류~, 류~, 류~."

시엘에게 의심의 눈초리가 날아갔다. 다급히 시엘을 테이밍하게 된 경위를 말하였다.

"뭐라고 할까, 아이비의 주변에는 대단한 애들이 모이는군."

"류! ……퐁."

"아, 아이비, 프렘이 쓰러졌어."

"네? 아, 역시 너무 힘을 썼구나."

테이블 위에는 엎어져서 잠든 프렘. 그리고 그 옆에는 프렘이 부활시킨 마석이 드루이드 씨의 손을 빌어 정리되었다. 다해서 18개. 말하는 동안에도 소리가 들렸는데, 그 소리 이상의 마석이 부활하였다.

"으음, 그건."

거기 놓인 마석 중에서도 제일 눈길을 마석. 다른 마석과 확연하게 다른 투명도.

"이건 뭐지?"

로즈 씨가 그걸 손에 들고 찬찬히 살펴보았다.

"아마도 레벨 1이나 2의 마석이겠네요."

"레벨 1이나 2? 그런 레벨의 마석은 처음 보는데."

로즈 씨는 감탄하더니 테이블에 가만히 마석을 돌려놓았다.

"아무리 그래도 그걸 제공했다간 소동이 일어나겠군."

역시나 이건 안 되겠네. 아쉽다.

252화 대만족한 프렘

프렘이 마석을 부활시키는 모습은 아주 즐거워보여서, 솔직히 계속 그러게 놔두고 싶다. 로즈 씨와 드루이드 씨에게 그렇게 말했더니, 지금 이 마을에서는 붉은 마석이 대량으로 필요하니까 [프렘이 만족할 때까지 부활시켜도 괜찮겠지]라는 이야기가 되었다.

다음날, 깨어낸 프렘의 앞에 로즈 씨에게서 받아온 마력 없는 마석들을 내려놓자, 눈을 크게 뜨며 놀라는 표정.

"오~, 프렘이 그렇게 눈을 크게 뜬 건 처음 보는데?"

오늘 저녁식사가 필요한지는 말하려고 방에서 나가려던 드루이드 씨가 멈춰 서서 프렘의 표정을 뚫어져라 응시하였다.

"응."

드루이드 씨의 말처럼 이런 프렘의 표정은 처음 본다. 평소의 졸린 표정도 귀엽지만, 이렇게 놀란 표정도 귀엽다. 그는 프렘의 머리를 톡톡 두드리더니 방을 나갔다.

"류?"

그 표정으로 몸을 기울이는 모습도 너무 귀여워.

"아, 설명을 해야겠네. 으음, 이 마을은 붉은 마석이 대량으로 필요하니까, 이 마석을 마음대로 써도 돼. 다만 이 마을에서만이다?"

대량의 마석을 팔아도 문제가 되지 않는 지위 같은 건 없으려나?

"류~, 류류류~, 류류류~."

이해한 건지 흥분해서 마구 몸을 흔들어댔다. 너무 흥분한 모습이라서 소라와 시엘이 놀라고 있다. 솔직히 이렇게까지 흥분할 줄은 몰랐기에, 나도 조금 뜨악해졌다. 그렇긴 해도 이만큼 흥분하는 모습을 보면 역시나 계속 참고 있었던 걸지도.

"프렘, 진정해."

내 말에 시선을 주더니, 눈앞에 있는 나를 향해 폴짝 뛰려는 것처럼 보였지만 결국 굴러왔다. 프렘은 기쁨을 표현할 때 소라가 그러듯이 품안에 뛰어들 생각이었겠지. 다만 둔한 프렘으로서는 대흥분한 정도로는 도무지 그럴 수 없었던 모양이다. 왠지 전보다 뛰어오르는 힘이 떨어진 것 같은 느낌도 들고. 뭐, 식욕도 기운도 있으니까 괜찮겠지만.

"프렘, 네가 즐거운 선에서 부활시켜주면 돼. 일부러 높은 레벨의 마석으로 만들 필요도 없으니까. 그러면 제공할 수가 없고. 무리는 금물."

"떼류류~."

아직도 흥분한 기색이 잦아들지를 않는다. 이거 괜찮은 걸까?

드루이드 씨가 방에 돌아왔는데, 그 손에 편지를 들고 있었다.

"아이비. 로즈 씨에게서 내일 낮에 가게에 좀 와달라는 연락이 왔어."

“알았어! 생각보다 빨랐네.”

단장은 바쁠 테니까 1주일 정도 걸릴지도 모른다고 드루이드 씨가 그랬다. 그런데 오늘은 로즈 씨에게 이야기하고 겨우 이틀이 지났다.

“로즈 씨가 억지 부린 게 아니라면 좋겠는데.”

충분히 있을 수 있는 이야기다. 붉은 마석을 제공한다는 이야기니까 나쁠 건 없겠지만. 로즈 씨의 아들이니까 괜찮을 거라고는 생각되지만 조금 불안해.

“아까 떠오른 건데.”

“응?”

“제공하기로 결정한 마석의 레벨을 우리가 알 필요는 없어.”

“……맞아.”

분명히 레벨에 관계없이 제공하기로, 드루이드 씨와 의논해서 결정하였다. 로즈 씨가 레벨 1 내지 2 정도로 레벨 높은 마석은 그만두라고 했기에, 투명도가 높은 마석은 레벨까진 모르더라도 제외할 예정. 그것들을 빼면 아마도 괜찮겠지……. 분명 괜찮을 거야…….

“게다가 오늘 아침에 두 길드에서 비상사태선언이 발표되었으니까. 이게 나온 이상 마석의 가격은 네 종류 정도로 나뉠 거야.”

“비상사태선언?”

“그래, 확인한 바로는 마석 제공을 호소하고 있었어. 역시 꽤 부족한 모양이야."

날씨 문제로 나온 비상사태선언. 분명히 생명과 관련된 이상기후가 예상되었을 때에 나오는 선언이고…… 뭐였더라?

"무슨 제한이 있었더라?"

경험한 바 없으니까 모르겠어.

"제한은 현재로선 없지만, 앞으로는 외출 제한 같은 게 생길 가능성이 있어. 또 우리랑 관계 있는 거라면 붉은 마석, 난방 아이템, 그리고 각 포션의 제공일까."

"포션은 무리네요."

포션의 제공은 무리겠지. 박스를 보고 그 안에 있는 포션을 떠올리며 체념했다.

"또 마석 가격이 네 종류란 게 무슨 소리?"

"평소라면 제공하는 마석에 각각 개별로 금액이 매겨지지. 제공의 경우는 통상 가격의 60퍼센트로 매입이야. 하지만 비상사태선언이 나온 경우, 이건 다른 마을의 사례지만 레벨 1부터 4, 5부터 6, 7부터 8, 9부터 10이라는 네 종류로 나뉘어서 각각 금액이 정해졌어. 이 마을에서도 아마 같은 거야."

"그렇구나."

"그런데 아이비."

"……응."

드루이드 씨의 시선을 따라가보니, 마석을 계속 부활시키고 있는 프렘. 즐거운 정도로 하라고 했으니 문제는 없겠지. 그렇기는 해도 즐거운 모양이다. 그 분위기에 따라서 소라와 시엘도 즐거운 듯이, 부활시킨 마석을 굴리며 놀고 있다.

"……저거 괜찮은 거야?"

"으음……."

소라와 시엘이 가지고 노는 마석. 두 마리는 방금 전의 이야기를 이해했는지 제공할 예정인 마석에는 손을 대지 않는 거겠지. 즉 제공 불가능한 마석으로 놀고 있는 건데……. 두 마리 사이를 오가며 반짝반짝 빛을 발하는 마석. 다른 이들이 보면 눈이 뒤집할 만한 광경이겠지.

"저건 제공하지 않을 거라서."

드루이드 씨는 쓴웃음을 지었다.

"틀림없이 그렇겠군. 아, 늘었다."소라와 시엘 사이의 반짝반짝한 마석이 하나에서 두 개로 늘었다. 두 개로 늘어도 재주 좋게 상대에게 그걸 굴리는 두 마리. ……재미있는 모양이고, 이 방에는 드루이드 씨와 나밖에 없다. 그러니 괜찮은 걸로 해두자.

"그러고 보면 레벨 높은 마석은 제공 할 수 없다고 말해두었는데, 혹시 프렘 스스로는 조정 못하는 걸까요?"

"그것도 가능한 이야기겠군."

조정이 불가능하다면 마석의 부활은 적당히 시키지 않았다간 큰일이 나겠어. 레벨 높은 마석이 늘어나는 건 좀 피하고 싶고. 매직박스가 꽉 차버릴 뿐이라고 한다면 맞는 말이긴 하지만.

"류~!"

프렘이 만족스럽게 울었다. 살펴보니 간신히 만족한 건지 마석의 부활 작업이 멎어 있었다. 프렘의 주위를 둘러보았다. 왠지 거기 굴러다니는 마석의 숫자가 여태까지보다 훨씬 많은 듯한 기분이 드는 데 기분 탓일까?

"프렘, 오늘은 특히나 많네. 다해서 28개. 투명도가 높은 건 세 개야."

"뗴류류~."

"재미있었어?"

"류~!"

드루이드 씨의 말에 큰 울음소리. 방에는 소리를 차단하는 아이템을 써두었으니까 괜찮아.

"류~……."

여태까지 씩씩하니 힘이 넘치던 프렘의 목소리가 왜인지 갑자기 힘을 잃었다. 프렘을 보니, 졸린 표정으로 크게 하품을 몇 번이나 거듭하였다.

"프렘, 너무 애썼어. 하지만 고마워."

크게 하품을 하나 싶더니 그대로 고개를 앞으로 푹 쓰러뜨리며 잠들었다.

"급하기도 하지."

드루이드 씨의 말에 쓴웃음이 나왔다. 굴러다니는 마석을 주머니 하나에 모아담았다.

"내일 단장에게 줄 마석이 생겼네요."

"뭐, 좀 지켜보면서 판단해야지."

그런가? 로즈 씨의 아들이니까 문제없을 텐데.

"아이비, 사람을 너무 믿다간 로즈 씨에게 혼나."

내 생각을 읽혔다.

"아하하하, 하지만 로즈 씨의 아들이고."

"그걸 솔직히 말했다간 틀림없이 설교야."

분명히 로즈 씨 앞에서 고개 숙인 내가 상상된다.

"사람 됨됨이를 잘 확인한 뒤에 할게요. 네."

소라에게 부탁해서 도움을 받자.

253화 화났다!

"안녕하세요?"

로즈 씨의 가게에 왔는데, 커튼이 닫혀 있고 가게를 닫은 모습이다. 아무튼 문을 열어서 확인. 문이 열렸기에 안에 대고 말해보았다.

"뭐 하고 있어? 얼른 들어와."

모습은 안 보이지만 로즈 씨의 목소리가 들렸다. 거기에 안도하며 가게 안으로 들어갔다.

"안녕하십니까."

드루이드 씨가 뒤따라 들어와서 소리 내어 문을 닫았다. 오늘은 어제보다 추위가 더 심하다. 태양이 나와 있는데도 추위가 가시질 않는다.

"이쪽으로 와. 따뜻하니까."

목소리가 들린 쪽으로 가보니, 숙소에서도 보았던 이동식 난방 아이템이 돌아가고 있었다. 그리고 그 옆에 한 남성. 이 마을의 자경단 단장, 타블로 씨다.

"오늘은 일부러 시간 내주셔서 감사합니다."

드루이드 씨가 가볍게 고개를 숙인 것을 보고 나도 다급히 숙였다.

"아니, 협력 좀 해주었으면 하는 일이 있다는 이야기는 어머니에게 들었는데, 어떤 일이지? 다만 나라도 뭐든 해줄 수 있는 건 아니니까 그건 이해해주고."

뭐지? 왠지 목소리가 좀 딱딱하다. 혹시 뭔가 의심을 하는 걸까? 드루이드 씨는 그 태도에 쓴웃음을 지었고, 로즈 씨는 이마에 잔뜩 주름살을 만들었다.

"타블로가 처리해줬으면 하는 일이 있나 보더라."

로즈 씨가 무뚝뚝하게 말했다. 아니, 그런데 [처리해줬으면 하는 일]이라니, 그런 식으로 말하는 건 좀 문제가 있지 않나요?

"처리?"

타블로 단장이 드루이드 씨를 보았다.

"예, 내밀하게 처리를 부탁드렸으면 싶은데, 가능하겠습니까?"

로즈 씨에 이어서 드루이드 씨도 비슷한 식으로 말하였다. 게다가 [내밀하게]라는 말까지 붙었다. 그런 식으로 말하면 무슨 못된 짓이라도 되는 것처럼 여겨질 가능성이 있다. 타블로 단장은 우리를 의심하는 모양이고. 그를 보니 표정도 참 험악하다. 아, 역시 오해했구나.

"그건 범죄에 손을 빌려달라는 건가?"

타블로 단장의 말에 히죽 웃음을 보이는 드루이드 씨. 로즈 씨도 아무 말 없다. 이거 혹시 일부러 이러나? 하지만 대체 왜?

"범죄에 손을 빌려줄 생각은 없다."

타블로 단장의 시선과 목소리가 무서워요. 나도 모르게 두어 걸음 뒤로 물러났다. 그렇긴 해도, 처음부터 우리를 의심하고 있었구나. 이전에 만났을 때에는 평범했는데. 최근 며칠 동안에 눈에 띄는 짓이라도 했던가?

"붉은 마석 이야기인데, 이야기라도 좀 들어보지 않겠습니까?"

드루이드 씨, 타블로 단장을 아주 열심히 관찰하는 것 같네. 일부러 의심을 사도록 한 것에 뭔가 의미가 있나? ……모르겠다. 로즈 씨를 보니, 어깨를 떨면서 시선을 내리고 있다. 혹시 웃음을 참는 건가?

"……아무리 곤란한 상황이라도 범죄에 손을 빌려줄 생각은 없다. 계속 이런 이야기나 할 거라면 나는 이만 일어나지!"

"아하하하! 이 멍청이 아들이 이번에는 누구한테 무슨 소리를 듣고 온 걸까?"

타블로 단장이 일어나려고 하자, 로즈 씨의 웃음소리가 가게에 울렸다. 거기에 놀란 표정을 보이는 타블로 단장. 잠시 동안 로즈 씨와 드루이드 씨를 교대로 보더니 마지막으로는 왠인지 나를 가만히 바라보며 크게 한숨을 내쉬었다.

"속인 겁니까?"

타블로 단장이 드루이드 씨를 날카롭게 노려보았다. 하지만 드루이드 씨는 그 시선을 받으면서도 평소처럼 웃기만 했다.

"이거 실례. 그건 제가 아니라 로즈 씨가 시작한 겁니다만, 첫 대면 때의 태도가 왠지 마음에 얹혔던 터라서 거기 어울려주었습니다. 이쪽도 당신을 판단할 필요가 있으니까요. 이 이야기에 응하지 않은 걸 보니 우리가 사람 제대로 보았군요. 다만 우리의 태도에 의문을 갖지 않은 것은 문제 아닙니까?"

드루이드 씨는 은근히 타블로 단장의 태도에 화가 난 모양이다.

"처음부터 의심하고 들었던 게 잘못. 드루이드 씨가 말하기 시작했을 때에 나를 살피지 않았던 것도 잘못. 자기 판단에 의문을 갖지 않았던 게 제일 큰 잘못. 알고 있지?"

아, 로즈 씨도 타블로 단장의 태도에 화가 나 있었나.

"큭. 미안했다. 하지만 길드마스터가."

길드마스터? 즉 상업 길드나 모험가 길드 중 어딘가의 길드마스터가 이 사람을 속였다는 소리? 그건 좀 그러네. 우리가 찍힐 만한 짓이라도 했나?

"이 멍청이가!"

""우왁.""

로즈 씨의 노성이 가게에 울렸다. 너무 소리가 크고 우렁차서 드루이드 씨와 함께 펄쩍 뛰었다. 가방 안에서도 꿈틀 하는 진동 뒤에 부르르 몸을 떠는 진동이 전해져왔다. 심호흡을 하여 마음을 진정시킨 뒤에 가방 위를 부드럽게 툭툭 두드렸다. 조금 있자 진정이 되었는지 진동이 멎었다.

"길드마스터가 뭐라고 하든, 스스로 판단을 해야지! 그리고 만난 순간부터 숨기지도 않고 적의를 보이다니. 이쪽에게 중요한 협력자면 어쩌려고? 혹시 그러다가 마을사람이 죽는 결과로 이어지면 책임을 질 수 있겠냐?"

로즈 씨가 진심으로 화내고 있는 걸 알겠다. 엄청난 박력이다.

"상업 길드 쪽에 값비싼 광석이 대량으로 흘러들었다고 하는데, 누가 팔았는지가 도무지 불명이라서. 거래일 즈음에 이 마을에 들어온 사람을 조사했더니 이 두 사람이 드러났습니다. 그러니까.”

로즈 씨의 커다란 한숨소리가 왠지 가슴 아프다. 타블로 단장도 그런지 시선을 피하고 있다.

“익명으로 광석을 매매하는 게 금지되어 있냐?”

“아뇨.”

“그럼 왜 거기에 관심을 줬는데?”

“……뭔가 범죄와 관련된 광석이 아닐까 해서.”

“상업 길드에서 조사하고 문제없다고 결론을 내려서 거래된 물건에, 왜 네가 의문을 품고?”

“……나한테는.”

“그렇겠지. 괜히 의문을 품고 헛소리를 늘어놓은 건 모험가 길드의 길드마스터겠지.”

“괜한 짓이 아니라 설명되지 않는 부분이 있었습니다.”

“고가의 광석을 팔면 상당한 돈이 손에 들어오지. 신변을 지키기 위해 익명으로 처리하는 모험가도 있어. 분명히 공적을 인정받고 싶은 녀석이 대부분이긴 하지만, 이쪽도 적기는 해도 없는 것은 아냐. 그럼에도 불구하고 너희는 그걸 까발리려고 했지. 혹시나 그 바람에 이름이 드러나서 습격이라도 받으면 어쩔 생각이었어?”

“…….”

겨울에 대한 불안 때문일까, 예년보다 범죄에 치닫는 사람이 많아졌다고 도라 씨가 걱정하고 있었다. 그러니까 이건 [혹시나]라는 말도 대충 넘어갈 만한 일은 아니겠지. 로즈 씨가 다시금 크게 한숨을 내뱉었다.

"미안하구나, 이 바보가. ……솔직히 이 녀석이 이렇게까지 바보라니."

아까부터 계속 바보, 바보 그러네. 좀 동정이 간다.

"미안했다."

타블로 단장이 고개를 숙였다. 드루이드 씨가 어깨를 으쓱이며 나를 보았다. 나는 의문이라면 있어도 분노는 없었기에 문제없다고 생각하고 한 차례 끄덕였다.

"이제 됐어요. 그보다도 이제 좀 머리가 식었나요?"

"……그래. 바쁘고 짜증나는 참에 불러내길래 왔더니, 길드마스터가 의심하던 두 사람이 왔기에 조금 흐트러져서."

"변명은 잘해요."

로즈 씨의 차가운 목소리가 타블로 단장의 말을 가로막았다.

"미안하다."

으음, 일의 피로 때문에 냉정함을 잃었던 걸까? 뭐, 진정했다면 이제 괜찮겠지. 정말로 문제가 있다면 로즈 씨가 절대로 소개해주지 않겠고. 게다가 소라는 타블로 단장이 괜찮다고 판단하였다.

"이제 됐어요. 피곤하신데 죄송합니다."

내가 그렇게 말하자, 타블로 단장이 놀란 표정을 보였다. 드루이드 씨는 내 머리를 천천히 쓰다듬어주었다.

"자, 바보 녀석의 머리도 식었으니 느긋하게 이야기를 해볼까."

또 바보라고 불러대네. 타블로 단장은 이미 포기한 표정이다. 로즈 씨는 그렇게 오랫동안 꽁하는 성격도 아니니까 조금만 더 참아요, 타블로 단장!

254화 계약?

"그렇지. 두 사람에게 확인해두고 싶은 게 있어."

로즈 씨가 사람 숫자만큼 차를 준비해주었다.

"고맙습니다. 뭔가요?"

전원이 자리에 앉아서 일단 숨을 좀 돌린다. 긴장했던 건지 따뜻한 차가 맛있다. 로즈 씨가 끓여준 차도 조금 단맛이 있다. 이 마을의 차는 다 이런 걸까?

"마석의 레벨을 정확하게 알기 위한 매직아이템은 아직도 필요한가?"

무슨 의미지? 로즈 씨의 말에 타블로 단장이 고개를 갸웃거렸다. 그로서는 통 의미를 모르겠는 거겠지.

"이번에는 그렇게 정확한 레벨을 알 필요가 없어졌지? 그러니까 이제 매직아이템은 필요 없지 않을까 싶어서."

분명히 이번에는 필요없어졌다. 하지만 프렘은 앞으로도 계속 마석을 부활시키겠지. 그러니까 있으면 싶은데.

"이번에는 필요 없었지만, 앞으로를 생각하면 있으면 좋겠군요."

"아하, 앞으로를 생각해서……."

드루이드 씨의 말에 로즈 씨가 쓴웃음과 함께 끄덕였다. 프렘이 즐겁게 마석을 부활시키는 모습을 보았으니 납득해주겠지.

"그렇다고는 해도 지금 있는 매직아이템이 말이지~."

로즈 씨가 크게 한숨을 내뱉었다. 분명히 결과가 나오기 전까지 몇 번이나 마석을 교체하고, 또 교체하고…… 정신이 아득해진다.

"그렇군요. 레벨은 대충이라도 괜찮지만, 20개의 마석을 조사하는 데에 시간이 얼마나 걸릴지가 문제입니다."

20개……. 정말 고생이겠다.

"알았어. 다른 가게에도 한 번 물어봐서 반응이 괜찮은 놈이 있는지 찾아보지."

"괜찮겠습니까?"

드루이드 씨의 말에 로즈 씨가 수긍했다. 타블로 단장은 방금 전부터 왠지 거북한 분위기다. 분명 무슨 소린지 못 알아들어서 곤혹스러운 거겠지. ……혹시 두 사람은 일부러 저러는 걸까?

"비슷한 문제가 생겼을 때, 누군가에게 협력을 얻고 싶어도 그게 힘들 때도 있겠지. 두 사람에게는 필요한 매직아이템이라고 생각하니까. 뭐, 만족스러운 아이템이 있을 경우의 이야기지만."

"고맙습니다. 부탁드리지요."

이야기가 좀 정리되었을 때, 타블로 단장이 헛기침을 하였다.

"뭐지?"

로즈 씨의 시선에 살짝 몸을 움츠리는 타블로 단장.

"아니, 슬슬 나를 여기에 부른 이유를 가르쳐주셨으면 하는데요."

타블로 단장의 말에 로즈 씨가 어쩔 수 없다는 표정을 하였다.

"음, 그렇군. 두 사람에게도 할 말이 있을 테니까."

분명 우리가 아니라 타블로 단장이 더 바쁠 텐데 말이지.

"타블로. 할 이야기란 건 두 사람이 붉은 마석을 제공해준다는 것에 대해서야."

아무런 설명도 없이 바로 본론인가~.

"음? 마석이라면 길드나 자경단에서도 쉽게 수속을 밟을 수 있을 텐데요?"

타블로 단장의 곤혹스러운 표정. 여기까지 불러다놓고 겨우 그런 소리냐 싶겠지.

"문제가 없으면 그렇게 하겠지. 문제가 있으니까 너를 부른 거야."

로즈 씨의 말에 드루이드 씨와 함께 살짝 웃었다. 드루이드 씨가 주머니 하나를 테이블에 꺼내놓았다. 로즈 씨가 그 주머니의 크기를 보고 살짝 눈을 크게 떴다.

"늘어나지 않았나? 설마 어제도?"

프렘이 부활시켰냐는 이야기겠지.

"네. 아주 신이 난 모습이었어요."

로즈 씨와 이야기를 하고 있는 가운데에도 의아한 표정을 하는 타블로 단장.

"붉은 마석입니다. 이걸 제공하고 싶습니다만, 레벨은 모두 불명입니다."

"뭐? 이게 다?"

"네."

타블로 단장이 주머니를 열고 내용물을 확인했다. 그리고 잠시 동안 굳어버렸다. 드루이드 씨가 전에 말한 바로는, 이것들은 제공하기에 레벨이 너무 높다고 했다. 일반적으로 제공하는 마석은 잘해야 레벨 5. 프렘이 부활시킨 마석은 최소 레벨 5 정도였지. 주머니에 든 것들을 보고 놀라는 것도 당연한가.

"아니, 이걸 전부 말입니까?"

"네. 아마도 조금 더 늘어날 가능성이 있습니다."

드루이드 씨의 말에 곤혹스럽다는 반응.

"으음, 제공할 경우, 특히나 지금은 비상사태선언이 나왔기 때문에 가격을 제대로 못 받게 됩니다만."

"네. 알고 있습니다."

"그렇습니까."

멍하니 마석을 보는 타블로 단장이 좀 걱정되기 시작한다.

"괜찮으세요?"

내가 말을 걸자, 시선이 내 쪽을 향했다.

"고맙구나. 정말로 어떤 마석이든 긁어모으는 상황이라서 말이지."

"도움이 되어서 기뻐요."

나를 바라보는 타블로 단장. 그리고 차를 한 모금 마셨다.

"다만 하나만 확인해주시겠습니까."

타블로 단장이 드루이드 씨를 똑바로 보았다. 드루이드 씨도 그 시선을 피하지 않았다.

"이 마석의 입수 경로를 가르쳐주시죠."

"그게 마음에 얹히는 것은 당연합니다. 우리도 그걸 설명하기 위해 일부러 여기까지 온 거니까요."

"그랬습니까?"

"네, 남들 귀에 들어가면 안 되는 이야기니까요."

"무슨 소립니까?"

"설명을 드리기 전에 일단 누구에게도 발설하지 않겠다는 계약을 했으면 합니다."

"계약이라고요?"

"그렇습니다. 비밀을 누설하지 않는다는 계약입니다."

"범죄가 아니라면 좋습니다. 계약하지요."

타블로 단장이 단언하자 로즈 씨가 무슨 종이를 테이블에 꺼내 놓았다. 거기에 나와 드루이드 씨가 놀랐다. 각오를 보고 싶었을 뿐이지, 정말로 계약할 생각은 없었기 때문이다.

"타블로, 이게 계약서다. 얼른 서명해. 드루이드 씨, 이건 내 거고."

로즈 씨가 타블로 단장에게 펜을 쥐어주더니, 또 한 장의 종이를 드루이드 씨에게 건넸다.

"아니, 그 정도까지는."

"댁들은 남을 너무 잘 믿어. 이 정도는 해야지. 아이비와 그 아이들을 지키기 위해서라도."

로즈 씨는 계속해서 종이를 드루이드 씨에게 떠밀었다. 그는 좀 멍한 표정으로 그걸 받고서 내용을 확인하였다.

"확인이 끝나거든 드루이드 씨와 아이비도 사인해."

"어머니, 이 종이는 혹시 매직아이템입니까?"

"당연하지. 계약이니까."

"아니, 개인이 쓸 건 아니잖아요. 개인은 그냥 종이가 주류일 텐데."

"이 종이가 필요해."

"……알았습니다."

모자의 대화를 듣고 있는데, 드루이드 씨가 로즈 씨의 계약서를 보겠냐고 물었다. 아무튼 훑어볼 필요가 있다.

1. 아이비와 동료에 대한 비밀을 발설하지 않는다
2. 발설한 경우, 노예로 전락한다
3. 노예 중에서도 범죄노예가 된다
4. 그때 모든 재산을 드루이드, 아이비, 두 명에게 넘긴다

"너무 무겁지 않습니까?"

"그래? 딱히 어길 생각이 없으니까 얼마나 무겁든지 문제없어."

그런 문제인가? 게다가 이 계약에는 파기 조건이 실려 있지 않다.

"저기, 파기 조건은?"

"필요 없으니까 없어."

아니, 필요없어? 드루이드 씨를 보니, 고개를 내젓고 있었다. 분명 무슨 말을 해도 헛일이라는 거겠지. 드루이드 씨와 내가 사인을 하자, 로즈 씨가 기쁜 듯이 내 머리를 쓰다듬었다.

"자, 여기."

타블로 단장도 사인을 했고, 어쩔 수 없으니까 우리도 그 계약서에도 사인을 했다. 붉은 마석에 대해 이야기할 뿐인데 계약서에 사인을 하게 되다니 생각도 못 했다.

"자, 이제 설명을 부탁하지요."

"타블로 단장, 그 설명은 내가 아니라 아이비가 할 겁니다."

"뭐? 아이비가?"

"어어, 일단 동료를 소개하고 설명할게요."

가방에서 소라와 아이들을 꺼내고, 로즈 씨에게 했던 설명을 거듭했다. 이야기가 진행됨에 따라 그저 아연해지는 타블로 단장에게 다소 불안을 느꼈다.

"저기, 이해되셨나요?"

"으음, 일단, 어어, 그럼 이 프렘이라는 이름의 슬라임이 마석을 만들 수 있다고요?"

"만드는 건 아니고 부활시킬 수 있어요."

"아, 그랬군요."

일단 설명이 끝났기에 이해해줄 때까지 셋이서 차를 마시며 기다렸다. 소라는 왜인지 로즈 씨에게 몸을 굴리며 놀고 있다. 시엘은 진열대에 뛰어오르며 놀고 있다. 막으려고 했지만 로즈 씨가 그냥 내버려둬도 된다고 허가를 내주었다. 프렘은 지금 계속 수면 중.

"이해했습니다. 저기, 마석을 부활시키는 모습을 볼 수 있겠습니까?"

타블로 단장의 말에 프렘이 번쩍 눈을 떴다. 의욕 넘치는 모습이기에 로즈 씨에게 마석을 준비해달라고 했다. 그리고 눈앞에서 부활한 레벨 높은 마석을 보고 굳어버린 타블로 단장. 왜 이럴 때에 프렘은 레벨 1에 가까운 마석을 만드는 걸까.

255화 이야기를 하자

"정말로 죄송했습니다."

타블로 단장이 일어서서 드루이드 씨와 나에게 깊이 고개를 숙였다.

"이제 됐습니다."

"하지만 꽤 무례한 태도를 보여서. 정말 죄송합니다."

붉은 마석 문제는 타블로 단장이 확실히 대응해주는 것으로 결론이 났다. 그리고 새롭게 부활시킨 마석은 로즈 씨가 넘겨받기로 정리되었다. 그렇게 해서 추가로 차를 끓여서 마시고 있는데, 타블로 단장이 일어서서 깊게 고개를 숙이며 사과해온 것이다.

"타블로 단장님. 사과는 이미 받았으니까요. 고맙습니다."

내 말에 다소 놀란 표정을 보인 그는 간신히 의자에 앉아주었다.

"저기, 뭣 좀 물어봐도 될까요?"

아까 했던 이야기를 또 꺼내게 되겠지만, 확인을 해야지.

"어떤 걸 말입니까?"

"왜 오늘 만난 순간부터 의심하고 있었나요?"

처음에 인사했을 때에는 그냥 평범했다. 그런데 오늘은 만난 순간부터 이미 우리를 의심하고 있었다. 즉 며칠 사이에 우리가 뭔가 의심을 살 만한 짓을 저질렀단 소리다. 그게 뭘까? 또 같은 일이 일어나지 않도록 알아두고 싶다.

"상업 길드의 길드마스터가 범죄에 관여했다는 소문이 암암리에 있습니다. 아직 나와 몇몇 사람밖에 모릅니다만."

"그런 거냐?"

로즈 씨는 몰랐는지 놀라고 있다.

"저기, 만난 지 얼마 안 되는 우리한테 말해도 되나요?"

그런 중요한 사실을 넙죽 말하다니, 걱정된다.

"아이비, 그건 네 이야기니?"

로즈 씨는 왜인지 기막힌 눈치.

"예?"

어째서? 아, 혹시 소라 이야기? 아니, 타블로 단장의 이야기가 더 중요하잖아?

"지금 질문만 해도 두 분이 신용할 만한 사람이라고 알았습니다. 게다가 이렇게 레벨 높은 마석을 턱 하니 내놓는 사람이 악인이라면 우리로선 어떻게 두 손 들 뿐이죠. 이 마석 하나만 해도 별의별 일을 다 할 수 있으니까요."

턱 하니 내놓은 건 아닌데. 제공은 우리에게도 돈이 들어오니까. 그렇긴 해도 마석 하나로 뭘 할 수 있다는 걸까……. 떠오르질 않는데.

"이야기를 되돌리겠는데, 녀석이 동료와 이야기하는 것을 이쪽 사람이 들었습니다. [무단으로 광석을 돈으로 바꾼 배신자가 있다. 찾아내라.]라고."

범죄조직에 흔히 있는 배신인가~. 아니, 또 범죄조직에게 휘말리는 건 대체 왜? 조심한다고 하는데.

" 그래서 상업 길드를 조사했더니, 고가의 광석을 익명으로 판 인물이 있다는 게 드러났습니다. 그 인물로 떠오른 것이 두 분입니다."

"그 광석 때문에 의심을 샀던 거네요."

"그렇군."

드루이드 씨와 함께 차를 마시면서 이야기하고 있자, 타블로 단장이 차분한 표정으로 이쪽을 바라보았다.

"어, 그것뿐입니까?"

"그것뿐이라뇨?"

무슨 말인지 몰라서 드루이드 씨와 함께 고개만 갸웃거렸다.

"무단으로 조사했는데요?"

"그게 자경단의 일 아닌가요? 게다가 무단으로 조사하는 건 당연하지요."

내가 그렇게 말하자 드루이드 씨도 수긍하였다.

"그건 그렇지만……. 하아, 당신들을 조사했던 내가 바보였군요."

"아하하하, 시간 낭비였지. 그런데 타블로, 길드마스터가 말했던 광석, 이 두 사람이 판 광석이 틀림없고?"

"그때는 틀림없을 거라고, 프리아와 함께 판단을 내렸습니다."

프리아 씨?

"프리아는 모험가 길드의 길드마스터야. 타블로랑 어렸을 적부터 친구 사이지."

어렸을 적부터 친구라. 드루이드 씨와 오르 마을의 길드마스터 같은 관계인가? 아, 하지만 로즈 씨는 그 사람을 싫어하는 분위기인데?

"지금은 잘못된 판단이었다고 생각합니다. 변명이 되겠지만, 겨울 대책으로 계속 정신이 없고 수면 부족이 계속되고, 정보도 엉망이라서 어딘가에서 필요한 정보를 놓쳤던 거라 생각합니다."

수면 부족이라서 잘못된 판단을 내렸던 거구나. 비가 계속 되어 잘 곳을 찾지 못하고 계속 걸었던 적이 있었는데, 이틀이나 계속 되니 이상한 고양감에 휩싸여서 판단력이 떨어진 적이 있었지. ……마물의 유무를 조사하지 않고 둥지로 돌격하든가 해서 그때는 위험했어~.

"그러고 보면 둘이 팔았다는 광석은 어떤 거였지?"

“‘……’”

우리가 판 광석이란 건 그거 말이지? 두 사람에게는 말해도 좋을까 하는 마음으로 드루이드 씨를 보았다. 그는 평소처럼 부드럽게 웃으면서 고개를 끄덕였다.

“숲의 수호신이 둥지로 삼은 동굴에서, 시엘이 찾아낸 광석이에요.”

“‘………………’”

어라? 두 사람 다 굳어버렸다.

“괜찮으세요?”

“……그 광석을 판 게 너희 둘이었나.”

아무래도 광석에 대해서는 알고 있었던 모양이다. 뭐, 수호신의 둥지에 있는 광석이니까. 이 마을에게는 꽤나 특수한 것이겠지.

“몇 년 만에 거래가 있었다는 소문이 돌았는데, 설마 너희 둘이었다니. 놀랐어.”

로즈 씨가 이미 식어버린 차를 마시며 크게 숨을 내뱉었다. 역시 꽤나 특별한 광석이었던 모양이다. 함부로 팔지 않는 게 좋았을까? 이미 늦었지만.

“누구에게 대응을 부탁했지?”

로즈 씨가 차를 다시 끓이면서 물었다. 방금 전부터 로즈 씨도 타블로 단장도 차를 자꾸만 마시네.

“아지르크 씨와 감정사 우두머리인 드로 씨입니다.”

드루이드 씨의 말에 타블로 단장이 놀란 표정을 보였다. 어, 혹시 문제 있는 사람이었나?

"그들은 이쪽의 협력자입니다."

그들은 협력자인가. 이상한 곳에서 타블로 단장과 연결되어 있었구나.

"그런데 광석을 판 사람을 찾을 때에 두 사람의 이름이 안 나왔다고?"

"안 나왔습니다만. 아, 그러고 보면 중요한 이야기가 있다고 내밀하게 집무실로 찾아와서 이야기를 시작하려는 판에 갑자기 길드마스터가 나타나는 바람에 돌려보내야 했던 적이……."

"그게 두 사람 이야기 아니었을까?"

"그럴지도 모르겠군요. 그 뒤에는 녀석의 동료가 내 주위를 자꾸 얼쩡거려서 좀처럼 이야기 나눌 기회가 없었고, 계속 바빠지기만 해서……."

여러 문제가 겹친 결과 우리가 의심받게 된 모양이다. 시기가 안 좋았던 거겠지.

"그렇긴 해도, 고작 그 정도로 드루이드 씨와 아이비를 의심하게 된 이유는 뭐고?"

"아이비 씨의 이름이 좀."

나!

"프리아도 나도 [아이비]라는 이름을 범죄 관계 자료에서 읽어서 알고 있었기에."

어라, 그건 혹시.

"이름이 특이하기도 했고, 여러 이유로 기억하고 있었습니다. 다만 아이비 씨는 아직 어리니까 의문은 있었습니다. 그러니까 오늘은 두 사람을 잘 봐둘 생각으로 만나러 왔습니다. 그런데 여기 오기 전에 길드마스터 녀석이 모험가을 을러대서 붉은 마석을 내놓게 했다고 하는 바람에 열이 받아서. 미안합니다, 이상한 곳에서 화풀이를 한 꼴이라."

조금 성장했는데도 어리다는 소리를 들었다. 몇 살로 보이는 건지가 궁금해지네.

"그래, 내 판단도 의심한 거로군."

"얼마 전에 범죄자 조직에게 손을 빌려준 자들이 대량으로 나왔지요. 그때 나도 포함해서 아무도 몰랐습니다. 그러니까 어머니를 속일만한 자도 있을 거라고 생각했고, 얼른…… 저기, 문제가 있는 인물이라면 떼어내고 싶었죠. 아버지에게서 어쩐 일로 어머니가 마음에 들어 하는 이들이 나타났다는 소리를 들었으니까."

"로즈 씨가 걱정되었던 거군요."

드루이드 씨의 말에 타블로 단장의 얼굴이 새빨갛게 물들었다. 로즈 씨를 보니, 이쪽도 살짝 얼굴이 붉어졌다. 그런 두 사람을 보고 있으니 조금 부끄러워졌기에 차를 마시고 숨을 돌렸다.

"어흠, 하지만 함부로 아이비와 범죄조직을 엮으면 안 되지."

"범죄조직? 아, 아니에요. 그쪽이 아니라 공로자 일람에서."

"공로자 일람?"

로즈 씨가 놀란 표정을 보였다.

"어어 ——"

"타블로! 역시 잘못 본 게 아니었어! 아이비란 이름은 공로자 쪽에 실려 있어!"

"공로자 쪽……."

누군가가 갑자기 가게 문을 열고 뛰어 들어왔다. 소리친 내용에서 생각해보면, 혹시나 프리아 씨인가?

256화 각각의 입장

"죄송합니다."

모험가 길드의 길드마스터인 프리아 씨가 나와 드루이드 씨 앞에서 깊게 고개 숙였다. 사과를 했으니까 나로서는 이제 됐다 싶지만, 옆에 있는 로즈 씨가 무서운 표정으로 프리아 씨를 노려보고 있다.

"저기, 로즈 씨, 그 정도 하면 되지 않겠습니까?"

드루이드 씨가 로즈 씨에게 슬며시 말하였다. 이대로 있다간 안 되겠다 싶었던 거겠지만, 용기 있는 행동이라고 감탄하게 되었다. 나라면 지금의 로즈 씨에게 도무지 말을 걸 수 없을 테니까.

"하아, 드루이드 씨도 아이비도 너무 간단히 용서하잖아. 그럼 안 돼."

아니, 바빠서 정신없을 때에 문제가 계속해서 밀려들면 제대로 된 판단이 어렵다니까요. 게다가 급하게 대책을 짜야만 하는데, 상업 길드의 길드마스터가 범죄와 관련 있다는 이야기였다니까요.

"사죄라면 충분하니까 이제 됐어요. 고개 들어주세요."

"예. 고맙습니다."

프리아 씨는 오늘 여기서 우리가 만나는 게 걱정이었던 모양이다. 급한 가운데 어떻게든 시간을 쪼개서 그 범죄조직 관련 서류를 다시금 확인. 거기서 내 이름이 공로자 명단에 실려 있는 것을 확인하고, 다급히 타블로 단장에게 그 사실을 전하러 와준 것이다. 조금 늦긴 했지만. 프리아 씨가 오고 잠시 뒤에는 자경단의 부단장 피스 씨가 돌아오지 않는 타블로 단장을 데리러 왔다가 가게 안의 모습을 보고 타블로 단장에게 설명을 요구. 그리고 그 타블로 단장은 지금 조금 떨어진 장소에서 부단장 피스 씨에게 질타를 듣고 있습니다.

아무래도 타블로 단장도 프리아 씨도 우두머리 자리에 앉은 지

그리 오래되지 않은 모양이다. 각자 기술력도 통솔력도 있는 모양이라서 문제는 없지만, 우두머리로서 아직 경험이 부족하다고 피스 씨가 말해주었다. 피스 씨는 그 감시역이라고 표현해야 할까, 우두머리로서의 판단 등을 지도하는 사람인 모양이다. 문제가 계속해서 튀어나올 때에는, 갑작스럽게 찾아온 혹한으로 숲에 뭔가 이상이 없는지 확인하러 나가 있었다나. 타블로 단장도 프리아 씨도 운이 나빴다고밖에 할 수 없다.

힐끗 주위를 살펴보았다. 소라와 아이들을 찾을 생각이었는데, 방금 전부터 모습이 보이지 않는다. 프리아 씨가 가게에 뛰어 들어서 당황했는데, 그때 이미 세 마리의 모습은 어딘가로 사라져 있었다. 숨바꼭질도 잘한다. 드루이드 씨가 넌지시 찾는 눈치지만, 그도 모르는 모양이다.

"정말이지."

아무래도 설교 시간은 끝났는지, 타블로 단장이 방금 전까지 앉아있던 의자에 피스 부단장이 앉았다.

"미안하게 됐네~, 자, 이거 마셔."

로즈 씨는 그런 일에 익숙한지 척척 차를 내왔다.

"이건?"

타블로 단장에게 줄 예정이던 붉은 마석이 든 주머니를 보고 피스 부단장이 그 안을 확인하다가 굳어버렸다. 다들 반응이 비슷하구나. 그렇게 신기한가? 아, 그러고 보면 제일 위에는 방금 전에 프렘이 부활시킨 레벨 1급의 마석을 넣어놨지. 분명히 그걸 보면 놀랄지도.

“아니, 이건.”

“제공한 마석입니다.”

“……아니, 이건 좀 아니잖습니까. 실수 아닙니까?”

피스 부단장이 딱 잘라 그렇게 말했다.

“아뇨, 정말로 제공한 마석입니다.”

피스 부단장은 믿어주지 않았다. 게다가 프리아 씨도 왜인지 마석을 보고 갑자기 말이 없어졌고.

“단장! 제공받을 때에는 똑바로 설명해야 한다고 말하지 않았습니까!”

“아니, 똑바로 설명했다고……. 했지? 어라, 했던가?”

타블로 단장이 설명했다고 할까, 드루이드 씨가 잘 설명했으니까 문제없다고 할까.

“내가 자세히 알고 있으니 문제없습니다.”

드루이드 씨가 쓴웃음을 지으면서 타블로 단장을 두둔했다.

“그럼 됐습니다만, 설명을 까먹는 경우가 몇 번이나 있어서.”

피스 부단장은 한숨을 내쉬면서 차를 마셨다. 타블로 단장도 프리아 씨도 제각기 찔리는 데가 있는지 시선이 이리저리 움직였다.

“하지만 괜찮겠습니까? 이렇게 레벨 높은 마석을 제공해주시다니.”

"네. 마석은 활용을 해야 비로소 가치가 있는 것이니까요."

"출처를 확인할 수 있겠습니까?"

"그거라면 타블로가 확인했어. 미안하지만 단장 외에게는 말할 생각 없어."

피스 부단장의 말에 재빨리 로즈 씨가 반응했다. 그는 로즈 씨와 타블로 단장, 드루이드 씨와 나를 차례로 보고 한 차례 고개를 끄덕였다.

"알겠습니다, 단장이 문제없다고 판단했다면 그걸로 됩니다. 하지만 아무리 그래도 이건 좀 선을 넘었습니다."

주머니에서 제일 예쁜 마석을 꺼내서 드루이드 씨에게 돌려주었다. 아쉽네. 그렇긴 해도 피스 씨는 참 차분하게 말을 하는구나.

"대략적인 이야기는 프리아 길드마스터에게 들었습니다만, 히사자 길드마스터에 대해 어느 정도 조사했습니까?"

히사자 길드마스터? 상업 길드의 길드마스터 말인가?

"여기는 너희 집무실이 아냐. 괜한 일에 아이비와 드루이드 씨를 끌어들이지 마."

"……들켰습니까."

끌어들여?

"당연하지. 얼른들 돌아가."

로즈 씨가 피스 부단장에게 손짓으로 문을 가리켰다. 피스 부단장은 어깨를 으쓱이더니 프리아 씨와 타블로 단장을 데리고 돌아갔다. 마석은 확실히 챙겨갔으니까 잘 써주겠지.

"고맙습니다."

드루이드 씨가 로즈 씨에게 그렇게 말하였다. 그 대화의 의미를 몰라서 고개만 갸웃거렸다.

"피스 녀석은 얕보면 안 되니까. 공로자라니까 자기들 문제에 무슨 조언을 얻으려고 했겠지. 참나."

……공로자란 건 내 이야기겠지. 조언?

"무리입니다. 그건 진짜 우연이었으니까."

"우연인가?"

로즈 씨가 물끄러미 나를 바라보았다. 거기에 조금 두근거리는 마음으로 고개를 끄덕였다.

"뿃뿌뿌~."

""아!""

발치에서 소라 목소리가 들렸기에 다급히 그 모습을 찾았다. 하지만 발 근처에서 쭉쭉이 운동을 하는 소라가 바로 눈에 들어왔다.

"다행이다~. 미안해, 갑자기 사람이 나타나는 바람에 대처하지 못해서."

"냐웅."

"떼류~."

뒤따라 뿅 하고 테이블로 뛰어오르는 시엘. 앉아있는 장소에서 조금 떨어진 진열대에 있는 아이템 안에서 나오는 프렘. 모두의 모습에 안도했다.

"미안하게 됐네~. 문을 잠가두는 걸 깜빡해서."

로즈 씨가 그렇게 말하더니 문을 잠그러 갔다.

"아뇨, 나도 잊고 있었으니까요."

"그렇긴 해도 내 아들 놈 때문에 미안해."

"어쩔 수 없지요. 일이 많아서 고생이었던 걸 테니까요."

단장의 일은 별의별 것이 다 있지. 길드마스터도 그렇겠지만.

"힘든 때일수록 실패가 있으면 안 되지만."

로즈 씨가 다소 적적한 표정을 보였다.

"저기, 프리아 씨는 어떤 분인가요?"

처음에 로즈 씨는 그를 싫어하는 건가 싶었는데, 왠지 모르게 그건 또 아닌 모양이었다.

"그 애는 착한 애야. 동료를 정말 아끼지."

역시 로즈 씨는 프리아 씨를 좋아하는구나. 하지만 그럼 왜 그런 태도를?

"길드마스터란 지위는 아끼기만 해선 맡을 수 없는 자리니까요."

어? 드루이드 씨의 말에 로즈 씨가 수긍했다.

"바로 그래. 그 애는 아직 그 사실을 제대로 이해하지 못했어."

아, 그런가. 길드마스터의 일은……. 동료가 죽는다는 걸 알면서도 마을을 구하기 위해 싫은 선택지라도 골라야 하는 입장이다. 오르 마을의 길드마스터가 머릿속에 떠올랐다. 그는 마을을 반드시 지키겠다는 굳은 마음을 보였고, 모험가들도 거기에 목숨을 걸었다. 시엘이 있었으니까 사망자는 나오지 않았지만, 없었으면 피해가 꽤 컸을 거라고 나중에 가르쳐주었다.

"게다가 타블로와의 관계가 걱정이야. 어렸을 적부터 친구라서 서로를 돕는 거야 좋지만, 입장이 다르다는 걸 이해 못 해. 타블로는 자경단의 우두머리, 프리아는 모험가 길드의 우두머리. 최종적으로는 다른 판단을 내릴 경우가 있겠지. 그때 서로를 생각하느라 제대로 판단을 내리지 못할 것 같단 말이야."

입장의 차이라. 어렵네.

257화 너무 어렵다

"오늘은 별 일이 다 있었네."

"맞아."

드루이드 씨의 말에 오늘 있었던 일을 떠올리며 한숨을 내쉬었다. 모르는 곳에서 범죄와 관련이 있을지도 모른다는 오해를 사는 것은 막을 수가 없어. 응, 정말 어떻게 할 수가 없어.

"풋."

내가 끙끙대고 있자, 갑자기 옆에서 웃음소리가 들려서 놀랐다. 그쪽을 보니 드루이드 씨가 어깨를 떨며 웃고 있었다. 갑작스러운 일이라서 좀 기겁하였다.

"어? 아이비, 그런 반응은 좀 슬픈데."

"갑자기 웃었잖아. 무서웠다니까."

"아니, 타블로 단장을 생각하니까 옛날의 고토스가 떠올라서."

고토스 씨……. 아, 오르 마을의 길드마스터?

"길드마스터라고 부르지 않네?"

마을에 있을 때는 항상 [길드마스터]라고 했는데?

"여기는 거기와 먼 곳이니까. 왠지 옛날식으로 부르게 되네."

옛날? 그러고 보면 고토스 씨와 드루이드 씨는 어렸을 적 친구였댔나? 어라? 아니었나?

"지금 타블로 단장은 한창 헤매고 있는 중이야."

"헤맨다고요?"

"그래, 단장으로서 뭘 해야 할까, 어떻게 해야 할까. 헤매는 도중이라서 좀 한심하게도 보이지."

분명히 여태까지 만난 단장이나 길드마스터들과 비교하면 꽤나 미덥잖게 느껴졌다.

"들어보기론 단장이 되고 처음 부딪친 큰 문제인 모양이고. 자기 판단으로 마을사람들이 고통 받게 된다는 걸 확실히 이해하니까 함부로 움직이지 못하는 거야. 게다가 상업 길드의 길드마스터 문제도 있다고 하고."

조직의 우두머리란 참 무거운 자리겠지.

"아마도 모험가 길드의 길드마스터인 프리아 길드마스터도."

비슷한 때에 길드마스터 자리에 올랐다고 그랬다.

"조직의 우두머리가 된다는 건 상당한 각오가 필요해. 실제로 그 자리에 앉아보면 각오했음에도 불구하고 망설임이 생기지. 그리고 무엇보다도 고독해."

"고독?"

"동료는 있어. 도와주겠다고 나서는 사람도. 하지만 결단할 때는 혼자야. 그리고 그 결과도 혼자 짊어져야 해."

그건 무섭네. 자기가 결단한 일로 누군가가 죽게 된다는 소리니까.

"우두머리는 사람이 죽는 걸 두려워해선 할 수 없어."

분명히 그렇겠지만…….

"마음 같아선 모두를 구하고 싶지. 하지만 현실은 그렇게 녹록하지 않아. 그러니까 더 많은 이가 살아남는 방법을 택하지."

오르 마을의 길드마스터는 그렇게 판단했지. 숲에 가는 모험가 중에도 사망자가 나올 것을 각오하고, 마을에 있는 많은 이들을 구하기로 판단했다.

"말로 하자면 간단해. 머리로는 이해하지만 마음은 그걸 못 따라가. 무엇보다 자기 판단이 옳은지 그른지의 답이 그렇게 바로 나오는 것도 아니고."

분명히 그렇다. 나중에 되어서야 더 나은 방법이 있었다고 깨달을지도 모른다.

"옆에서 버팀목이 되어줄 사람이 있으면 좋겠지만."

"고생이네요."

말로 하니 왠지 모르게 가볍게 느껴져서 표정이 찌푸려졌다. 그걸 알아차린 드루이드 씨가 내 머리를 가볍게 두드려주었다.

"고토스도 처음에는 꽤나 고민했어. 동료가 죽었다는 보고가 들어올 때마다 떡이 되도록 술을 마시다가 나나 스승님에게 실컷 혼났고. 하지만 마지막에는 항상 자책했어. 어느 임무에 임한 모험가가 아무도 돌아오지 못했을 때에는 정말로 힘들어했지. 그때는 도와줄 수 없었던 나 자신이 원망스러워."

고토스 씨가 제일 괴로웠겠지만, 드루이드 씨나 주변 사람들도 괴로웠겠지. 지금이야 이렇게 조용히 말하지만, 때때로 슬픔이나 괴로움이 얼굴에 드러난다. 분명 당시의 일을 떠올리는 거겠지.

오늘 로즈 씨가 타블로 단장을 야단칠 때, 정말 잠깐. 기분 탓인가 싶었지만, 정말 잠깐 괴로워하는 건지 울려고 하는 건지 하는 표정을 보였다. 그때는 잘못 본 건가 싶었지만, 그건 로즈 씨의 숨겨진 마음이 순간 겉으로 흘러나왔던 걸지도 모른다.

"고토스 씨는 어떻게 적응했다고 할까, 지금의 고토스 씨가 되었어?"

"하나하나 자기 힘으로 뛰어넘었어. 분명히 우리도 조금은 도움이 되었겠지만. 아내와 만났던 것도 컸지."

드루이드 씨는 조금이라도 말했지만, 고토스 씨에게 드루이드 씨는 커다란 버팀목이었을 거라 생각한다. 소중한 존재니까 드루이드 씨의 변화를 그렇게 기뻐하며 내게 감사의 말까지 했다.

양친에게 버림받아 숲에서 혼자 지낼 때, 아무 말도 없이 옆에 있어준 점술사. 내가 양친의 말 때문에 울자, 살아라! 앞을 봐라! 라고 진심 어린 말을 해준 전생의 나. 그녀들 덕분에 나는 괴롭긴 해도 전진할 수 있었다. 버팀목은 사람마다 다르다.

"타블로 단장과 프리아 길드마스터도 서로서로를 돕는 거지?"

오늘 두 사람의 분위기를 보면 그렇게 느껴졌다.

"그래선 안 돼."

"어? 아, 입장이 다르다고 로즈 씨가 그랬지."

"그래, 입장의 차이는 크지. 두 사람은 동료이며 동지지만, 서로의 마음을 지켜주는 관계로는 안 돼."

어렵네. 동료이며 동지, 하지만 서로의 마음을 지켜주는 관계는 안 된다? 각자가 자기 발로 딛고 서지 않으면 안 된다는 소리일까……. 아마도.

"하하하, 너무 어려웠나?"

잔뜩 눈썹을 찌푸리고 있었는지, 드루이드 씨가 내 미간을 쿡 찔렀다.

"응. 두 사람에게는 버팀목이 되어주는 사람이 있을까?"

"타블로 단장에게는 피스 부단장이 그런 것 같던데. 오늘 분위기를 보면 그는 각오를 했어."

"각오?"

"그래, 단장을 계속 돕겠다는 각오. 그 눈을 보면 아마도 괜찮을 거야."

눈? 오늘 일인데도 어떤 눈이었는지 떠오르질 않네. 또 만날 기회가 있거든 어떤 눈인지 확인해봐야지.

"다만 프리아 길드마스터는 없을지도, 타블로 단장하고는 다르게 불안정한 느낌이 있었고."

그래? 나는 전혀 몰랐는데.

"뭐, 우리는 여행자니까 나설 수 있는 일은 별로 없어."

"응."

이 마을의 주민도 아닌 이상, 깊게 끼어들 수는 없다. 하지만 혹시 뭔가 도울 일이 있으면 돕자.

"좋아, 이 이야기는 여기까지. 아, 로즈 씨랑 같이 주먹밥 만들기로 한 약속은 잊지 않았지?"

"……아! 까먹고 있었다."

드루이드 씨의 말에 얼마 전에 약속한 사실을 떠올렸다. 이런,

편안한 숙소에 머물게 되면서 마음이 너무 풀어졌어.

"최근 건망증이 심해진 느낌이……."

"아니, 괜찮을 거야. 나랑 비교하면 훨씬 나아."

"그런 경쟁은 하기 싫어요."

누구 건망증이 더 심하다는 경쟁 같은 건.

"그건 그래."

쌀은 준비되어 있으니까 내일이라도 괜찮을까? 너무 빠른가? 아, 안 되겠다. 안에 넣을 고명이 준비 안 됐어.

"아무튼 준비만이라도 해서 가게에 가볼까?"

"주먹밥에 넣을 고명을 만들 시간이 필요해."

"그렇군. 그럼 내일 말고 언제 시간이 나는지 로즈 씨에게 물어보러 갈까."

"응. 돌아올 때 재료 사러 갈래."

"알았어."

내일 예정을 정하고 자기 위한 준비를 하려는데, 시엘이 우리 사이에 뿅 하고 뛰어왔다.

"왜 그래?"

"냐앙."

뭐지? 뭐라고 말을 하는 것 같은데. 시엘이 무슨 말을 하고 싶은 걸까?

"아, 혹시 배고파?"

"냐옹."

그런가, 전에 사냥으로 배를 채운 뒤로 시간이 좀 지났지.

"그럼 내일은 오전 중에 숲에 갔다가, 시엘이 돌아오면 로즈 씨의 가게로 갈까."

드루이드 씨의 말에 기쁜 듯이 몸을 흔드는 시엘.

"그래, 시엘을 기다리는 동안 소라와 프렘에게 줄 포션을 모으면 되겠고. 시엘, 그럼 될까?"

"냐옹."

좋아, 그렇게 정해졌으니 오늘은 얼른 자야지. 내일도 추울 테니까, 수면 부족이면 큰일 나.

258화 레어도 상승

"추어어~."

너무 추워서 말이 이상하게 나온다. 설마 숲속이 이렇게까지 추울 줄은 몰랐다. 분명히 나무들이 방해해서 햇볕이 전혀 들지 못하니까 마을보다는 추울 거라고 생각했지만, 이 정도로 추워질 필요는 없잖아.

시엘이 배를 채우기 위해 사냥하는 동안 쓰레기장에서 포션을 주워보려고 왔는데, 너무나도 춥다. 쓰레기장에서 모은 포션도 추위 때문에 평소보다 더 차가운 것 같고.

"뿟뿌뿌~."

"떼류류~."

어떻게 저 둘은 평소랑 똑같은 걸까?

"드루이드 씨, 슬라임은 추위에 강한가요?"

"아니, 그런 이야기는 못 들었는데. 저 둘은 보면 그런 모양이네."

"으음……. 부러워."

"아이비는 더위보다 추위에 약한가 보네."

"그런가 봐요. 저도 처음 알았어요."

손이 곱아서 아까부터 몇 번이나 포션을 줍다가 떨어뜨리는 바람에 시간을 낭비했다. 아, 또. 몇 번이나 손을 마주 비볐지만, 뼈까지 시린 느낌이라 도무지 나아지지 않는다. 그런 내 모습을 보고 드루이드 씨가 내 손을 꼭 붙잡아주었다.

"차갑네."

"응."

드루이드 씨의 손이 평소보다 따뜻하다. 이건 내 손이 평소보다 차갑기 때문일까?

"그러고 보면 겨울용 장갑이 있을 텐데."

"겨울용 장갑?"

"그래. 나처럼 검을 쥐는 사람은 자기 손을 지키기 위해 장갑을 끼어야 하거든."

분명히 드루이드 씨의 손에는 장갑이 있다. 검을 들었을 때 마찰에게서 손바닥을 지키는 의미가 있다는 모양인데, 나는 검을 안 쓰니까 잘 모르겠다.

"이런 형태의 장갑 중에 겨울용이 있었을 거야."

"겨울용."

아, 왠지 기억 속에서 드루이드 씨가 낀 장갑과는 전혀 다른 형태의 장갑이 떠올랐다. 이건 아마도 전생의 내 기억이다. 전생의 내가 있던 세계에도 겨울용 장갑이 있었던 걸까. 따뜻하게 생겼네.

"장갑은 어느 쪽일까?"

"어느 쪽이라니?"

"응? 아이템 가게인지, 옷가게인지."

전생의 내 기억으로는 옷가게인 모양이다. 그러고 보면 아이템 가게에 해당하는 지식은 떠오르지 않는다. 혹시 그런 가게가 없는 걸지도.

"로즈 씨에게 물어보고, 없거든 옷가게 [샤르]에 가볼까."

"괜찮나요?"

기뻐서 경어가 튀어나왔다.

"그래, 손이 완전히 곱아서 포션도 못 쥐는 모양이고."

내가 떨어뜨린 포션을 가방에 넣으면서 그렇게 말하는 드루이드 씨.

"고마워."

드루이드 씨가 데워주었는데, 손은 이미 싸늘해져서 아플 지경이었다.

"그러면 시엘이 돌아오기 전까지 가방을 가득 채워볼까."

"응."

떨어뜨리지 않도록 해보자.

"저기, 드루이드 씨, 계속 귀에 들어오는 소리는 무시해도 되는 건가요?"

포션을 주울 때에도, 지금 이야기하는 동안에도, 들려오는 퐁퐁 소리. 분명히 프렘이 마석을 부활시키는 것을 막지는 않았는데……. 오히려 추천하긴 했지만.

"뭐, 이 마을에 필요한 것이고. 또 타블로 단장에게 떠넘…… 부탁해놨고."

지금 드루이드 씨가 떠넘긴다고 말했지? 그래도 되나. 고생하는 단장에게 더 고생을 시키는 거 아냐?

"괜찮아, 괜찮아."

드루이드 씨가 그렇게 말한다면 괜찮은 걸까?

"프렘이 애쓴다고 칭찬해줘야지."

"응. 저 소리만 들어봐도 꽤나 애써주는 모양이고."

"하하하."

좀 도를 넘는 것도 같지만. 열심히 하라고 말한 게 잘못이었으려나.

"이 정도면 됐나."

두 개의 매직백에 가득 담긴 포션과 검. 숙소에 놔둔 것과 오늘 주운 것을 합치면, 아슬아슬하게 겨울 동안 주우러 오지 않아도 괜찮을 정도다.

"꽤 많이 모았군."

"응. 이걸로 추위가 심해서 숲에 올 수 없더라도 소라와 프렘은 괜찮아."

"이제 시엘의 사냥 문제만 남았나."

그래, 시엘은 배가 고프면 숲에 사냥하러 나간다. 추위 때문에 숲에 출입이 금지되면 어떻게 한다?

"만일의 경우를 위해 협력자가 필요하겠어."

맞는 말이다. 그렇긴 해도 협력자라.

"드루이드 씨는 협력자로 누가 좋을 것 같아요?"

"프리아 길드마스터겠군."

"프리아 길드마스터요?"

상상하지도 않았던 사람의 이름이 튀어나왔네. 나는 분명히 타블로 단장의 이름이 나올 거라고 생각했는데.

"봉쇄된 문을 당당히 나가려면 숲의 변화에 대해 알아둘 필요가 있어. 그런 정보는 모험가 길드에 모이니까."

그렇구나, 숲에 변화가 있으니까 우리가 보러 간다는 그런 느낌일까.

"뭐, 뒷일은 천천히 의논해볼까."

"응."

소라와 프렘에게로 갔다. 얼마 전부터 퐁 소리는 멎어있었으니까, 아마도 지쳐서 잠들었겠지.

"음, 상상 이상이네."

자고 있는 프렘의 주위에 굴러다니는 마석. 이제 힘내란 소리는 하지 말아야겠다.

"뿃뿌뿌~."

소라도 만족한 걸까. 식후의 운동으로 쭉쭉이 운동을 하고 있다. 그걸 흘려보면서 부활한 마석을 하나씩 주머니에 모았다.

"그러고 보면 로즈 씨가 프렘이 부활시킨 마석에 감탄했지."

"감탄?"

"그래, 나도 로즈 씨가 지적할 때까지 미처 몰랐던 사실인데."

대체 뭘까?

"로즈 씨에게서 받은 마석은 레벨이 7이나 8이었다고 해."

어? 아니, 하지만 프렘이 부활시킨 마석은…….

"그런데 프렘이 부활시킨 마석은 아마도 레벨이 5 이상. 본래 마석 레벨을 가볍게 뛰어넘었어."

"그런가요?"

"프렘은 마석의 레벨을 올릴 수 있는가봐."

레벨 7 정도의 마석이 프렘의 힘으로 레벨 5……. 고작 몇 분 만에 프렘의 레어도가 올랐다. 안 들은 걸로 하고 싶네. 굴러다니는 마석을 죄다 줍고 프렘을 안아 들어서 쓰레기장을 떠났다.

"뿟뿌뿌~."

소라는 크게 만족한 눈치로 꽤나 기분 좋은 모습이었다. 마음껏 먹을 수 있는 장소는 쓰레기장뿐이니까.

"슬슬 시엘도 돌아오겠지?"

"그래요~."

드루이드 씨의 말에 시엘의 기척을 찾아보았다. 희미하게 비슷한 기척을 느꼈는데, 아직 멀리 있다.

매직백에서 따뜻한 타월을 꺼내어 소라와 프렘의 몸을 무릎 위에 올리고 닦았다. 소라는 기분 좋은 모습이다. 프렘은 자고 있는데 방해했다고 생각했는지 몸을 흔들며 항의하였다.

"프렘, 몸을 닦아주려고 그래."

간신히 다 닦고, 아직 온기가 남은 타월로 손을 닦았다. 가방 안의 타월을 확인한 뒤에 프렘을 무릎에서 가방으로.

"어라?

프렘의 몸은 새빨갛다. 투명한 느낌도 있는 예쁜 색깔이다. 그런 프렘의 가슴 근처에 무슨 얼룩? 같은 게 있다. 가만히 만져봐도 프렘은 아프지 않은 건지 딱히 반응을 보이지 않았다. 다시금 차가워진 타월로 문질러보았지만 닦이지 않았다.

근처에서 뛰도는 소라를 보았다. 분명히 소라 때도 갑자기 색깔이 뒤섞였지만, 이런 얼룩은 보인 바 없었다. 어쩔 수 없네. 조금 더 지켜보자.

259화 마을의 분위기

시엘이 만족스럽게 돌아온 모습에 안도했다. 겨울이 되면 동물들은 동면에 들어가기 때문에 마물을 사냥하게 된다. 마물은 동물보다 강하니까 정말로 걱정이다.

"시엘, 배불러?"

"냐옹."

하하, 만족스러운 표정이다. 시엘에게 슬라임으로 변하게 하고 가방에 넣었다. 그 크기에서 슬라임 크기가 되는 거니까 몇 번 봐도 신기하다.

마을로 돌아가서 로즈 씨의 아이템 가게로 가는 대로를 걷고 있으니, 마을사람들의 분위기가 평소보다 더 날카로운 것을 깨달았다.

"무슨 일이 있었던 걸까요?"

"그래, 왠지 분위기가 안 좋은데. 어서 로즈 씨의 가게로 가보자."

서둘러서 로즈 씨의 가게로 향했다.

"안녕하세요."

"어서 와라, 얘들아."

"죄송합니다, 매일 같이 찾아와서."

"추위가 심한 날에는 손님도 적으니까, 와주면 고맙지."

다행이다. 괜히 귀찮게 한 건 아닌 모양이야. 로즈 씨의 앞에 프렘이 부활시킨 마석을 내려놓았다. 어제 그런 일이 있었던 만큼 로즈 씨가 다소 걱정스런 표정을 보였다.

"프렘은 괜찮고? 아, 이 레벨의 마석은 안 되니까 돌려주지."

모든 마석을 주머니 하나에 담아왔기에, 레벨 1이나 2짜리 마석도 섞여있다. 안을 확인하던 로즈 씨가 마석 두 개를 천으로 싸서 돌려주었다. 그것을 쓴웃음과 함께 드루이드 씨가 받아서 가방에 넣었다.

"프렘에게는 무리하지 말라고 일러뒀으니까 괜찮을 겁니다."

"그래, 지금은?"

"자고 있어요."

가방을 열자, 소라와 시엘이 기운차게 뛰어올라 가방에서 나왔다.

"아, 소라! 시엘! 오늘은 안 돼."

"괜찮아, 휴식 중이라고 팻말을 내걸면 잠깐 정도는 가게를 닫아놔도 되니까."

그렇게 말한 로즈 씨가 문을 닫고 휴식 중이라는 팻말을 내건 뒤 문을 잠갔다. 영업을 방해했네. 미안한 표정을 하고 있자, 로즈 씨가 가볍게 머리를 쓰다듬어주었다.

"그렇게 신경 쓸 것 없어."

웃는 로즈 씨의 앞에서 다시금 가방을 열고 프렘을 안아들었다. 입가를 확인했지만, 오늘은 아직 침을 흘리지 않은 모양이다. 아, 얼룩이 지워졌네? 가방에 넣을 때에는 시선을 끌던 얼룩이 프렘에게서 사라졌다. 대체 뭐였을까?

"잘도 자네~."

"프렘은 하루 종일 자지요. 밥 먹을 때 말고는 계속 자는 날도 가끔은 있을 정도입니다."

드루이드 씨의 말에 로즈 씨가 조금 놀란 표정을 하였다.

"아하하하, 그거 대단한데."

"그렇죠?"

"그래, 부럽긴 하지만, 나라면 하루면 질릴 거야."

분명히 로즈 씨에게는 안 맞는 생활이겠지. 왠지 로즈 씨는 귀찮다고 하면서도 솔선해서 일하는 인상이 있다.

"그러고 보면 로즈 씨, 무슨 일이 있었나요? 마을 분위기가 날카로운 것 같던데요."

"아, 히사자 녀석이 여행하는 젊은 모험가에게서 마석을 강제로 회수했다는 게 드러났어. 정말 그런 바보가 또 어딨는지. 그런데 일부 마을사람들은 자기들을 위해 그런 짓을 했으니까 잘못 없다고 투덜댄단 말이야."

못 된 일은 언젠가 반드시 드러나지. 그렇긴 해도 자기들을 위해서 했다? 그건 아니야. 이런 일이 외부로 새어나가면 마을사람들이 고생하게 되는데.

"그렇게 멍청할 수가 없어. 길드마스터란 지위에 있는 사람이 죄를 범한 것만 해도 큰일인데, 그걸 마을사람들이 옹호하다니. 이런 정보다 다른 마을이나 도시에 전해지면 이 마을의 신용도가 떨어져. 그러면 마을의 존속까지 위태로운데."

마을의 신용도가 떨어지면 모험가나 행상인의 왕래가 줄어든다. 그렇게 되면 마을은 점점 쇠퇴한다. 아무리 커다란 마을이라도 신용도는 매우 중요하다. 그걸 마을사람들은 모르는 걸까?

"상황이 위태롭군요."

"……역시 그렇게 생각하나?"

위태로운 상황이라니? 마을사람들이 죄를 지은 길드마스터를 옹호한 걸로 끝이 아냐? 또 뭔가가 더 있어?

"하아, 그 두 사람에게는 아직 일렀을까?"

두 사람……. 타블로 단장과 프리아 길드마스터? 으음, 무슨 소린지 모르겠어.

"""……."""

어쩌지? 두 사람 다 입을 다물었다. 어어, 이 마을에게 뭔가 좋지 않은 일이 일어난다는 소리지? 아마도 우두머리의 존재로 문제가 악화된다?

"이걸 뛰어넘지 못하면 틀렸어."

이런 긴장감은 싫은데.

"믿을 수밖에 없지요."

"드루이드 씨는 지인 중에 우두머리 자리에 오른 사람이 있나?"

"예, 모험가 길드의 길드마스터입니다. 지금도 애쓰고 있지요."

"그런가. 음? 아, 미안해, 아이비, 그런 표정을 하게 했네."

어? 무슨 표정? 로즈 씨가 내 머리를 쓰다듬으면서 가볍게 웃었다.

"로즈 씨. 겨울용 장갑은 여기에 있을까요?"

드루이드 씨의 갑작스러운 화제 전환에 놀라서 그를 보니, 나를 보고 씨익 웃어주었다. 아무래도 내 마음을 읽어준 모양이다. 대체 내가 어떤 표정을 하고 있었던 거지?

"겨울용 장갑? 검에게서 손을 지키는 장갑이라면 여름이고 겨울이고 없을 텐데?"

"아뇨, 그게 아닙니다. 아이비가 추위를 많이 타는 것 같기에, 어디에 겨울 전용 장갑이 없을까 하고."

"아, 그런 소린가. 그거라면 옷가게지. 외투를 파는 가게가 있었지?"

"그렇습니까. 그럼 [샤르]라면 있겠군요?"

"저기라면 최신식 옷도 갖춰놓고 있으니까 있겠지. 그보다도 갈 거면 서두르는 편이 좋지 않을까?"

로즈 씨가 밖을 보았다. 그때까지 모르고 있었는지, 어째 하늘빛이 좀 수상쩍다. 어쩌면 눈이 내릴지도?

"그렇군요. 아이비, 갈까?"

"응. 소라, 시엘, 갈 거니까 돌아올래?"

내 말에 뛰어놀던 두 마리가 내 품으로 뛰어들었다. 몇 번이나 경험했기에 여기에도 이미 익숙하다. 때때로 떨어뜨리지만, 오늘은 두 마리 다 받아주는 데에 성공.

"대단하네~."

"저 두 마리는 재미있는 일이나 놀래키는 걸 좋아해서 고생이죠."

"놀래키는 건 나도 좋아해. 그건 좋지~."

분명히 처음 만났던 날에도 깜짝 놀랐지. 갑자기 팔이…… 떠올리지는 말자. 그건 진짜랑 너무 비슷해서 싫어.

"적당히 하지 않으면 큰일날 걸요."

"이미 몇 번이나 겪어봤어."

"……그만둔다는 선택지는 없습니까?"

"당연하잖아. 재미있는데."

""하아.""

"어이, 너희 둘. 타블로랑 똑같은 반응을 하지 말아줘."

"단장은 참 고생도 많은 팔자로군요."

드루이드 씨의 말에 웃어버렸다. 로즈 씨에게 휘둘리는 그의 모습이 쉽사리 상상이 갔다.

"흥."

"하하하. 아이비, 슬슬 갈끼?"

"응."

"그래, 마석은 고마워. 감사하지. 프렘에게는 무리하지 말라고 말해주고."

"네, 말해두지요. 그럼 이만. 아, 깜빡했군요, 로즈 씨는 당분간 가게에 계십니까?"

"그래, 그럴 건데 왜?"

뭘 깜빡했다는 걸까?

"기억하시려나요. 전에 [쌀]을 쓴 주먹밥을 같이 만들자고 아이비와 약속했는데 말이죠?"

어제 이야기한 내용인데 잊고 있었다……. 좀 슬프네.

"아! 그랬지."

"아이비, 언제쯤이면 괜찮지?"

"으음, 오늘 식재료를 사서 저녁에 준비할 거니까 내일이라도 괜찮아."

"나도 내일이면 되겠네. 내일이라면 데로스도 있을 테니까. 기대할게."

정말로 매일처럼 찾아오게 되었지만, 로즈 씨가 웃고 있으니 괜찮겠지. 대충 내일의 예정을 정한 뒤 이번에야말로 가게를 뒤로 했다.

가게를 나서서 [샤르]로 향하고 있자, 얼굴에 아플 정도로 차가운 바람이 와닿았다. 올겨울은 공격적이다.

"어서 오세요. 어라, 오랜만이네요."

"실례합니다. 물어보고 싶은 게 좀 있는데요."

가게에 들어가자 바로 바르카 씨가 대응해주었다. 가게에는 두 명 정도 손님이 더 있는 모양이다.

"말씀해보세요."

"겨울 전용 장갑이 있다고 들었는데, 여기 있습니까?"

"있지요. 2~3년 전부터 나오기 시작한 상품이에요."

바르카 씨의 안내를 받아 어느 진열대로 왔다. 거기에는 형형색색의 장갑이 있었다. 손을 지키기 위한 장갑과는 꽤 인상이 다르다.

"헤에~, 오, 이거 어때?"

드루이드 씨가 집어든 것은 왠지 귀여운 핑크색의 꽃무늬 장갑. 너무 귀여운 게 아닌가 싶은데.

"아니, 나한테는 좀."

"그런가요?: 귀여울 것 같은데요."

"코트에 안 어울릴 것 같아서……."

내 코트는 연파랑색이라서 핑크색이면 아무래도 위화감이 있다. 특히나 드루이드 씨가 골라준 장갑은 밝은 핑크색이다.

""아아.""

드루이드 씨와 바르카 씨는 때때로 아주 비슷한 느낌이다. 왜 두 사람 다 그렇게 아쉽다는 표정을 하는 걸까.

"그럼 코트에 어울릴 거라면 이쪽의 세 종류가 괜찮겠군요?"

그러면서 보여준 것은 흰색과 하늘색과 진청색의 장갑. 이쪽에는 자수 같은 게 없어서 깔끔한 인상이다.

"……조금 더 귀여운 건 없을까?"

드루이드 씨의 질문에 바르카 씨가 다소 아쉬운 눈치로 [다 팔려버려서]라고 대답했다.

"조금 더 서둘러서 올 걸 그랬군."

엄청나게 아쉬운 눈치로 그렇게 말하지만, 나로서는 이 세 종류의 장갑 중 하나면 충분. 추위를 막을 수 있다면 그걸로 족하다고 말하고 싶지만, 그런 소리를 했다간 안 될 듯한 분위기가…….

260화 안심감

세 종류 중에서 더러움이 눈에 덜 띌 만한 진청색을 고르려고 했더니, 드루이드 씨가 흰색 장갑을 권해왔다.

"진청색 쪽이 때를 덜 탈 테니까."

"그거야 빨면 되고, 안 지워지거든 새로 사면 돼. 듣자 하니 1년에서 2년 사이에 교환할 필요가 있다고 하고."

어, 그렇게 짧아?

"안쪽 모피가 2년 정도 쓰면 닳아버려서 온기를 지킬 수 없다나 봐."

장갑 안을 보았다. 분명히 뭔가의 모피가 사용되었다.

"……그렇거든."

"이 흰색으로 결정이군."

아니, 그렇게 간단히 못 쓰게 된다면 거절하려고 했는데. 드루이드 씨를 보니 이미 흰색 장갑을 바르카 씨에게 건네주고 있다.

"드루이드 씨."

'미안, 아이비. 한 번 끼어볼래?"

"예? 아, 네."

장갑을 받아서 끼어보았다. 손가락 부분이 좀 남는 걸 보니 큰 모양이다.

"실례, 손가락 끝부분이 조금 남는군요."

"조금 더 작은 건 있습니까?"

"아뇨, 이 정도라면 간단히 고칠 수 있으니까요. 손가락 길이를 잴 테니까 그대로 손을 앞으로 내밀어주세요."

바르카 씨가 장갑을 벗기더니 손가락 길이를 자로 쟀다. 아무래도 사기로 결정된 모양이라서 뭐라 할 수 없다. 힐끔 드루이드 씨를 보니, 기쁜 듯이 우리의 모습을 보고 있다. 그냥 얌전히 받아들여도 될까?

"네, 끝났습니다."

"……고맙습니다."

얌전히 있자.

"고치려면 얼마나 걸립니까?"

"내일이면 받아 가실 수 있겠네요."

"그런가, 잘되었군."

크기를 보기 위해 장갑을 끼어봤는데, 매우 따뜻했다. 미안하다는 마음도 있지만, 그 이상으로 기대된다.

드루이드 씨와 바르카 씨가 남자 옷에 대해 이야기를 시작했기에, 가게 안을 좀 둘러보았다. 전에 왔을 때랑은 진열된 상품이 꽤나 변했다. 이 가게는 정말 인기가 많은 걸지도.

"안 돼. 우리끼리 어떻게 해야지."

다른 손님의 목소리가 귀에 닿았다. 왠지 모르게 딱딱한 분위기의 목소리. 훔쳐들으면 미안하니까 얼른 다른 곳으로 가려는데,

“역시 당신도 그렇게 생각해? 그래, 자기 목숨은 자기가 지켜야지.”

어? 목숨이라고 했어? 그 내용에 발을 멈추었다.

“하지만 마석을 이제 와서 어떻게 모은단 말이야?”

마석을 모은다는 소리는 올겨울 이야기? 아니, 마석이라면 자경단이나 길드들이 지금 열심히 모으고 있는데? 대화를 나누는 사람들에게 시선을 향하자 두 여성의 모습. 두 명 다 진지한 표정으로 이야기하고 있다. 정말로 마석을 자기들끼리 모아야만 한다고 생각하는 모양이다. 자경단이나 길드를 믿지 않는 걸까. 갑자기 아까 로즈 씨와 드루이드 씨의 대화가 머릿속에 떠올랐다. 두 사람은 이 마을이 [위험한 상황]이라고 말했다. 혹시 마을사람들이 자경단이나 길드를 믿지 않는 것을 말했던 걸까? 하지만 왜 안 믿는 거지? 여태까지 들렀던 크고 작은 마을에서는 거기 사는 사람들 모두가 자경단이나 길드를 믿고 있었다. 반드시 지켜줄 거라고, 자기들도 사는 장소를 지키자고, 노력하는 사람들뿐이었다. 개중에는 예외인 사람도 있었지만, 그것은 소수다.

오르 마을에서 만난 길드마스터를 떠올렸다. 드루이드 씨의 어렸을 적부터 친구였다는 고토스 씨. 외모를 보면 좀 무서운 느낌이지만, 이야기를 나눠보면 참 편하고 벽을 느끼지 않았다. 그런 상황이었는데 고토스 씨의 주변에는 웃음이 있었다. 아주 강하고 판단력이 있고 신용을 얻고 있었다. 뭐, 드루이드 씨의 말로는 서류 작업 쪽으로는 완전 꽝이라고 하지만. 그래도 많은 모험가가, 마을사람들이 믿고 있었다. 그러니까 마물이 폭주하여 불안한 상황에서도 견딜 수 있었다. 응? 견딘다? 아, 그런가. 견딜 수 있었던 것은 [반드시 길드마스터나 단장이 어떻게든 해준다]라고 믿을 수 있었기 때문이다. 오르 마을의 단장과는 길드마스터와 함께 있을 때에 인사를 나눈 정도. 그러니까 이름도 기억하지 못하지만, 단장과 길드들의 길드마스터라면 어떻게든 해줄 거라고 여겨졌다. 이 마을에는 단장도 길드마스터도 있다. 상업 길드의 길드마스터가 어떤지는 불명이지만, 그래도 우두머리들이 있다. 하지만 마을사람들은 안심하지 못한다. 그러니까 각자 어떻게든 하려고 한다. 우두머리 자리에 앉은 사람은 어지간한 일을 해내는 정도로는 안 되는 거겠지.

"아이비?"

"아, 네."

깊이 생각에 잠겨있던 탓에 놀라버렸다.

"괜찮아? 무슨 일 있었어?"

내 분위기가 이상했던 걸까. 걱정스럽게 얼굴을 들여다보는 드루이드 씨. 여기서 할 이야기는 아니겠지.

"괜찮아. 이야기는 끝났어?"

"그래, 파란 실로 자수를 좀 부탁하고 왔어."

"응? 무슨 소리?"

“아이비의 장갑에 자수를 부탁했는데?”

어라? 드루이드 씨의 옷 이야기가 아니었어? 이런, 같이 이야기를 듣고 있는 게 좋을 뻔했네.

“귀여운 꽃 자수를 넣어달라고 했으니까.”

그렇게 기쁜 표정을 해도 말이지……. 아니, 나도 기쁘지만.

“으음, 고마워.”

“무슨 소릴. 슬슬 돌아갈까?”

“네. 식재료를 사가야 하니까요.”

“그래, 어서 가자.”

바르카 씨에게 인사를 하고 가게를 나섰다. 두 여자 손님을 보니, 아직도 심각하게 이야기하고 있었다.

“돌아가는 길에 있는 가게면 재료를 다 살 수 있을까?”

“고기랑 이 마을의 소스가 필요해요.”

“그럼 괜찮겠지?”

대로로 나와서 숙소로 향했다. 추위가 점점 더 심해지면서 노점의 숫자는 줄고 길을 오가는 사람들 숫자도 줄어들었다.

“어라? 닫았네.”

우리가 가려는 가게가 보이는 곳까지 왔는데, 불빛이 꺼져 있었다.

“가게도 닫은 곳이 종종 보이네.”

대로에 접한 가게도 오늘은 절반 정도가 열지 않았다.

“어쩌지? 여기서 갈 만한 곳은.”

드루이드 씨와 함께 대로에서 보이는 가게를 확인하고 다녔다.

“아, 저기.”

골목 하나 안쪽으로 들어가니 푸줏간과 식료품 가게의 간판이 보였다.

“아, 살았다. 그리 멀지 않은 곳에 있었군.”

“응.”

서둘러서 가게로 향했다. 아무래도 밖에 있는 시간이 길어지면 길어질수록 뼛속까지 추워지는 느낌.

““어서 오세요.””

가게로 들어가니, 두 목소리가 맞아주었다.

“어라? 드루이드 씨, 이 가게, 식료품 가게랑 이어져 있네요.”

“그러네.”

밖에서는 가게 둘이 나란히 있는 것으로 보였는데, 안에 들어가 보니 벽이 없이 하나로 이어져 있었다. 신기한 구조에 놀라서 둘이서 두리번거리며 구경하였다.

“어서 오세요, 그렇게 신기한가요?”

목소리가 들린 쪽을 보니, 여성이 인사를 건네주었다.

“안녕하세요, 이런 구조는 처음 봐서 놀랐어요.”

“식료품 가게는 오빠가 하고, 이쪽 푸줏간은 동생인 내가 해요.”

남매가 하는 가겐가.

"으음, 오늘은 고기 사실 건가요?"

"고기랑 이 가게의 소스가 있으면 하는데, 계산은 따로 하나요?"

"같이 하셔도 돼요."

"알겠습니다. 추천할 만한 고기 있을까요?"

드루이드 씨와 함께 진열대의 고기를 보았다. 어라? 전에 본 푸줏간에는 [홀스]와 [타인]을 주로 팔고 있었는데, 이 가게에는 없네.

"이 가게는 사냥으로 들여온 고기밖에 없는데, 괜찮은가요?"

그런가. 조금 예정을 바꿀 필요가 있겠네. 아니, 이 마을 주변에서 사냥하는 게 어떤 고기인지를 파악해야지. 숙소에서 식사로 훈제 고기가 나왔는데, 어느 고기인지 확인하지 않았고.

"저기, 먹기 편한 고기 있을까요?"

"이 두 개가 비교적 괜찮을까. 어떤 요리에 쓰려는 건가요?"

"쌀에 섞을 예정이에요."

"……[쌀]? 아니, [쌀]이라고!"

엄청 놀란 모양이다. 여기서도 역시 쌀에 대한 거부 반응이 있는 걸지도. 로즈 씨의 반응은 예외적이었구나.

"우와, 정말로 [쌀]?"

"그런데요?"

그렇긴 해도 심상치 않게 흥분하는데 괜찮나? 대충 말하는 게 좋았을까?

"나도 [쌀] 좋아해! 아무도 이해해주지 않아서 외로웠는데! 우와~, 동료를 찾았어!"

우와아, 이런 일이. 설마 여기서 쌀 애호가 발견!

261화 사이좋은 남매

"정말로 [쌀]을 먹는 거지? 거짓말 아니지?"

"네."

나도 드루이드 씨도 조금 곤혹스러운 느낌으로 끄덕이자, 씨익 웃는 여성. 이거 왠지 잘못 엮였구나 싶은 미소였기에 한 발짝 물러나서 거리를 벌렸다.

"뭐 하는 거야?"

뒤에서 목소리가 들리기에 돌아보니, 여성과 닮은 남성의 모습. 분명 식료품 가게의 주인이고, 이 여성의 오빠겠지. 얼굴이 많이 닮았다.

"찾았어! [쌀]을 먹는 사람! 이 내기는 오빠가 졌으니까!"

어? 쌀을 먹는 사람의 유무로 내기를 했어? 거기서 이겼으니까 이렇게 으스스…… 조금 뜨악한 느낌의 웃음을?

"뭐? 내가 졌어?"

"이 사람들이 동료야!"

분명히 쌀을 먹는 동료긴 하지만, 솔직히 그렇다고 수긍해도 될지 고민되네.

"거짓말이겠지!"

식료품 가게 주인의 목소리가 가게에 울려퍼졌다. 그리고 놀란 듯이 우리에게 시선을 보내기에 무심코 고개를 끄덕였다.

"진짜가……."

식료품 가게 주인이 무시무시한 표정을 하는 걸 보니 고개가 갸웃거려졌다. 그렇게까지 쌀을 먹는 게 충격적인가?

"잘은 모르겠지만 재미있는 남매로군."

드루이드 씨가 내 귓가에서 속삭였다. 분명히 박력이 좀 무섭지만, 두 사람의 대화는 재미있다.

"아르이, 무슨 속임수를 쓴 건 아니겠지!"

"너무하잖아, 오빠. 그렇게 비겁한 수를 내가 쓸 리 없잖아! 오빠라면 모를까."

저기, 고기는?

"뭐어?"

"뭐야, 전에 했잖아! 잊어버렸다고는 안 하겠지!"

"……그거야 뭐."

속임수를 쓴 적이 있나. 그건 비겁하네. 그보다 이 남매, 그렇게 자주 내기를 벌인 거야? 그런데 우리는 무시하십니까?

"이런, 죄송합니다. 어어, 고기 찾으셨죠."

"사이좋으시군요."

드루이드 씨의 말에,

""아뇨, 전혀!""

""……""

사이좋은 거 아냐? 목소리의 높이도 똑같은데?

"저기, 고기는 아까 알려주신 두 종류 다 주세요."

드루이드 씨가 입가를 누르며 그렇게 말했다. 어깨가 슬쩍슬쩍 떨리고 있는 걸 보니 웃음이 나오려는 걸 억지로 참은 모양이다.

"예이. 얼마나?"

"각각 1킬로그램 부탁합니다."

"네. 아, 좀 물어보고 싶은데 [쌀]에 섞는다고 그랬는데, 어떻게 먹는 거야?"

고기 무게를 재면서 이르이 씨가 질문을 해왔다.

"쌀로 밥을 하고 미리 익혀둔 고명과 섞어서 삼각형 모양으로 쥐어서 주먹밥을 만들지요."

드루이드 씨가 간단히 설명했지만, 기본 지식이 없는 사람에게 그게 통할까?

"……삼각형으로 쥐어? 주먹밥?"

역시 좀 힘든가 보네. 뭐라고 설명하면 알기 쉬울까?

"그건……."

"어이, 아르이. 오늘은 그 정도로 하는 게 좋겠다."

"대체 왜!"

"비가 쏟아지겠어. 두 분이 감기라도 걸리면 어쩌려고?"

식료품 가게 주인의 말에 창밖을 보았다. 분명히 곧 쏟아질 듯한 날씨다.

"진짜네. 오빠, 이 가게의 소스도 필요하다는 것 같으니까 가져와."

"그래? 네 종류 있는데 어떤 거지?"

네 종류나 있구나!

"어어, 각각 맛이 어떻게 다른가요?"

"간단히 말하자면 단맛의 정도로군."

단맛이라. 이 마을사람들은 단맛을 좋아하나?

"제일 단맛이 약한 소스로 부탁할게요."

"알겠어."

식료품 가게 주인이 소스를 가지러 갔기에 다시금 밖을 보았다. 시간상으로는 아직 하늘이 밝아야 할 텐데, 시커먼 구름으로 뒤덮여서 마을 전체가 어둑어둑해졌다. 아직 비가 내리지는 않지만, 시간문제겠지.

"미안해. 모험가야? 숙소는 이 근처? 멀거든 비가 그칠 때까지 기다려도 되는데."

"바로 근처니까 괜찮아요. 고맙습니다."

식료품 가게 주인이 가져온 소스와 고기를 드루이드 씨가 받고 대금을 치렀다.

"괜찮으면 [쌀]에 대해 이야기하러 와줘. 부탁할게."

"네. 그럼 또 올게요."

""고맙습니다.""

서둘러서 숙소까지 걸어갔다.

"휴우~, 안 늦었군."

숙소에 돌아와서 마음을 놓자, 밖에서 빗소리가 들리기 시작했다. 정말로 아슬아슬하게 숙소로 돌아온 모양이다. 이 추위에 비까지 맞으면 병에 걸릴 가능성이 커지겠지.

"괜찮았나요?"

숙소 현관에서 밖을 보고 있으니, 사리파 씨가 타월을 들고 다급히 달려왔다. 마음대로 써도 된다는 타월을 보충하러 온 모양이다.

"괜찮아요. 쏟아지기 전에 도착했으니까요."

"그거 다행이네. 이렇게 차가운 비를 맞으면 병에 걸릴 테니까. 하지만 밖은 추웠을 테니까 얼른 목욕하고 따뜻하게 계세요."

"네. 고맙습니다."

"아~! 저기, 부탁이 좀 있는데."

"네? 어떤 건가요?"

"도라가 가져와준 [쌀] 요리로, 어어, 뭐였더라……. 고기가 올라간…… 이름이 안 떠오르는데."

"덮밥 말인가요?"

며칠 전에 도라 씨가 흥미를 보였기에 소고기덮밥을 나눠주었다.

"아, 맞다, 분명히 그런 이름이었어! 그거 만드는 법을 나한테도 가르쳐줄 수 있을까?"

"그건 괜찮지만, 쌀에 저항감은 없나요?"

"조금은 있었는데, 워낙 맛있어서 괜찮아졌어."

불끈 주먹을 쥐는 사리파 씨. 맛이 꽤 마음에 들었던 모양이다. 그렇긴 해도 오늘은 묘하게 쌀 이야기가 많이 나오네.

방에 돌아가서 일단 목욕을 한 뒤에 2층 조리장을 빌려서 내일 준비를 시작했다. 두 종류의 고기는 잘게 썰어서 절반을 매콤달콤하게 졸여서 완성. 나머지 절반은 매콤한 맛의 약초를 더해서 살짝 알싸한 맛을 첨가하여 완성. 그렇긴 해도 간장을 몇 병 구입해오길 잘했다. 하지만 이런 속도로 계속 쓰면 순식간에 없어지겠네. 이 마을에서도 간장을 좀 찾아볼까? 아, 이 세계에서는 폰즈라고 불렸지. 기억 속의 이름과 다르니까 헷갈려. 조심해야지. 그리고 밥은 로즈 씨네 가게에서 할 거니까…… 일단 준비는 다 됐나?

그리고 오늘 저녁밥은 [오므라이스]. 오랜만에 기억 속에서 떠오른 요리. 새빨간 쌀이 달걀로 싸여있어서 맛있어 보였다. 기억

속에 있는 식재료와 이 세계에서 입수한 식재료가 다르니까 완벽하게 재현할 수는 없지만.

“새빨간 쌀은 토마 맛인 모양이니까, 토마 조림 소스를 쓰면 될까?”

프라이팬에 잘게 썬 고기와 야채를 넣고 볶은 뒤 졸여낸 토마 소스, 그리고 새로 한 밥을 넣어서 볶는다. 응? 기억 속의 그것보다 수분이 많네. 이거…… 달걀로 말아? 아무튼 대충 따라하는 식으로 하나 완성시켜 볼까. ……으음, 실패. 달걀이 수분으로 질척해져서 제대로 밥을 말 수 없었다.

“왜 그래?”

“좀 실패해서.”

“그래? 맛있어 보이는데.”

“아니, 달걀로 예쁘게 말고 싶었는데.”

“딱히 그럴 것 없이 위에 올려도 되지 않아?”

분명히 그렇긴 하지만, 기억 속의 [오므라이스]에 가깝게 만들고 싶었는데. 괜한 고집이라고 할까. 좋아, 한 번 더! ……밥을 마는 건 생각 이상으로 어렵네.

“먹을까?”

좀 풀 죽은 내 머리를 가볍게 쓰다듬어주는 드루이드 씨. 하지만 웃고 있는 거 다 알아!

맛은 토마 맛의 쌀과 폭신폭신한 달걀이 맛있었다. 다만 토마

맛이 좀 약하게 느껴졌다. 토마 소스를 더 졸여내서 쓰는 게 좋았을까? 그러면 수분도 더 줄어들겠고. 다음에 또 도전해보자.

262화 두 명의 공간

"안녕하세요."

"좋은 아침. 오늘은 가게를 안 열 거니까, 들어오거든 문을 잠가도 돼."

"그래도 되나요?"

"일보다는 맛있는 게 먼저야!"

그래도 되나? 일단 문을 잠그고 가게 안쪽으로 들어가 보니, 데로스 씨가 웃으며 맞아주었다.

"안녕하세요."

"잘 왔어. 로즈가 괜히 고집 부린 거 아닌가?"

"괜찮습니다. 오히려 우리가 신세 지고 있습니다."

"로즈는 남을 돕는 걸 좋아하니까 괜찮아."

데로스 씨는 정말로 로즈 씨를 좋아하는구나. 로즈 씨 이야기를 할 때의 눈이 정말 다정하다.

"조리장 준비는 다 되었으니까 시작할까. 아, 이걸 어떻게 한다?"

로즈 씨가 소라와 아이들이 들어있는 가방을 보고 고민하는 모습을 보였다. 혹시 데로스 씨에게는 이 아이들 이야기를 하지 않았나? 부부니까 이야기 할 가능성이 크다고 생각했는데.

"말 안 했나요?"

"당연하잖아? 딱히 이야기할 필요는 없고. 하지만 계속 안에 있으면 가엾고……. 지금부터라도 데로스를 어디로 쫓아낼까?"

어, 데로스 씨를 쫓아내? 보통 여기는 소라와 아이들에 대해 이야기하는 방향 아냐?

"데로스, 미안한데 다섯 시간 정도……."

"아니, 잠깐만요, 로즈 씨. 로즈 씨라면 데로스 씨가 어떤 사람인지 제일 잘 아시겠죠. 신뢰할 수 있는 사람이지요?"

"당연하잖아? 그렇지 않았으면 결혼 같은 거 안 해."

"그럼 이야기해도 문제없어요. 그러니까 데로스 씨를 쫓아내지 말아요."

허둥댔다. 드루이드 씨가 옆에서 웃고 있다. 아니, 데로스 씨, 미소만 지으면서 우리 모습을 보고 있는데, 지금 쫓겨날 위기거든요!

"어쩔 수 없네~."

뭔가 아니다 싶다. 로즈 씨의 감각이 이상하다. 그렇게 고민하는 사이에 로즈 씨가 데로스 씨에게 소라와 아이들에 대해 설명했다.

"아이비는 남들에게 비밀로 하는 동료가 있어. 프렘과 소라와 시엘. 다들 귀여운 마물이지만 레어하니까 어디 가서 말하지 마. 알았지?"

"그래, 알았어."

로즈 씨의 완전 간단한 설명으로는 하나도 모를 것 같은데, 데로스 씨는 얌전히 고개를 끄덕였다. 이게 부부가 된다는 건가?

"뭐, 설명은 끝났으니 아이들을 꺼내줘. 가방 안에만 놔두면 가엾잖아."

"네."

소라와 아이들을 밖으로 내놓자, 소라가 제일 먼저 데로스 씨에게 뛰어들었다. 데로스 씨는 다급히 받아주었지만, 왠지 미안하네.

"죄송합니다."

"아니, 이렇게 씩씩한 슬라임은 처음 보네. 로즈 말처럼 귀여워."

"그렇지? 계속 구경하고 싶어진다니까."

"어이, [쌀] 요리를 배우는 거 아니었나? 두 사람을 저렇게 세워두면 미안하지."

"알고 있어. 자, 이쪽이야. 데로스, 애들 상대 부탁할게."

"알았어."

로즈 씨와 데로스 씨는 신기하다. 두 사람을 보고 있으면, 결코 방해할 수 없는 두 사람만의 공간이 보이는 듯하다. 왠지 옆에서 두 사람을 조용히 지켜보고 싶어지는 듯한, 뭐라 설명하기 어려운 신기한 공간.

"응? 두 사람 다 뭐 하는 거야?"

"아뇨, 아무것도 아닙니다."

두 사람을 보고 있으면 마음이 따뜻해진다. 이런 공간을 만들 수 있는 사람과 만나고 싶네. 드루이드 씨와는 부녀 관계에 가까우니까 조금 다르고. 아니, 나보다 드루이드 씨가 먼저 연인을 만들어야 하잖아. ……드루이드 씨의 연인 찾기도 여행의 목표로 삼을까? 드루이드 씨는 왠지 사랑을 체념한 눈치지. 아주 좋은 사람인데 아까워.

"드루이드 씨 힘내요."

"응? 어, 뭐가? 주먹밥 말이야?"

갑작스러운 선언에 의아한 눈치인 드루이드 씨. 말했다간 반대할 것 같으니까 그냥 입 다물고 있자.

"그럼 시작할까."

"네. 뭐, 그래도 밥을 안치는 동안은 할 일이 없지만요."

"그래?"

"네. 불 조절만 조심하면 문제없이 되니까요."

"그 불 조절이 조금 어렵지만."

최근에는 내가 요리하는 동안에 드루이드 씨가 밥을 안친다. 이미 익숙해졌기에 문제없지만, 처음에는 불 조절로 꽤나 고생하였다. 다 된 밥의 상태를 확인할 때의 진지한 표정에 몇 번이나 웃음이 터져 나올 뻔했던가. 뭐, 나도 뚜껑을 열기 전에 기도한 적이 있으니까 남을 흉볼 처지는 아니지만.

"그럼 그동안에 반찬이라도 좀 만들까?"

아, 그거라면 부탁이 있었지.

"로즈 씨, 이 마을의 소스는 어떻게 쓰는지 가르쳐주시겠어요?"

어제 구입한 소스. 제일 단맛이 약한 것으로 했는데도 단맛이 강해서 어떻게 쓸지 좀 곤란했다.

"이 마을의 소스? 딱히 특별한 사용법은 없을 텐데."

"단맛이 너무 강하지 않나요?"

"종류를 잘못 산 거 아니니?"

"제일 단맛이 약한 걸로 달라고 했는데요."

내 말에 고개를 갸웃거리는 로즈 씨. 내가 이상한 말이라도 했나? 조리장에 도착하자, 매직백에서 물에 담가둔 쌀을 꺼냈다. 시간을 생각해서 물에 담가서 가져온 것이다.

"[쌀]은 물에 불리는 거야?"

"네, 대충 30분 정도요. 쌀이 수확된 날로부터 시간이 지났으면 불리는 시간을 조금 늘리는 편이 좋을지도 모르겠네요. 결국에는 취향이지만요."

"그래, 기억해둘게."

빌린 냄비에 쌀을 넣고 불 위에 올렸다. 처음에는 강불, 뚜껑이 흔들리거든 약불, 그리고 밥이 되거든 뜸을 들인다. 내가 먼저 간단히 설명하고, 드루이드 씨가 불 조절을 설명했다.

"물 조절과 화력 조절이로군. 알았어."

밥이 되어가는 정도를 보면서 이번에 구입한 소스를 가방에서 꺼냈다. 어젯밤에 조금 맛을 봤는데, 단맛이 꽤 강해서 어느 요리에도 못 쓸 것 같다.

"이거? 아니, 이건 단맛이 제일 강한 소스인데?"

"""네?"""

어라? 내가 잘못 말했나? 아니면 내기에서 지는 바람에 당황해서 실수를?

"이건 꽤 개성적인 단맛이 특징이야. 좋아하는 사람도 적을 텐데? 어디서 샀지?"

"남매가 하는 가게였어요. 푸줏간과 식료품 가게가 건물 안에 하나로 있는."

"아, 아르이와 토르카의 가게로군? 소스를 찾아온 건 토르카지?"

아무래도 아는 사람들인 모양이다.

"네."

"미안해. 그 애들은 꽤 덤벙거려서."

로즈 씨가 크게 한숨을 흘리더니, 선반에서 소스를 두 개 꺼내다 주었다.

"이 두 개가 이 마을에서 주류인 소스야. 단맛도 적당하니까 요리에 쓰기 쉬워."

로즈 씨가 작은 접시에 각각의 소스를 조금 따라서 눈앞에 내주었다. 손가락으로 소스를 조금 찍어서 맛을 확인했다. 분명히 둘 다 단맛이 너무 세지 않게 적당해서 요리에 쓰기 쉬울 것 같다.

"맛있네요. 단맛도 적당해요."

"그렇지? 우리 마을의 자랑거리니까."

자랑하고 싶어지는 마음도 이해가 돼. 단맛에 깊이가 있어서 정말 맛있다. 매콤달콤한 맛으로 하고 싶을 때에는 이 소스만으로 충분하겠지.

"하지만 토르카 녀석도 아직 멀었네. 참나."

로즈 씨의 황당함 어린 목소리에 드루이드 씨와 함께 웃었다. 자랑거리인 소스를 쓴 야체 조림을 배워서 만들고 있자, 조리장에 밥이 다 된 좋은 냄새가 퍼졌다.

"꽤 냄새가 좋군."

아무래도 로즈 씨의 마음에 든 모양이다. 냄새부터 틀렸다고 한다면 앞날이 막막하니까. 자, 열기가 좀 빠지거든 고명이랑 섞어서 주먹밥을 해야지!

263화 미소는 힘

"호오~, [쌀]이 이렇게 맛있어지다니."

"그래, 맛있군."

로즈 씨와 데로스 씨가 주먹밥을 열심히 먹으면서 감탄하고 있다. 두 사람 다 이미 다음 주먹밥에 손이 가고 있으니까 꽤나 마음에 든 모양이다. 다행이다. 그렇긴 해도 로즈 씨는 재주도 좋네. 주먹밥을 처음 만들 텐데도 두 번째 도전에서 이미 힘 조절이나 요령을 터득해서 예쁘게 만들었다. 뭐든지 척척 해내는 사람이구나.

"이거, 나중에 타블로한테도 좀 가져다줄까?"

"이거라면 한손으로 먹을 수 있고 좋지 않을까?"

익숙지 않은 쌀 요리를 도시락으로 가져다주려고? 난처해질 뿐일 것도 같은데.

"[쌀]을 쓴 요리는 또 더 있니?"

"덮밥을 자주 만들어주지요."

"덮밥?"

"네. 흰밥 위에 양념한 고기나 야채 조림을 올려서 먹습니다."

"호오~, 그것도 맛있겠네."

"맛있다고요. 게다가 속도 든든해지지요."

"그래? 그거 좋군."

로즈 씨와 드루이드 씨가 쌀 요리 화제로 흥이 돋기 시작했다. 여태까지 어떤 쌀 요리가 나왔는지 이야기하고 있는데, 실패한 것도 언급되니까 조금 창피하다.

"잘 먹었습니다."

"아뇨, 차 끓여올게요."

"미안하네. 그렇긴 해도 요리 잘하는데?"

"그렇게 말씀해주시니 기쁘네요."

처음에는 필요에 쫓겨서 시작한 거지만, 지금은 내 취미다. 드루이드 씨와 로즈 씨가 신나게 이야기하는 옆에서, 느긋하게 쉬는 나와 데로즈 씨. 왠지 마음이 푸근해지네.

"슬슬 돌아갈까?"

식사도 다 먹었고, 이야기할 것도 다 했는지 만족한 눈치인 드루이드 씨가 그렇게 말하며 일어섰다.

"응. 소라, 프렘, 시엘?"

주위에서 놀던 아이들을 불렀다.

"뿟뿌뿌~."

"냐옹."

프렘은 어딘가에서 자는 모양이다. 주위를 보고 다녀보니, 항상 들어가는 가방 옆에서 자고 있었다.

"미안해, 늦어져서."

가방에 프렘을 넣고, 품 안에 뛰어든 소라와 시엘도 넣었다. 두 마리 다 데로스 씨와 많이 논 모양인지 아주 기쁜 눈치다. 이렇게 빨리 친해져도 되나.

"오늘은 고마웠어."

"아뇨, 저도 요리 배워서 좋았어요."

로즈 씨가 가르쳐준, 이 마을의 소스를 사용한 요리는 간단하고 맛있었다. 주류인 소스를 손에 넣거든 만들어봐야겠다 싶다.

로즈 씨의 가게를 나서자, 어제와 달리 태양이 얼굴을 내밀고 있었다. 손에 든 작은 광주리를 보았다. 그 안에는 오늘 만든 주먹밥이 세 개. 돌아가는 길에 어제 갔던 남매의 가게에 들를 생각이다.

"꽤 추운데?"

"그런가요? 저는 어제가 더 추웠던 것 같은데."

드루이드 씨가 내 말에 고개를 갸웃거렸다. 거기에 다소 불안을 느끼며 그의 이마에 손을 뻗었다. 열은 없는데…….

"돌아가거든 프렘의 포션을 마셔두세요. 만일의 일이 있을 수 있으니."

"알았어, 그럴게. 그러니까 그렇게 걱정스런 얼굴 안 해도 돼. 괜찮으니까."

어떤 얼굴을 했던 건지 스스로는 모르지만, 꽤 보기 안 좋은 얼굴이었던 모양이다. 드루이드 씨가 내 뺨을 쿡쿡 찌르며 웃었다. 그런 그의 표정이 평소와 다름없어서 안도했다.

"어라?"

공원으로 쓰이는 장소에 우연히 시선이 갔는데, 기억에 있는 사람이 의자에 앉아있는 모습이 보였다. 내 말에 드루이드 씨도 시선을 공원으로 보냈다. 내가 잘못 본 게 아니라면 모험가 길드의 길드마스터인 프리아 씨다.

"프리아 길드마스터로군."

"역시 그랬네요."

그를 보니, 뭔가 골똘히 생각하는 표정이었다. 으음~, 이대로 아무것도 못 본 걸로 하는 게 배려일까? 아니면 이야기를 들어봐야 할까.

"우리는 이 마을의 주민이 아니니까. 깊이 관여하는 게 잘하는 짓일지……."

그래, 우리는 여행을 하는 신세. 그러니까 관여할 때와 한 발 물러나는 편이 좋을 때가 있다. 그건 드루이드 씨에게 배웠다. 프리아 길드마스터의 얼굴을 보니 슬픈 눈을 하고 있었다.

"드루이드 씨, 먹을 거라도 나눠줄까요?"

"응? 먹을 거?"

"네. 마침 적당한 것도 있고요."

그렇게 말하며 광주리를 들어 올려서 드루이드 씨에게 보였다.

"하하하, 그렇긴 하네."

공원에 들어가서 프리아 길드마스터가 앉아있는 의자로 다가갔다. 우리 기척을 느꼈는지, 땅만 보고 있던 시선이 이쪽을 향하더니 살짝 놀란 표정을 하였다.

"안녕하세요."

"아, 안녕."

갑자기 말을 거는 바람에 혼란스러운 모양이다.

"식사 하셨나요?"

"어?"

"식사 말이에요."

"아니, 아직인데……."

"그럼 이거 드세요."

"음, 이걸?"

"네, 드세요."

손에 들고 있던 광주리를 그에게 내밀었다. 하지만 놀란 건지 바로 받아주지 않았다. 어쩔 수 없어서 발밑에 광주리를 내려놓았다. 이걸로 목적은 완료.

"이건?"

"쌀로 만든 주먹밥이에요."

"……그래, [쌀]로……. 뭐? [쌀]?"

괜찮나? 꽤나 반응이 느린 것 같은데. 혹시 프리아 길드마스터도 몸이 좀 안 좋은가? 걱정스러워져서 그의 이마에 손을 뻗어 열을 쟀다. 딱히 뜨겁다는 느낌은 없다.

"저기, 뭘 하는 거지?"

"열이 없나 재고 있는 거겠지요."

드루이드 씨의 목소리에 웃음기가 섞여있다. 내가 뭐 이상한 거라도 했나? 힐끗 뒤에 서 있는 그를 보았지만, 고개만 내저어서 아무것도 아니라는 신호를 보내왔다.

"열은 없는 모양이네요."

"그래, 왜 갑자기 열을 재는 거지?"

"멍하니 있고 반응이 느려서요."

"……그런가. 미안하군."

그렇게 말하며 웃는 프리아 길드마스터. 그 웃음을 보고 가슴이 답답해졌다. 뭐라고 할까.

"어둡네요."

"풋!"

뒤에서 드루이드 씨가 웃음을 터뜨리는 소리. 프리아 길드마스터도 내 말에 멍하니 있다가, 갑자기 눈살을 찌푸렸다.

"일이 좀 있어서 그래."

아무래도 기분을 해친 모양이다. 게다가 한층 더 어두워진 인상이다. 왠지 모르게 한숨만 나오네. 거기에도 눈총을 보내오지만, 왠인지 박력이 없다.

"저는 아무것도 몰라요. 이해할 수 있을 것 같지도 않아요. 하지만 프리아 길드마스터는 너무 어두워요!"

"푸흡."

뒤에서 이상한 소리가 들렸다. 돌아보니 등을 돌리고 있지만 어깨가 크게 떨리고 있다. 웃고 싶거든 웃으면 될 것을.

"이럴 때에 실실거리고 있을 순 없잖나!"

갑자기 프리아 길드마스터가 크게 소리를 질렀다. 그 음량에 몸이 좀 떨렸지만, 무서움은 없었다. 꼭 우는 것 같은 표정이었으니까.

"애가 뭘 안다고."

작은 목소리가 귀에 닿자, 엄청 슬픈 마음이 치솟았다. 하지만 지금은 그걸 그에게 들키면 안 돼. 위로하는 건 어려우니까 무리. 그러니까 나는 보아온 것을 전하자.

"그러니까 모른다고 말했잖아요."

내 말에 다시금 노려보지만, 그 표정은 역시나 울 것만 같은 그것. 그걸 똑바로 바라보면서 나는 빙그레 웃었다. 내 미소에 고개를 갸웃거리는 프리아 길드마스터.

"마물이 폭주하는 마을의 길드마스터는 항상 웃고 있었어요. 그의 주위에도 웃음이 있었어요."

"뭐?"

"그의 표정이 힘들어보였던 것은 모든 일이 끝나고 감사의 말을 들을 때였어요. 고맙다는 말을 들었는데 괴로워보였어요."

"뭐?"

내가 갑자기 꺼낸 말들에 곤혹스러워하는 프리아 길드마스터. 알고는 있지만, 무시하고 계속 말하였다.

"큰 조직과 싸우기 전의 길드마스터나 자경단 단장들도 웃고 있었어요. 즐거운 거 아닐까 싶을 정도로요. 주위 사람들도 웃었고, 뭐, 곤혹스러워 하는 사람도 있었지만요."

"……."

"목숨이 위험할 때, 제 주위에는 웃음이 있었어요. 그러니까 무서웠어도 도망치지 않고 싸울 수 있었고, 저는 웃고 있을 수 있었어요."

웃음이란 대단하다. 그냥 허세지만, 그래도 힘이 솟아나고 기운이 난다.

"밥을 먹고 힘내주세요. 이럴 때일수록 더더욱이요."

위에 서는 사람의 고생을 나는 모른다. 그러니까 내가 할 수 있는 말은 없다. 하지만 전하고 싶다. 여태까지 만나온 길드마스터들이나 단장들의 웃음을. 거기에는 분명 의미가 있다고 생각하니까.

"그럼 이만 가볼게요."

멍하니 있는 프리아 길드마스터에게 웃으며 인사를 하고, 드루이드 씨와 함께 발을 옮겼다. 드루이드 씨는 내 머리를 가볍게 쓰다듬어주었다.

"나한테……."

목소리가 들려왔지만, 돌아보지 않고 광장에서 나갔다.

"으음~, 장갑을 가지러 갔다가 숙소로 돌아가서 주먹밥 만들까?"

드루이드 씨의 말에 고개를 끄덕였다.

"일거리가 늘었군."

"문제없어."

웃음으로 모든 게 해결되는 건 아니다. 그렇게 단순하진 않으니까. 하지만 어두운 감정에 짓눌리지 않기 위해서라도 웃음이란 중요하다. 그리고 허세도 필요한 때가 있다.

264화 불필요한 스킬

장갑을 낀 손으로 광주리 손잡이를 든다. 광주리 안에는 바나 잎이 깔려있고, 그 위에는 아르이 씨에게 가져갈 주먹밥 세 개가 들어있다. 그리고 어깨에 멘 매직백에는 프렘이 부활시킨 마석도 있다.

오늘은 프리아 길드마스터와 광장에서 만나고 사흘째 되는 날. 그날 장갑을 받으러 [샤르]에 갔다가 바로 숙소로 돌아올 예정이었지만, 드루이드 씨와 점장 바르카 씨가 흥을 올리는 바람에 실제로 숙소에 돌아왔을 때에는 이미 저녁이 지난 시간이었다. 그날은 포기하고 다음날 아르이 씨에게 주먹밥을 가져다주는 것으로 예정을 변경. 하지만 다음날부터 이틀 동안 계~속 비. 멈출 기색도 없이 추위만 심해지기에 숙소에서 나가기도 주저되어서 날씨가 좀 진정되는 것을 기다리기로 했다. 그리고 간신히 사흘째 아침에 비가 그쳐주었다.

"춥네요."

"그래. 올해는 대체 얼마나 추워질지 생각하기도 무섭군."

"드루이드 씨, 장갑 고마워요."

솔직히 장갑이 없었으면 이 추위는 위험하다. 손끝부터 얼어붙을 것 같다.

"역시 그렇게까지 고마워해주면 다른 것도 선물하고 싶어지는데."

"안 됩니다!"

"검토라도 해주지……."

장갑에는 꽃무늬 자수 옆에 슬라임 자수가 들어있었다. 이걸 본 순간 나는 기뻐서 드루이드 씨에게 안기며 고맙다고 했다. 설마 슬라임 자수를 부탁했다니 놀랐다. 바르카 씨는 마물 자수를 기뻐하는 나를 보고 복잡한 표정을 하였지만.

"코트 자락에 소라나 프렘의 자수를 넣는 것도 안 되나?"

귀엽긴 하겠지만, 자수도 돈이 드니까 안 된다.

"안 됩니다."

장갑 정도가 주제에 맞는다. 게다가 바르카 씨의 태도를 보면 마물 자수는 눈에 띄겠지.

대로로 나와보니 가게들이 줄줄이 닫혀있기에 놀랐다. 노점도 나와있지 않았다.

"아르이네 가게가 닫았을 가능성이 있겠군."

"응."

그런 생각을 해보지 않았네. 뭐, 닫았으면 어쩔 수 없으니 포기하자. 대로를 가로지르면 바로 가게가 보인다. 조금 불안한 심정으로 시선을 보내었지만, 간판이 나와 있고 불빛도 보였다. 다행이게도 연 모양이다.

"열었군."

"응. 그렇긴 해도 손님이 많네요."

시선 앞에는 끊임없이 손님이 드나드는 모습. 인기점이었나? 가게에 다가가니 안에서는 웃음소리가 들려왔다.

"토르카, 이게 아니라 그쪽이야. 아니지, 그 옆! 그래, 그거!"

손님 소리에 섞여서 웃음소리, 그리고 아마도 아르이 씨의 [오빠, 똑바로 좀 해!]라는 소리가 들려왔다. 덤벙댄다는 게 사실인가 보다. 가게 안을 들여다보니 손님에게 위치를 전달받든가 상품이 틀렸다고 지적받는 토르카 씨가 있었다. 아르이 씨의 푸줏간도 손님이 많은 건지 꽤나 바빠 보였다.

"안 좋은 시간대에 왔나."

"그런가 봐."

저번에 가게 분위기를 보았을 때는 이렇게 손님이 많을 거라고 예상하지 않았다. 이건 다른 시간대로 오는 게 좋을까?

"어라? 아~, 거기 너!"

다른 시간대에 다시 오자 싶어서 발길을 돌리는데, 아르이 씨의 목소리가 가게에 울렸다. 거기에 놀라 돌아보자 그녀와 딱 시선이 마주쳤다.

"역시나! 역시나! 이야기 나누고 싶었어, [쌀] 동료!"

주위 손님의 흥미진진한 시선. 이거 틀림없이 시간대를 그르쳤구나! 드루이드 씨도 얼굴이 굳어있다. 그도 주목받는 건 별로구나.

"토르카, 소스 또 틀렸다."

"우와! 아니, 왜 소스 통은 다 똑같은 거지!"

토르카 씨의 목소리에 가게 전체가 웃음소리에 휩싸였다. 아무래도 이 가게는 주인과 손님의 사이가 좋은 모양이다.

"어, 돌아가게? [쌀] 이야기 하자."

아니, 일하세요.

"뭐였더라? 뭔가 먹여준다고 그랬잖아? 으음……."

"주먹밥이라면 가져왔어요."

"그래, 그거! 가져와줬구나. 고마워!"

"바쁘신 모양이니까 여기에 두고 갈게요."

"어? 얘기 좀 하자."

아니, 이렇게 주목을 받는 곳에서는 싫어요. 게다가 고기 써는 속도가 느려져서 손님 표정이 안 좋아졌고.

"아니, 나중에 올게요. 천천히 이야기하고 싶으니까요."

"그래? 어쩔 수 없네. 오늘은 다른 가게들이 닫아서 특히나 손님이 많고."

아, 그러니까 이렇게 손님이 많나.

"아르이, 여기에 있는 건 거의 단골들이야."

고기를 사러 줄선 손님 중 하나가 그렇게 말했다. 거기에 주위 손님들도 웃음소리를 흘렸다.

"어라? 아하하하."

토르카 씨만이 아니라 아르이 씨도 덤벙대나?

"몇 시 정도면 느긋하게 이야기할 수 있을까요?"

"글쎄?"

아르이 씨가 식칼을 들고 고개를 갸웃거렸다.

"아가씨, 저녁 정도면 괜찮을 거야."

보다 못한 것인지 줄선 손님 하나가 가르쳐주었다. 거기에 고맙다고 하고 아르이 씨에게 말하였다.

"그럼 그 즈음에 올게요."

"미안, 고마워!"

기운찬 목소리를 뒤로 하고 가게를 나섰다.

"역시 재미있는 남매야."

"맞아."

예정보다 일찍 로즈 씨네 가게에 가게 되었다. 로즈 씨네 가게는 열려있을까?

"아, 아무래도 일이 잘 굴러가는 모양이네."

로즈 씨의 가게로 가고 있는데, 드루이드 씨의 기쁜 목소리가 들려왔다. 그를 보니 뭔가를 보며 웃고 있었다. 그 시선 앞에는 자경단 복장을 한 남자 세 명.

"아, 웃고 있다."

그들은 웃으며 마을사람들과 뭐라 이야기하고 있었다. 전에 자경단 사람들을 보았을 때에는 뭔가에 쫓기는 것 같은 분위기가 있었는데. 그게 없어졌다. 자경단원의 대응 덕분일까, 최근 들어 마을사람들 사이에 떠도는 찌릿찌릿한 분위기가 많이 누그러들었다.

"좋은 느낌이군."

"응. 잘된 일이긴 한데, 왠지 너무 빠르지 않아?"

"그래? 타블로 단장은 소질이 있어서 추천을 받았지. 게다가 몇 년 동안은 이전 단장을 따라다니며 배웠을 거야. 뭔가 계기만 있으면 그게 뿌리를 내리고 자리를 잡지."

그런 것인가. 하지만 마을사람들도 왠지 즐거운 모습이다. 다행이다.

"갈까?"

"응. 그렇긴 해도 노점이 하나도 없는 대로는 이렇게 넓구나."

노점이 없는 대로는 평소의 두 배 정도 넓다는 인상이었다. 어딘가 모르게 그게 좀 적적하다.

"아무래도 이 정도로 추우면 말이지."

분명히 최근 며칠 동안의 비로 한층 추위가 심해졌다. 정말로 밖에 나오기가 힘들 정도다.

"아, 간판이 안 나와 있군."

로즈 씨네 가게가 보이기 시작했는데 항상 있는 간판이 나와있지 않은 게 보였다. 아무래도 오늘은 가게를 열지 않은 모양이다.

"안녕하세요."

안에 있을 가능성에 걸고 밖에서 안을 향해 말하였다. 잠시 기다렸지만 아무 소리도 없었다.

"아무도 없는 모양이네요."

"아쉽군. 다음에 또 오는 게 좋겠어."

발길을 돌리는데 문이 열리는 덜걱덜걱 소리. 다급히 뒤를 돌아보니 로즈 씨가 크게 하품을 하며 거기에 서 있었다.

"역시 아이비 목소리였나. 자, 어서 들어와."

지금 로즈 씨의 기척이 없었는데. 어라? 모험가도 아닌데?

"왜들 그래?"

"어어."

"로즈 씨, 모험가 출신입니까?"

드루이드 씨는 기척을 느끼지 못할 테지만, 뭔가 느껴지는 거라도 있었을까?

"응? 혹시 기척에서 실수했나?"

역시 기척을 지웠던 모양이다. 이 거리에서 느껴지지 않을 정도라니 꽤나 대단한 모험가였나?

"아니, 나는 기척을 느낄 수 없지만, 문을 여는 소리밖에 들리지 않았으니까요."

"……무의식이란 무섭네~. 평소에는 괜찮은데."

로즈 씨가 살짝 한숨을 내뱉었다.

"나는 그림자 스킬을 가졌어. 정말이지 쓸데없는 스킬이야."

그림자 스킬? 드루이드 씨를 보니 그도 고개를 내저었다. 별로 알려지지 않은 스킬인가?

"기척을 지우거나 소리를 내지 않고 이동할 수 있긴 한데, 나한테는 불필요한 거지. 아, 모험가 경험은 없어. 나는 매직아이템의 길만 걸었으니까."

대단한 스킬이네. 하지만 분명히 안 쓸 거면 필요없나. 그렇긴 해도 기척이 전혀 안 느껴진다는 건 대단하네. 모르는 사이에 근처로 접근해올 가능성이……. 이건 기척으로 사람을 탐지하는 나에게는 꽤나 위험한 스킬 아냐? 소라나 아이들에 대해 들킬 가능성이 있으니까.

265화 대책을 세워야지!

"저기, 로즈 씨."

"왜 그래? 꽤나 심각한 얼굴로."

"기척을 지우는 스킬은 그림자 말고도 있나요?"

그런 스킬이 많이 있다면 뭔가 대책을 세워야 한다.

"분명히 있기는 할 거야. 으음."

"왜 그래?"

로즈 씨가 생각에 잠기는 것을 보고 있자, 드루이드 씨가 의아한 표정으로 나를 보았다.

"나는 여태까지 기척으로 사람의 움직임을 탐지했으니까, 그걸 못 쓸 경우의 대처방법을 생각해놔야 해서."

"대처방법?"

"응, 다가오는 사람을 탐지할 수 없으면 시엘이 진짜 모습으로 돌아온 모습을 목격당할지도 모르고, 소라나 프렘에 대해 들킬지도 몰라.”

내 말에 드루이드 씨가 놀란 표정을 보였다.

“미안. 거기까지는 생각이 못 미쳤네.”

드루이드 씨의 말에 고개를 내저었다.

“그래. 분명히 뭔가 대책을 세울 필요가 있겠어. 아이템 중 뭐 없으려나?”

로즈 씨도 내가 스킬에 대해 물은 이유를 이해해준 모양이다. 그리고 뭔가 대책에 될 물건이 없는지 아이템 일람표를 뒤져주었다.

“어렵네.”

일람을 다 확인한 로즈 씨가 눈가를 누르면서 고개를 내저었다. 아무래도 내가 바라는 아이템은 없는 모양이다.

“아, 기억났다. 스킬 말인데, 은밀 스킬이란 게 기척을 지울 수 있다고 들은 적이 있어.”

“은밀 스킬?”

은밀이라면 닌자? 응? 아, 전생의 내 지식인가. 전생의 내가 있던 세계에는 은밀 스킬을 가진 닌자라는 사람이 있었어? 죽은 사람이 되살아나는 세계에 기척을 지울 수 있는 스킬을 가진 닌자가 있다니, 대체 전생의 나는 어떤 세계에서 살았던 거지? 분명히 지금 세계보다 무서운 세계였겠어. 죽은 사람이 땅에서 기어나오는 세계잖아! 아아~, 또 생각해버렸다.

"왜 그래?"

"아, 아뇨. 좀 지우고 싶은 기억이……."

"안색이 안 좋은데, 괜찮아?"

"괜찮아요."

어어, 뭔가 좋은 걸 생각하자. 예를 들어서 무덤에서…… 아니, 그게 아니라. 휴우, 응? 소라와 아이들이 들어있는 가방이 꿈틀거리는데?

"아, 미안. 로즈 씨, 소라랑 애들을 꺼내놔도 될까요?"

"아, 물론이야. 꺼내도록 해."

다급히 아이들이 들어있는 가방의 뚜껑을 열자 바로 두 마리가 뿅 하고 튀어올랐다. 그리고 가방에는 잠든 프렘만이 남아있다.

"프렘은 안 나와?"

"……류~……."

꽤나 졸린지 평소보다 반응이 없다. 어라? 또 프렘에게 검은 얼룩이 있다. 손으로 얼룩 부분을 만져보았지만, 딱히 다친 것도 아니다. 또 없어지려나?

"그러고 보면 왕도에서 새로운 스킬을 가진 사람이 발견되었다고 들었어."

로즈 씨의 말에 시선을 그쪽으로 향하였다.

"스킬은 늘어나기도 하나요?"

"나는 그런 쪽으로는 모르겠네. 다만 지금도 새로운 스킬이 늘어나고 있다고 말하는 연구자와 스킬은 있지만 발견되지 않을 뿐이라는 연구자도 있어."

그렇구나, 자세히 아는 사람은 없나. 그러고 보면 드루이드 씨의 스킬도 레어하지. ……내 스킬도 어떤 의미로 레어하고.

"아이템 말인데, 아는 사람들에게 연락을 넣어볼게. 다만 추위가 이래놔서 시간이 좀 걸릴 거야."

로즈 씨가 한숨을 내쉬고 밖이 보이는 창문으로 시선을 보냈다. 바람이 불기 시작했는지 덜컹덜컹 소리가 들렸다. 오늘 밤도 바람으로 시끄럽겠네.

"고생시켜드립니다만, 잘 부탁드립니다."

"됐어, 내가 가진 정보망이면 왕도나 그 주변의 아이템 정보도 들어오니까. 뭔가 있으면 걸리겠지."

지금 태연하게 말해서 흘려들을 뻔했는데, 왕도나 주변 정보도 들어온다고? 그렇게 대단한 정보망을 가지고 있어? 로즈 씨가 대수롭잖게 말해서 대단함을 느낄 겨를도 없었지만.

"대단한 거 아냐?"

드루이드 씨가 곤혹스러운 기색으로 내게 물었지만, 나라도 대답할 말은 별로 없다.

"아마 꽤 대단한 일 같은데요?"

"그리 대단할 것도 없어. 아이템 애호가들이 모이더니 어느 틈에 생긴 정보망이야."

정말로 로즈 씨는 아이템을 좋아하는구나.

“아이템 이야기라면 얼마나 오랫동안 할 수 있습니까?”

“영원.”

전혀 주저 없이 잘라 말했다. 이렇게까지 딱 잘라 말하면 뭐라 대꾸할 수 없어지네.

“하하하, 그렇군요. 아, 프렘이 부활시킨 마석을 가져왔습니다.”

스킬이나 아이템 때문에 까맣게 잊고 있었다. 오늘은 마석을 가져왔지.

“미안하네. 와아, 이거 참 애도 많이 썼군?”

꽤나 묵직한 마석이 든 주머니를 로즈 씨에게 건네자, 그녀도 많이 놀랐다. 계속 비가 온 이틀 동안, 나와 소라와 시엘은 지루하게 보냈지만 프렘만 애를 많이 썼다. 아무래도 미안하다는 마음에 우리는 방 청소를 열심히 했다.

“프렘, 고마워.”

가방에서 숙면 중인 프렘에게 로즈 씨가 말하였다. 그게 들렸는지 가방이 꿈틀꿈틀 움직이다가…… 멈추었다. 뭔가 반응하려다가 그만둔 느낌일까?

“크크큭, 여전히 귀엽네.”

“뿟뿌뿌~.”

“냐옹.”

로즈 씨의 귀엽다 발언에 반응했는지, 가게 안에서 놀고 있던 소라와 시엘이 로즈 씨의 앞에 있는 테이블로 뛰어올랐다.

"왠지 귀여운 반응이네~."

로즈 씨의 웃음에 소라와 시엘은 양쪽 다 불만스러운 듯이 울었다. 그 모습에 셋이서 웃으면서 조금 시간을 보내었다. 일단 숙소로 돌아간 뒤에 아루이 씨의 가게로 갈 예정이었는데, 로즈 씨가 마음껏 있어도 된다고 말해준 것이다.

"오늘은 고마웠습니다."

드루이드 씨와 함께 고개를 숙였다. 슬슬 아루이 씨에게 여유가 생겼겠거니 싶어서 그녀의 가게로 가기로 했다.

"마음 둘 필요 없어. 으음, 사흘 뒤 정도인가?"

"네, 눈이나 비에 따라서 예정을 바꾸고 싶지만요."

부활시킨 마석을 가져올 대략적인 일자를 정하였다. 오늘은 우연히 로즈 씨가 알아채주었지만, 때때로 무시하는 모양이니까 약속은 중요. 다만 비나 눈이 오는 날은 연기인 모양이다. 이건 고맙다.

"바람이 거세지기 시작했네. 괜찮겠어?"

"네, 그렇긴 해도 오늘 밤에는 요란스럽겠군요."

"요란스러운 거야 괜찮지만, 추위는 힘들지."

두 사람의 대화를 들으면서 창밖을 바라보았다. 휘잉~ 하는 소리와 함께 어딘가에서 덜컹덜컹 소리가 들린다. 밖에 나가기 무서워지네.

"그럼 갈까?"

"응."

문을 열고 밖에 나갔다. 드루이드 씨도 따라나오나 싶더니 다급히 문을 닫았다. 안에서 손을 흔드는 로즈 씨에게 가볍게 고개를 숙이고 서둘러서 아루이 씨의 가게로 향했다.

"좀 손님이 줄어든 모양이군."

가게 밖에서 안의 분위기를 살피자, 장 보는 손님은 있지만 아침처럼 혼잡하진 않았다. 다행이다. 이러면 아루이 씨와 좀 느긋하게 이야기할 수 있겠어. 가게 안에 들어가자,

"이 바보! 토루카 바보!"

"몇 번이나 말하지 마. 실수 좀 했을 뿐이잖아!"

느긋하게 이야기하기는 틀린 걸지도 모르겠네.

266화 달달한 분위기?

"조금? 무슨 소리야~, 이것저것 틀려서 실컷 고생시킨 주제에."

아루이 씨의 말에 잔뜩 눈썹을 찌푸리는 토르카 씨. 아침에 실수하는 모습을 보았기에 부정할 수 없는 거겠지 싶다.

"아루이도 엉뚱한 고기를 썰어서 지적받았잖아!"

"조금 실수 했을 뿐이야."

"열 번 넘게 틀렸으면서!"

그건 많네. 그보다 이거 중재하는 편이 좋을까? 이대로 있다간 우리가 온 줄도 모를 것 같다. 옆에 있는 드루이드 씨를 보니 쓴웃음과 함께 어깨를 으쓱였다.

"단골들에게 계산을 맡겼던 주제에!"

"그건 내가 부탁한 게 아니라."

"보다 못해서 나선 거잖아!"

대체 어떤 상황이 되면 손님이 계산을 거들어주게 되는 걸까?

"으으~."

토르카 씨는 못 이긴다고 생각한 걸까, 분한 기색으로 아르이 씨를 노려보았다.

"하아, 너희들 작작 좀 해라! 나는 괜찮지만, 달리 손님이 더 있잖아."

가게에 있는, 아마도 단골손님? 이 두 사람의 머리를 가볍게 때리면서 크게 한숨을 내쉬었다. 간신히 두 사람은 우리가 있는 것을 깨달았는지 당황한 기색으로 웃었다.

"저기, 실례하겠습니다."

"아, [쌀] 동료!"

그런 호칭은 좀 어떻게 안 되나? 가게 안에 있던 손님이 나와 드루이드 씨에게 주목하게 되니까!

"아하하하, 저기, 드셔보셨어요?"

"미안! 오늘은 엄청 바빠서 휴식을 겸해서 이제부터 먹을까 하고 있었어."

"그랬나요."

"오빠, 휴식 들어갈 테니까 잘 부탁해."

어라? 아까는 이름으로 부르고 있었는데. 혹시 싸울 때만 그러나?

"저기……. 잠깐 좀 같이 와줄래?"

식사가 끝날 때까지 가게 안을 구경하려고 했더니, 아르이 씨가 우리를 붙잡았다.

"방해 안 되나요?"

"괜찮아, [쌀]을 먹는 사람은 처음이라서 엄청 기쁘거든."

처음이구나. 그 말에 조금 가슴이 두근거리네.

"그럼 실례하겠습니다."

"아이비, 나는 가게 안을 구경하고 있을게. 뭐 괜찮은 거 있는지 찾아볼 거니까."

"그러면 간장, 아니, 폰즈를 부탁해."

"폰즈? 아, 그거 말인가. 알았어."

위험했다. 간장이라고 말해버렸어. 얼른 이 세계에서의 호칭, 폰즈에 익숙해져야 하는데.

"여기, 차."

아르이 씨가 따뜻한 차를 내 앞에 내놓더니, 내가 가져다준 광주리 안에서 주먹밥을 꺼냈다.

"왠지 냄새 좋네. 귀여워."

귀여워? 어디가? 혹시 삼각형으로 해서?

"잘 먹겠습니다."

주먹밥을 먹는 아르이 씨의 모습을 엿보았다. 입에 안 맞을 가능성도 있으니까 항상 이 순간은 두근두근하다.

"우와, 뭐야, 이거 맛있잖아! 때때로 쌀을 먹긴 하는데, 여태까지랑 전혀 달라!"

다행이다, 마음에 든 모양이다.

"이 양념도 좋네. 아~, 하지만 나였으면 조금 더 달게 했을까?"

하나를 다 먹어치우고 다음 주먹밥을 바로 먹기 시작했다.

"그렇게 맛있냐?"

아까 우리가 온 것을 두 남매에게 말해준 손님이 광주리 안을 응시하였다.

"안 돼, 안 줘!"

"부탁 좀 하마. 오늘은 아침부터 공짜로 부려먹혔고."

"그건 토르카 때문이잖아!"

"분명히 그렇긴 한데, 진짜 궁금하거든."

그 진지한 시선이 조금 무섭다. 고작 주먹밥 하나 가지고.

"어쩔 수 없네. 저기, 만드는 법 좀 가르쳐줄래?"

"네."

아르이 씨가 마지막 주먹밥이 든 광주리를 손님 앞으로 내밀었다.

"어때? 맛있어?"

"아직 안 먹었어!"

손님이 주먹밥을 한 입 깨물었다.

"아, 이거 괜찮네. 어, [쌀]이란 게 이렇게 맛있냐? 아르이가 내놓는 [쌀] 요리는 별로인데."

손님이 조금 흥분해서 말했기 때문에 목소리가 컸고, 가게에 있던 다른 손님이 흥미진진하게 이쪽을 바라보았다. 딱히 나를 보는 것은 아니지만, 창피하다.

"저기. 미안, 아직 이름을 안 물어봤지?"

아르이 씨가 차를 마시면서 내게 물었다.

"네, 아이비라고 합니다. 잘 부탁드릴게요."

"나는 아르이. 뭐, 오빠가 몇 번이나 이름을 외쳐댔으니까 알지?"

"네."

"그렇겠지. 아, 경어 안 써도 돼. 그렇게 대단한 사람도 아니니까."

"그건 그렇지."

손님이 주먹밥을 다 먹더니, 자기 손으로 차를 끓여서 마셨다. 아니, 이 사람, 이 가게에 너무 익숙한 모습인데? 혹시 손님이 아니라 가게 점원?

"컬처, 너무해!"

하하하 소리 내어 웃는 컬처 씨. 갑자기 위에서도 웃음소리가 들려왔다. 그쪽을 보니 토르카 씨와 손님이 웃고 있었고, 그 옆에 있는 여성이 기막히다는 표정을 하고 있었다. 이 가게는 웃음이 끊이지 않는 가게구나. 게다가 주인들이 꽤나 손님들에게 사랑받는 모양이다.

"저기, 주먹밥 만드는 법 가르쳐줄 수 있을까? 내일이라도 실제로 만들어보고 싶으니까."

어느 틈에 아르이 씨의 손에는 종이와 펜이. 행동력 있는 사람이네.

"알았어."

최대한 알기 쉽게 밥 짓는 법, 고기 고르는 법부터 양념까지 설명했다. 주먹밥 쥐는 법은 작은 타월을 써서 실제로 쥐는 모습을 보여주며 설명했다. 대충 설명이 끝나자 질문들이 쏟아졌다. 아르이 씨는 정말로 주먹밥을 만들 작정이다.

"고마워. 삼각형으로 쥐는 건 어렵겠네."

아르이 씨가 받아적은 내용을 다시금 읽어보면서 작은 타월을 삼각형이 되도록 쥐었다. 타월이라면 간단할 텐데, 이거 괜찮은 걸까?

"주먹밥은 최대한 가볍게 쥐도록 해주세요."

아르이 씨가 쥔 모습을 보면 쌀을 다 뭉갤 것 같다. 컬처 씨도 아르이 씨가 적은 메모를 읽었다.

"컬처 씨는 가게 점원인가요?"

"응? 나? 아냐. 그냥 손님이야."

손님치고 너무 익숙한 모습인데. 지금도 가게 안쪽에서 과일을 가져와서 껍질을 벗기고 있고.

"어때? 이거 맛있는데."

"하아."

뭐, 권하는 거니까 먹어도 되겠지?

"먹어, 먹어. 올해는 이거 농사가 잘 되어서 아주 달고 맛있어."

아르이 씨가 자른 과일을 입에 넣고 기쁜 표정을 하였다.

"고마워."

과일을 입에 넣자, 입 안 가득 단맛이 퍼졌다. 분명히 이건 맛있네. 컬처 씨에게 감사의 말을 하려는데, 이미 없어다. 컬처 씨는? 싶었더니 다른 과일을 가져왔나. 정말 자유로운 사람이다.

"아, 컬처. 난 그 옆에 있는 게 좋아."

"알았어."

으음~, 대체 뭘까, 이 분위기.

"연인인가요? 부부인가요?"

"……."

내 질문에 아르이 씨가 난처한 표정을 하며 힐끗 컬처 씨를 보았다.

"지금은 연인, 내년에는 부부 희망."

우와~, 아르이 씨, 얼굴이 새빨개. 컬처 씨는 아르이 씨의 반응에 기쁜 눈치다.

"그냥 손님은 아니었잖아요."

"뭐, 그렇지. 용케 알았네."

내 말에 컬처 씨가 머쩍은 듯이 얼굴을 긁적였다.

"두 사람 사이의 분위기가 부부 사이의 분위기랑 비슷해서."

내 말에 아르이 씨의 빨간 얼굴이 더욱 붉어졌다. 그리고 의자에서 일어나더니 안쪽으로 뛰어가버렸다.

"저기, 죄송합니다."

내가 잘못한 건가?

"됐어, 됐어. 부끄러워서 저러는 거지만, 기쁘기도 한 거니까."

왠지 귀엽네.

"아이비, 폰즈 찾았으니까 사왔어. 응? 이쪽은?"

드루이드 씨가 구입한 물건을 들고 내 옆으로 다가왔다.

"아르이 씨의 연인인 컬처 씨. 내년에는 부부일지도?"

'하하하, 잘 부탁해. 어어, 아이비의 아버지?"

컬처 씨가 웃으면서 드루이드 씨에게 손을 내밀자, 활짝 웃으며 그 손을 맞잡는 드루이드 씨. 뭐 좋은 물건을 사기라도 했나?

267화 저녁식사로 쌀?

잠시 뒤에 돌아온 아르이 씨는 도중에 자리를 뜬 것을 사과하였다. [신경 쓰지 마세요]라고 말했지만, 토르카 씨가 야유를 날려서 또 말싸움이 시작되었다. ……아니, 이건 그냥 장난 같은 걸지도 모르겠다. 조금 떨어진 곳에서 두 사람을 보고 있자, 때때로 컬처 씨가 한 마디씩 끼어들었다.

"저 세 사람은 좋은 관계로군."

드루이드 씨의 말에 웃으며 끄덕였다. 저런 대화가 끝날 것 같지 않기에 컬처 씨에게 인사를 하고 돌아가기로 했다.

"미안해~."

"재미있어 보이네요."

"그렇게 말하면 둘이서 나란히 화내긴 하지만."

그 대답에 셋이서 웃었다. 가게 밖으로 나가보니 바람에 휘말린 건지 좀 커다란 바구니가 굴러다니고 있었다.

"서둘러야겠다."

"응."

숙소로 돌아가자, 우리가 마지막으로 돌아온 손님이라고 도라 씨가 가르쳐주었다.

"오늘은 이제 문을 잠글 거니까, 외출할 때에는 말해주세요."

"알겠습니다. 무슨 좋은 일이라도 있었습니까?"

드루이드 씨의 질문에 도라 씨가 기쁜 듯이 웃었다.

"예, 오늘 낮에 자경단과 모험가 길드의 이름으로 연락이 왔습니다."

내용은 붉은 마석이 모험가 길드와 자경단의 지시 하에 배포된다는 것. 다만 개수에 제한이 있기 때문에 집이나 숙소의 크기에 따라 차이가 있다는 모양이다. 그것 외에도 사소한 것이 몇 가지 정해졌다고 알려주었다. 이걸로 마을도 조금은 진정될 거라고 도라 씨는 기쁜 기색이었다.

"아이비, 여기 있구나! 부탁할게, 어어, 소고기덮밥? 을 오늘 저녁으로 내놓고 싶은데 조리법을 배울 수 있을까?"

어! 쌀 요리를 저녁식사로 내놓게? 아니, 그거 괜찮으려나?

"으음, 문제가 없는 듯하면서 있는 듯한데."

"아, 재료는 다 준비해놨으니까. [쌀]도 준비했어!"

"그게 아니라요. 쌀 요리 같은 걸 내놓으면 불만이 들어오지 않을까요?"

내 걱정은 그쪽. 쌀은 동물이나 먹는 거라고 생각하는 사람이 많으니까, 저녁식사로 내놓으면 불만이 나오겠지. 사리파 씨에게 사람들이 화내거나 소리 지르는 건 싫은데.

"괜찮아. 이 숙소는 때때로 이상한 식사를 내놓는 걸로 유명하니까."

""예?""

아, 드루이드 씨와 한 목소리로 말했다. 그렇긴 해도 이상한 식사를 내놓는다고? 그런 이야기 못 들어봤는데.

"어머, 몰랐어? 유명한데?"

그렇구나. 그럼 괜찮을까? 그렇긴 해도 이상한 식사라니 오히려 더 궁금해지네. 나중에 어떤 요리인지 물어봐야지.

"잘 부탁드리겠습니다, 선생님."

사리파 씨가 말한 선생님이라는 말에 순간 멍해졌다. 대체 누구를 말하는 건지 이해할 수 없다. 멍하니 사리파 씨를 보고 있자, 그녀도 의아한 듯이 나를 바라보았다.

"지금 말한 선생님이란 건 아이비 이야기야."

드루이드 씨의 말에 눈을 크게 떴다. 내가 선생님?

"어머, 그렇잖아? 나한테 소고기덮밥을 가르쳐주는 거니까. 자, 해볼까!"

그렇게 기합을 넣을 만한 요리는 아닌데요.

"으음, 열심히 해보겠습니다."

아무튼 해야 할 일을 하자.

"드루이드 씨, 귀한 술이 들어왔는데 드시겠습니까?"

"어, 아니. 됐습니다."

그러고 보면 여행에 나선 뒤로 드루이드 씨는 술을 마시지 않는다. 마을에 있을 때에도 나와 갓 만났을 무렵에나 술을 마시는 모습을 보았을 뿐이다. 혹시 나 때문에?

"드루이드 씨, 귀한 술이라니까 마셔요."

"어? 으음……."

"여기는 숙소고, 저녁식사를 한 뒤에는 잠잘 일밖에 없으니까 괜찮아."

예전 이야기를 듣기로는 그는 술을 좋아하는 모양이다. 혹시 나를 위해 참는 거라면, 별로 기쁜 일이 아니다. 여행 도중에는 분명 괜찮다고 말해도 마시지 않겠지. 하지만 여기는 숙소. 나도 여기 생활에 익숙해졌으니까 괜찮다고 할 수 있다. 그러니까 마음껏 술을 즐겨주었으면 한다.

"아이비, 괜찮겠어?"

우리 아빠는 걱정도 많아.

"괜찮아."

"그래. 그럼 조금만 마실까."

"느긋하게 마셔."

"하하하, 저녁식사 후란 말이지. 도라 씨, 도중에 한 잔만 주시죠."

"알겠습니다. 어디서 하겠습니까? 방으로 가져갈까요?"

"아뇨, 식당에서 마시죠."

드루이드 씨는 기쁜 듯이 웃었다. 역시 그는 술을 좋아하네. 올 겨울은 계속 이 숙소에 머물 거니까 편하게 즐겨주었으면.

"아이비, 저녁 준비 도울까?"

드루이드 씨의 말에 고개를 내저었다. 소고기덮밥은 딱히 어렵지 않고, 그러니까 괜찮다고 할 수 있다. 드루이드 씨와 헤어져서 사리파 씨와 함께 조리장으로 갔다. 거기서 조리대 위에 놓은 식재료의 양을 보고 꽤 놀랐다.

"엄청 많네요."

"그래, 항상 이 정도? 아니, 오늘은 평소보다 좀 적나?"

눈앞에 쌓인 식재료. 이게 평소보다 적은 건가. 숙소에 머무는 모든 사람의 식사를 만든다는 건 참 고생이구나. 감탄만 하고 있을 수도 없기에 일단 쌀 준비부터 시작했다. 물에 쌀을 불리는 시간과 밥이 되는 시간 동안 소고기덮밥의 고명은 완성되겠지. 그 다음에는 곁들일 야채를 준비하는데, 일단 쌀을 씻고 물에 불린 뒤에 야채를 썰자.

"쌀 준비부터 시작할게요."

쌀 안치는 법 등을 설명하면서 실제로 시범을 보였는데, 양이 많다. 오르 마을에서 주먹밥을 퍼뜨리기 위해 고생했을 때 같다. 물에 불린 쌀은 일단 그대로 두고 야채 준비에 들어간다. 여태까지 잘라본 적 없는 양의 야채에 악전고투. 옆에서 콧노래를 부르면서 야채를 써는 사리파 씨를 보고 대단하다고 감탄했다. 모든 준비가 끝나자 물에 불린 쌀을 냄비로 옮겨서 물을 넣고 불을 지폈다. 그 옆에서 물을 끓인 뒤에 야채와 고기를 넣고 조미료로 맛을 낸다. 그리고 이 마을의 소스와 폰즈를 조금 넣으면…… 오, 맛있네.

"완성입니다. 이 다음에는 완성된 밥 위에 이 고명을 올리면 소고기덮밥이에요."

"오~, 역시나. [쌀]은 조금 손이 많이 가긴 해도 그거 말고는 간단하네."

"야채와 고기를 졸여내기만 하면 되니까요. 아, 소고기덮밥의 맛을 좀 봐주실래요? 이 마을의 소스가 괜찮은 것 같아서 써봤는데요."

"아까부터 그게 좀 궁금했어. ……오오, 맛있어."

다행이다. 맛을 보면서 만들었지만, 꽤나 걱정이었다. 이 마을의 달달한 소스는 덮밥을 만들 때에 꽤나 편리하네. 두 번째로 달지 않은 소스를 썼던가. 기억해두자.

밥이 될 때까지는 곁들일 야채 샐러드와 뿌리채소 조림을 만들었다. 뿌리채소가 적당히 부드러워질 무렵에 밥이 완성. 쌀이 얼마나 단단한지 확인했는데 문제없음.

"마지막으로 먹기 전에 밥 위에 고명을 올릴 뿐이에요."

"고마워. 이거라면 나도 만들 수 있겠네. 어머, 슬슬 다들 배가 고파서 내려오겠어."

시계를 보니 분명히 이미 저녁식사 시간이다.

"아이비?"

조리장에 얼굴을 내미는 드루이드 씨.

"네?"

"조금 쉬고 저녁 먹자."

"어어."

마지막까지 사리파 씨를 거들까 했는데.

"이제 괜찮아! 아빠한테 가도록 해. 분명 걱정하시는 거야."

걱정? 숙소 안에 있는데? 드루이드 씨를 보니, 쓴웃음을 짓고 있었다. 응, 돌아가자.

"그럼 이만 가볼게요."

"응, 오늘은 고마웠어. [쌀] 요리가 또 있거든 나중에 가르쳐줬으면 하는데 괜찮을까?"

"네, 괜찮아요."

사리파 씨에게 가볍게 고개를 숙이고 드루이드 씨와 함께 식당으로 이동한다. 식당에는 이미 손님들이 모여 있었다. 왠지 조금 두근두근하다. 다들 쌀 요리에 어떤 반응을 보일까?

모여든 손님에게 도라 씨가 척척 소고기덮밥을 내놓았다. 처음에는 신기한 눈치로, 다음에는 쌀 요리라고 들은 순간 다양한 반응이 있었다. 나이 있는 사람들은 거부반응이 강했다. 아이들은 흥미진진하게 바로 먹기 시작하고 [맛있다]고 감상을 말해주었다. 그런 아이들의 반응에 곤혹스러워하던 어른들도 소고기덮밥을 먹기 시작했다. 제일 거부반응을 보인 사람이 도라 씨에게 더 없냐고 물어보는 모습에 웃어버렸다.

소고기덮밥은 아무래도 받아들여진 모양이다.

번외편 드루이드와 술

—— **드루이드 시점**

"안녕하세요."

"아, 이리 오세요. 술은 여기에. 맛이 좀 강렬해서 왕도에서도 인기 있다는 놈이죠. 아, 이런 맛은 별로려나?"

"아, 괜찮아."

"두 병이면 될까? 아니면 세 병?"

오랜만의 술이니까 무리는 하지 말아야지.

"한 병이면 돼. 도수도 꽤 되겠지?"

"그래? 뭐, 더 필요하면 말해줘."

"고마워."

술을 받아들고 담화실 안쪽에 있는 테이블로 향했다. 조금 안쪽에 있는 자리라서 혼자서 마시기에 딱 좋다.

"아, 도라! 손님에게 그렇게 말하면 안 되잖아! 정중하게 해야지!"

자리에 앉으려는데 뒤에서 사리파 씨의 목소리가 들렸다. 거기에 살짝 웃음이 흘러나왔다. 그런 주의를 받는 모습을 자주 보았지만, 별로 도움이 안 된다. 도라도 조심하는 모양이지만, 금방 원래대로 돌아간다. 손님들은 그냥 평소처럼 대하라고 하는 것도 그

버릇이 안 고쳐지는 원인 중 하나겠지.

술의 마개를 따고 향기를 즐긴다. 컵에 따라서 한 모금. 목이 뜨거워지는 감각을 오랜만에 느낀다.

"후우~."

맛있군. 도라가 추천할 만해.

"드루이드 씨. 자, 이거요."

테이블에 놓이는 나무열매 무침? 시선을 사리파 씨에게 향하지, 그녀는 빙그레 부드러운 미소를 보였다.

"아이비 씨가 술안주라고 만들어줬어요."

"그렇습니까. 고맙습니다."

"정말 착한 애네요. 식사 후에도 술만 마시면 몸에 안 좋을 거고, 그렇다고 많이 먹지도 못 할 테니까 나무열매로 이런 걸 만들 정도니."

분명히 식후니까 술만 즐길 생각이었다. 하지만 뭔가 좀 있으면 좋긴 하다. 그걸 아이비는 이해해준 것일까. 정말로 내게는 아까운 여행 동료로군.

"천천히 드세요."

"고마워요."

나무열매 무침을 입에 넣자, 짜릿한 자극. 술에 매우 잘 맞는다. 혹시 술 종류를 듣고 만들어준 거려나? 나중에 고맙다는 말을 확실하게 해야겠군.

그렇긴 해도, 하아~. 나는 틀렸군. 로즈 씨의 스킬을 보고 대책이 필요하다는 걸 왜 바로 깨닫지 못했지? 무의식중에 나무열매를 입에 넣었다. 찌릿하는 자극에 술이 절로 넘어간다.

"아이비한테 너무 부담을 지우는 것 아닌가?"

나는 아무리 노력해도 외팔이다. 어쩔 수 없이 다른 이들과 비교하면 짐이 되겠지. 그런 건 알더라도 함께 여행을 하고 싶었다.

"나도 너무 이기적이야."

아~, 하지만 이런 생각을 한다고 알면 아이비는 또 화내겠지. 그 애는 정말로 착한 애니까.

이 마을로 오는 여행 도중에 다친 적이 있었다. 외팔로는 대응할 수 없는 장소의 부상에 괴로워하며 아이비에게 화풀이를 했다. 바로 냉정해져서 몇 번이나 사과하는 나를 아이비는 간단히 용서해주었다. 하지만 내 안에는 어찌할 수 없는 것이 생겨났다. 며칠 뒤에 나를 대신할 여행 동료를 찾으라고 제안하며 [나로서는 아이비를 지킬 수 없으니까]라고 말했다. 다음 순간 뺨을 세게 꼬집혔다. 그건 정말로 아팠다. 놀라서 아이비를 보니, 진심으로 화내고 있었다. 처음 보는 표정에 놀라서 쳐다보고 있자 [드루이드 씨의 도움을 받기 위해 함께 여행하는 게 아니에요. 같이 있으면 마음이 따뜻해지고 기뻐져서 웃음이 나오니까 함께 여행을 하는 거예요! 다른 사람으로 바꾼다는 생각은 한 적도 없어요! 드루이드 씨가 여행을 그만둔다면 저는 혼자서 하겠어요!]

아, 이런. 얼굴이 풀어진다. 어쩔 수 없잖아, 그런 소리를 들은 건 처음이고. ……아니, 내가 사람을 피했을 뿐인가. 컵에 담겨있는 술을 단숨에 비웠다.

"휴우~. [이기적인 게 뭐가 잘못인가요?]라."

외팔이인데 아이비의 여행 동료가 된 것은 내 이기심이었다고 말했을 때의 대답이다. [누구든 이기적이에요. 인간은 그래요. 받아들이는 편이 좋다고 한다면 문제없음!]이라고. 좋아, 마음을 새롭게 먹자. 또 골똘히 생각에 잠겨있자 볼을 꼬집혔다. 그건 진짜로 아프지. 아이비도 아팠던 모양인지 뺨에서 뗀 손가락을 쓸고 있었으니까. 너무 길게 생각하지 말자, 좋아!

술병에서 술을 따르려고 하는데 나오지 않았다. 이것저것 생각하는 도중에 다 마셔버린 모양이다. 어떻게 할까? 방에 돌아갈까, 한 병 더 마실까.

"여기."

테이블에 새 술이 놓였다. 돌아보니 도라가 새 술을 가져다준 모양이다."

"후, 고마워."

조금만 더 마실까.

"아니, 그보다도 손님이 왔는데, 어쩌지?"

"손님입니까?"

"아, 그게 타블로 단장이니까 놀랐어."

타블로 단장이?

"뭔가 할 이야기가 있는 모양인데, 이미 늦었으니 내일 다시 와 달라고 말할까?"

마석 이야기일까? 그럼 얼른 이야기를 듣는 편이 좋을까?

"괜찮습니다. 만나지요."

그렇게 말했지만, 주위를 보니 담소를 나누는 숙박객의 모습이 드문드문 있다. 여기서 할 수 있는 이야기일까? 자리를 빌릴까?

"장소라면 식당을 쓰면 돼. 이 시간이라면 닫아놓고 있으니까."

"고맙습니다. 그럼 거기로."

테이블 위의 술과 잔을 챙겨서 식당으로 향했다. 식당의 시계를 보니, 이미 11시를 넘었다. 아이비에게 와달라고 전하는 편이 좋을까? 하지만 아이비를 슬프게 하는 이야기일 경우도 있으니까 그만둘까. 게다가 이 시간이라면 이미 자고 있겠지.

식당 문에서 조금 떨어진 곳에 앉았다. 여기라면 이야기가 새어 나갈 일도 없겠지. 아, 컵을 하나 더 받아오면 좋았을걸. 지금부터라도 가지러 가는 게 좋을까?

"밤늦게 미안합니다."

망설이는 사이에 타블로 단장이 식당에 왔다. 어쩔 수 없나.

"여기."

도라가 술병과 잔을 테이블 위에 놓고 식당에서 나갔다. 역시 눈치 있군.

"갑자기 와서 미안하군요."

"아뇨, 문제없습니다."

타블로 단장의 얼굴에서는 피로가 뚜렷하게 엿보였다. 하지만 그 표정은 이전에 만났을 때와는 전혀 다르다. 완전히 차분한 표정이다. 타블로 단장 앞에 있는 술병을 손에 들고 잔에 술을 따랐다.

"방향성이 정해진 모양이군요. 축하합니다."

"고맙습니다. 뭐, 이제부터 시작이지만요."

컵을 가볍게 맞부딪치고 술을 입에 머금었다. 아, 아이비가 만든 술안주를 잊어버렸다. ……아니, 이미 다 먹었든가. 아쉽군.

"감사의 말을 하러 왔습니다. 드루이드 씨와 아이비 씨에게."

감사? 마석에 대한 감사로 일부러 이런 시간에?

"저기, 며칠 전에 프리아와 이야기했다고 압니다만."

"아, 그건가."

아이비가 전한 [미소] 말인가. 거기에는 나도 놀랐다. 갑자기 고토스의 미소 운운 하는 말을 꺼냈으니까.

"전임 단장도 미소가 끊이지 않는 사람이었습니다."

타블로 단장은 그렇게 말하더니 잔 안의 술을 단숨에 비웠다.

번외편　드루이드와 타블로 단장

타블로 단장의 빈 잔에 술을 새로 따랐다.

"고맙습니다."

"그 이야기는 내가 아니라 아이비에게 하시죠."

"아이비 씨?"

내 말에 조금 놀란 표정을 하는 타블로 단장. 누가 한 말인지는 못 들었나?

"예, 미소가 중요하다고 말한 건 아이비입니다."

"그랬습니까. 프리아에게서는 아이비 씨였다는 이야기는 못 들었습니다. 그러니까 분명 드루이드 씨일 거라고만. 죄송합니다."

"아뇨, 마음 두실 거 없습니다. 아이비는 이미 자고 있으니까 내일 일어나거든 타블로 단장님이 감사의 말을 하러 왔다고 전하지요."

"부탁드립니다. 저기."

"말씀하시죠."

"그게, 아이비 씨와 드루이드 씨는 어떤 관계입니까? 은인이라고는 들었지만, 아무래도 좀 다른 것 같아서. 아, 대답하고 싶지 않거든."

"아이비는 내 생명의 은인이지요."

"예? 생명의 은인?"

내 말이 의외였는지, 타블로 단장의 눈이 크게 떠졌다. 뭐, 아이비의 외모에서는 그런 발상이 안 떠오르겠지. 반대라면 혹시 모르겠지만.

"일하는 도중에 마물의 습격을 받아 팔을 잡아먹히고 생사의 고비에 있는 나를 그녀가 발견해서 치료해주었습니다."

"……그랬습니까. ……어라? 아이비 씨는 테이머지요? 어떻게 치료를?"

"포션으로 했다지요."

내 대답에 미간에 잔뜩 주름을 만들었다. 팔을 잃고 생사의 고비에 처한 내가 어떤 포션으로 살아날 수 있냐는 소리겠지. 말도 안 된다고 생각하는 걸까.

"가지고 있는 포션을 죄다 내게 썼습니다."

"가지고 있는 포션을 죄다?"

"예, 나 말고도 호위가 있었으니까 그들이 가지고 있던 포션까지 죄다 말입니다. 그들은 그때 이미 숨이 붙어있지 않았지만."

"아, 죄송합니다. 그 포션의 종류는?"

"너무 급한 상황이었던지라 기억하지 못하는 모양입니다. 남겨진 빈병은 매우 많았지요. 뭐, 어떤 효과가 나왔는지는 불명입니다만, 보시다시피 살아있습니다."

"그러고 보면 포션은 조합에 따라 신기한 일이 일어난다고 들은 적이 있습니다. 그겁니까?"

"아마도. 나는 그때 정신을 잃고 있었기에."

"그렇습니까. 흐음."

납득했나? 뭐, 오르 마을에서 조사해도 지금 말한 정보밖에 나오지 않을 테니까 문제없겠지.

"아이비 씨는 신기한 사람이군요. 테이밍한 아이들도 뭐라고 할까."

"아, 미안한데 매직아이템을 켜도 되겠습니까?"

마음이 급해졌다. 어디서 정보가 샐지 모르니까. 타블로 단장의 허가를 받아서 가지고 다니는 소리 차단 매직아이템을 기동시켰다. 이걸로 대화가 새어나갈 일은 없다.

"죄송합니다, 눈치도 없이."

"꽤나 레어한 슬라임이니까 조심하고 있지요."

"그건 당연합니다. 마석을 부활시키는 슬라임이라니 들어본 적도 없으니까요."

그밖에도 레어한 포션을 만들거나 검을 몇 초만에 소화하거나 빈사인 나를 되살려내거나? 응, 그 애들이 한 짓을 오랜만에 돌이켜보았는데, 정말로 레어하다. 아니, 다른 레어와 동등하게 대할 레벨이 아니야.

"이번에 마석을 제공해줘서 감사합니다. 게다가 꽤나 레벨이 높은 마석이라서 많은 이들이 목숨을 건지겠지요. 그만큼 제공해주셨으면서 아무런 요구도 없는 게 조금 신기해서, 어떤 의미로 무섭습니다만."

뭐, 그렇겠지. 그만한 것들을 제공하고서 결정된 금액에 불만도 보이지 않는다. 뭔가를 요구하는 것도 아니다. ……아, 생각해본 적 없지만, 이건 상대에게 좀 무서운 상태다.

"괜찮습니다. 나중에 뭔가 요구할 일은 없으니까요. 애초에 아이비는 [밑천이 들어간 것도 아닌 것을 팔아서 미안한 기분이 든다]고 말했으니까요."

그 애에게는 그 마석으로 뭔가를 하자는 마음이 전혀 없으니까. 아니, 마석 하나면 이것저것 할 수 있다고 가르쳐주면 진지한 얼굴로 생각하면서 고개를 갸웃거렸으니까.

"밑천이 안 들어갔습니까?"

"예, 쓰레기장에서 주운 마석이나 로즈 씨에게 사용한 마석을 받은 거라서."

"그건 분명히 그렇게 말할 수도 있겠지만, 주워온 수고 같은 것도 있으니까요."

이렇게 추운 날에 마석을 받으러 가거나 전달하거나. 내가 아는 테이머들은 그 고생을 확실히 돈으로 바꾸었다. 하지만 아이비에게는 처음부터 그런 생각이 없다.

"그 애에게 주워오는 행위는 고생이 아니라서."

아이비에게 소중한 동료들의 식사를 모은다는 감각이다. 그걸 수고라고 생각하지 않는다.

"마음도 착한 아이로군요."

"예, 정말 그렇죠."

타블로 단장의 말에 가볍게 미소를 떠올렸다. 소중한 가족을 누군가가 칭찬해주니 무심코 얼굴이 풀어지는군. 이런 마음을 경험할 수 있다니, 예전의 나로서는 생각할 수도 없었다.

"드루이드 씨도 항상 웃고 있군요."

그런가? ……그러고 보면 최근에는 웃는 일이 많을지도 모르겠군. 예전의 나는…… 떠올릴 것도 없이 무뚝뚝했군.

"풋."

"예?"

예전의 자신이 지금의 나를 보면 어떤 태도를 취할지 상상하며 웃었다. 절대로 이해할 수 없는 눈을 보는 눈으로 보았겠지. 아이비와 만나기 전의 나는 나 자신도 믿지 않았으니까.

"이거 실례, 스스로가 너무나도 많이 변했구나 싶어서 웃어버렸습니다."

"그 정도입니까?"

"네, 많이 변했고. 그 애와 만나지 않았다면 마음이 죽은 채로 살았을 겁니다."

"마음이?"

그렇다, 별을 빼앗을 가능성을 두려워하며, 누구와도 진심으로 대할 수 없었다. 가족에게는 미안하고. 형들에게도 그런 마음은 있었지만, 다른 감정도 소용돌이쳐서. 고토스에게도 스승님에게도 마지막 일선을 허락할 수 없었다.

“많은 일이 있었으니까요.”

“그랬습니까.”

“예.”

지금 떠올려 봐도 신기하다. 왜 나는 생명의 은인이라고 해도 아이비에게 벽을 만들지 않았을까. 아이비 이외의 사람이라면 분명 이렇게 되지 않았겠지.

“그렇습니까.”

오랫동안 이야기를 했지만, 왜인지 타블로 단장에게 살짝 위화감이 느껴진다. 뭘까? 앞자리에 앉아서 술을 마시는 타블로 단장을 천천히 관찰했다. 땀? 이마에 희미하게 땀이 보였다. 이 추위에? 혹시…… 어, 하지만 왜?

“저기, 혹시 긴장하고 있습니까?”

“푸웁.”

“우왓.”

술을 뿜어내는 타블로 단장. 질문할 때를 잘못 잡았군. 다급히 주머니에 들어있던 작은 타월로 술을 닦았다.

“죄송합니다. 그런 반응을 할 줄은 몰라서.”

“아뇨, 드루이드 씨의 말처럼 긴장하고 있습니다.”

“하하.”

하지만 여기에 올 때는 긴장하지 않았는데.

번외편 드루이드 씨와 주정뱅이

"이 마을에서는 얼마 전까지 문제 있는 귀족이 있어서."

"귀족이. 그거 큰일이었겠군요. 놈들은 돈이나 권력을 휘둘러대니까요."

모험가의 보호를 받으며 이동하는 주제에 모험가를 얕본다. 좋은 귀족도 있는 모양이지만, 나는 문제 있는 귀족밖에 만나본 적 없다.

"범죄에 손을 대고 있는 건 알고 있었지만, 전임 길드마스터도 단장도 증거를 잡지 못해서. 반대로 이쪽의 입장이 위험해져서."

그건 최악이군. 아, 그러니까 익숙하지 않은 두 사람이 우두머리 자리에 있나. 이상하다 싶었지. 보통은 한 명씩 세대교체를 하며 익숙해질 때까지는 다른 쪽이 교체하지 않는데, 이 마을에서는 서툰 이들이 동시에 우두머리 자리에 있었으니까. 그런 이유가 있었나.

"분하지만 함부로 움직이면 이쪽이 오히려 입지가 좁아지는 것을 경험으로 알고 있었기에."

문제의 귀족은 상당히 머리가 좋았단 소리인가. 자경단과 모험가 길드를 꼼짝 못 하게 할 수 있다니.

"어째야 좋을지 모르는 상태가 계속되던 때에 모험가 길드와 자경단에 어느 서류가 도착했습니다. 그걸 보고 놀랐습니다. 문제의 귀족이 왕가의 혈연자까지 끌어들인 범죄조직의 간부였습니다."

왕가를 끌어들인 조직이란 건 아이비가 협력해서 잡은 그거로군.

"고작 몇 장의 서류, 하지만 그것 덕분에 전임 단장의 설움을 풀 수 있었지요. 프리아도 전임 길드마스터의 명예를 회복했고."

타블로 단장은 쭈욱 술을 들이켰다. 그리고 시선을 내게 보내며,

"아이비 씨는 우리에게 구세주라는 것을 알지만. 왠지…… 알고 있을 텐데. 드루이드 씨의 이야기를 듣고 그걸 더 실감했다고 할까."

좀 이해하기 어렵지만, 결국은 아이비가 구세주란 걸 알고 있었지만 여러 문제가 있어서 일단 옆으로 제쳐두고 있었다. 하지만 그 문제가 어느 정도 해결되면서 혼란스러웠던 머리를 정리하고 제쳐두었던 정보가 대단하다는 것을 깨달았다. 응? 아니, 그게 아닌가. 아이비는 원래부터 대단한 아이. ……취한 건지 머리가 엉망진창이다. 아무튼 내게 긴장해봤자 헛일인데.

"저기, 미안하지만 나는 그 조직 괴멸과 전혀 관계없으니까요. 관계있는 건 아이비뿐이니까."

그 애의 공적에 긴장해도 곤란하다.

"아, 그렇습니까?"

"그렇습니까."

아니, 왜 긴장이 안 풀리는 거지. 그보다 잘도 마시는군. 그거 내 술인데? 타블로 단장이 가져온 술은 이미 다 비었고, 지금 마시는 술은 내 것이다. 아무래도 깨닫지 못한 모양이지만. 게다가 아까부터 이따금씩 혀가 꼬일 때가 있다.

"타블로 단장, 마지막으로 잔 게 언제입니까?"

안 좋은 예감이 든다.

"……최근 1주일 동안은 제대로 못 잤습니다."

"오늘 식사는 했고요?"

"……분명히 먹은 것 같군요."

"타블로 단장, 취했지요? 일단 손에 든 술을 내려놓을까요?"

수면부족에 아마 식사도 제대로 안 한 상태에서 센 술을 마시면, 아무리 술에 강한 사람이라도 취하겠지. 그는 전혀 얼굴에 드러나지 않으니까 알아차리는 게 늦었지만 상당히 취한 모양이다.

"후우, 괜찮습니다. 의식은 또렷하니까 취하지 않았습니다. 후훗."

아니, 혀가 꼬이기 시작했으니까. 그렇긴 해도 웃고 있는데도 긴장했다니 이상한 상태가 되었는데 괜찮은가? 나도 취했으니까 그렇게 보이는 것뿐일까?

"저기, 아이비 씨는……."

방금 전부터 아이비를 신경 쓰는군. 아이비와 접촉한 건 몇 번 뿐이지만, 무슨 일 있었나? 상업 길드의 길드마스터와 한패가 아닌가 하는 오해는 풀렸고.

"화나지 않았습니까?"

"네?"

아이비가 화내? 몇 번이나 화내는 모습을 본 적이 있지만, 그건 내가 무리한 것을 들켰을 때뿐이다. 그런 아이비가 타블로 단장에게 화를?

"아이비는 타블로 단장에게 화내지 않습니다. 물론 프리아 길드마스터에게도."

"정말로?"

아! 긴장한 이유를 알았다. 여태까지의 경험이나 저번의 프리아 길드마스터의 태도에 아이비가 화내며 마석을 돌려달라고 하지 않을까 불안해졌나. 아마도 이번에 아이비의 마석이 꽤나 활약하게 되었겠지. 안도한 순간, 여태까지 자신들의 대응을 제3자의 눈으로 판단하고 당황했나.

"아이비는 마석을 돌려달라고 할 아이가 아니지요. 마음 착한 아이라고 말했죠? 시간이 있을 때에 그녀와 느긋하게 이야기를 나눠보면 됩니다. 그러면 잘 이해할 수 있을 겁니다."

"네……. 다행이다."

쿵.

"음?"

소리가 들린 쪽으로 고개를 돌리자, 타블로 단장이 테이블에 머리를 부딪친 모습이었다. 그리고 숨소리가 들려왔다.

"픕, 아하하하."

갑작스러운 일에 웃음이 치솟았다. 분명 한계인 몸을 움직여서라도 아이비의 눈치를 살피고 싶었던 거겠지. 아이비가 그런 성격이었으면 마석을 제공할 리가 없을 텐데. 수면부족으로 판단능력이 떨어졌던 걸까? 그렇긴 해도 그 범죄조직은 이 마을에도 영향을 미치고 있었군. 우리 마을에서도 꽤 충격이었으니까.

똑똑.

"음? 누구지?"

기동시킨 매직아이템을 멈춘 뒤에 말하였다.

"실례, 이야기는…… 아니, 단장?"

도라가 상황을 보러 와준 걸까. 이걸로 단장 문제는 어떻게 되려나.

"피로가 꽤 쌓였던 모양이라서 잠들어버렸습니다."

"그런 모양이네."

"어디 재울만한 장소 있습니까?"

"2층에 예비 방이 있으니까 거기로."

"네."

일어서니 다리가 좀 휘청거린다. 역시 나도 취한 모양이다.

"괜찮나?"

"하하, 간만에 술을 마셔서 나도 취한 모양이군요. 아니, 이 술은 도수가 꽤 세지요?"

"오오~, 꽤 세지."

역시나. 오랜만에 마시는 술로는 안 좋았나. 맛있었지만.

"단장, 일어날 수 있겠습니까?"

"……."

"무리겠군. 옮길까."

"돕지요."

도라와 함께 타블로 단장을 2층의 예비 방으로 옮겼다.

"힘들다."

의식을 잃은, 체격 좋은 남자는 무겁군.

"수고하셨습니다."

여자 목소리에 고개를 들자, 사리파 씨가 물을 내주었다.

"고맙습니다."

차가운 물이 술로 뜨거워진 몸에 기분 좋군.

"후우~, 좀 살 것 같군요."

"후후후, 내일은 숙취 조심하세요."

"괜찮을 거라 생각합니다만."

도라와 사리파 씨에게 인사를 하고 방으로 돌아갔다. 문을 열고 방 안을 살펴보니, 시엘이 일어나서 이쪽을 물끄러미 바라보고 있었다.

"하하하, 미안. 자도 돼."

왠지 시엘의 눈이 좀 무서웠는데. 혹시 아이비를 지키고 있나? 하아~, 지쳤다. 아, 이제서야 머리가 빙글빙글 도는군.

"내일…… 아이, 비에게……."

268화 그 표정으로 충분

"뿟뿌뿌~."

응? 소라 소리?

"냐옹."

시엘이다. 어라? 혹시 늦잠 잤나? 다급히 눈을 떠서 주위를 보았다. 어어, 창문에서 들어오는 빛을 보면 늦잠 잔 건 아니야. 다행이다.

"소라, 시엘, 프렘. 안녕."

침대 위에서 일어나서 팔을 쭈욱 위로 뻗었다. 으으음~, 기분 좋아. 아, 어제는 드루이드 씨가 돌아오기 전에 잠들어버렸지. 돌아왔을까? 옆 침대를 보니…… 엎어져서 잠든 모습이 눈에 들어왔다.

"아하하, 과음했다는 느낌이네."

평소에는 제대로 신발을 벗고 드러누워서 자는 드루이드 씨가 신발도 신은 채로 엎어진 모습. 침대에 도달해서 그대로 꽈당 쓰러졌던 걸까?

"뿟뿌뿌~."

"냐옹."

소라와 시엘이 드루이드 씨의 침대로 뛰어올랐다.

"아직 주무시니까 조용히 해."

어쩌면 숙취일 가능성도 있고.

"떼류류~."

프렘이 침대 밑에서 드루이드 씨가 자는 침대를 올려다보고 있다. 침대에 올라가고 싶은가? 침대에서 나와 프렘에게 다가가려고 하는데, 그보다 먼저 시엘이 프렘에게 다가갔다. 그리고 시엘은 프렘을 자기 위에 올리고 뿅 하고 침대로 뛰어올랐다.

"우와~, 시엘 대단해!"

프렘도 재미있는지 시엘의 위에서 기뻐하고 있다.

"응?"

아, 이런. 잠든 드루이드 씨의 주위에서 너무 떠들었다. 다급히 세 마리에서 [쉬잇] 하고 신호를 보냈지만 아무래도 이미 일어난 모양이다.

"어? 아이비?"

엎어진 상태에서 일어나는 드루이드 씨는 잔뜩 눈썹을 찌푸렸다. 역시 숙취인가? 그러고 보면 숙취에 좋은 약초를 가지고 있을 텐데. 그건 차가운 물에 넣어서 마셔도 효과가 있다고 들었으니까 시험해볼가. 침대 옆을 떠나서 약초를 넣은 가방 안에서 문제의 약초를 꺼냈다. 물을 만들어내는 냄비를 좌우로 조금 흔들어서 냄비에 물을 채우고 컵에 따라서 약초를 띄웠다.

"이거면 될까?"

처음 해보는 거라서 약초 양을 모르겠다. 아무튼 물 한 잔에 한 스푼 정도 넣어보았는데, 분량도 들어두면 좋았을걸.

“드루이드 씨, 이거 드실 수 있겠어요?”

“아, 미안. 으음, 많네.”

어라? 너무 많이 넣었나? 컵 안에 든 것을 본 드루이드 씨의 얼굴이 굳었다.

“혹시 약초를 너무 넣었나요?”

“그래, 한 자밤 정도면 돼.”

그렇구나, 그러니까 색깔이 이렇게 이상해졌나. 컵 안을 보니, 투명했던 물은 약초 색깔에 물들어서 솔직히 으스스한 녹색을 띠고 있었다. 나라면 마시고 싶지 않다.

“다시 만들어올게요.”

“미안, 아무래도 그건 좀 무리야. 맛이 좀 엄청나거든.”

엄청난 맛이란 게 대체 어떤 건지 궁금하지만, 일단은 다시 만들자. 새 컵에 물과 한 자밤의 약초를 넣고 드루이드 씨에게 가져갔다.

“드루이드 씨, 드세요.”

“고마워.”

마시는 걸 확인한 뒤에 방금 전에 쓴 컵을 씻기 위해 방을 나서 조리장으로 향했다. 엄청난 맛이라니 어떤 맛인지 좀 확인해보고 싶네. 손가락으로 찍어서 한 번 핥아보았다.

"읍."

그러지 말걸 그랬다. 뭐라 표현할 수 없는 복잡한 쓴맛과 아린 맛과 떫은맛. 이건 한 자밤만 해도 꽤 힘들지도. 드루이드 씨는 이거보다는 나은 거라고 해도 용케 한 컵이나 마시네.

"아!"

응? 놀란 듯한 목소리가 뒤에서 들려왔기에 돌아보니, 타블로 단장이. 왜 그가 여기에 있는 걸까. 아니, 머리를 누르고 있는 걸 보면 숙취?

"숙취인가요?"

"하하하, 그런 모양입니다."

"숙취에 듣는 약초가 든 물, 드실래요?"

"어, 그래도 됩니까?"

"물론이에요. 잠깐만 기다려주세요. 지금 바로 만들어올게요."

"미안하네요. 고맙습니다."

다급히 방에 돌아가서 방금 전에 드루이드 씨에게 준 약초수를 다시 만들었다. 흘리지 않게 다소 서두르는 정도로 타블로 단장에게 돌아갔다.

"여기요."

"고마워요."

아, 아까 그 컵을 안 씻었네. 컵 하나 뿐이니까 금방 끝내고 타블로 단장에게 돌아갔다.

“다 드셨나요? 컵 주세요.”

“휴우~, 저기.”

“네?”

“드루이드 씨는 방에 있습니까?”

드루이드 씨? 혹시 어제는 같이 술을 마셨나?

“방에 있긴 한데, 불러올까요?”

“아, 아뇨, 어제 도중에 의식을 잃어서, 아마 꽤나 신세를 진 것 같아서요. 그래서 사과를.”

“알겠습니다. 불러올게요. 하지만 단장님, 과음은 안 돼요.”

“아, 네. 조심하지요.”

아무튼 드루이드 씨를 불러오자. 방에 돌아가자 얼굴을 씻은 건지 다소 개운해진 기색의 드루이드 씨는 소라와 아이들의 아침밥을 챙겨주고 있었다.

“드루이드 씨, 고마워. 2층 조리장 앞에서 타블로 단장이 찾고 있어.”

“아, 그러고 보면 어제 술을 마시는데 그가 찾아와서 이야기를 좀 나누면서 같이 마셨지.”

즐거운 표정을 하고 있으니 좋은 시간을 보냈던 걸까? 세 마리에게 말을 하고 둘이서 방을 나섰다. 슬슬 아침식사 시간이다.

“안녕하세요. 몸은 좀 나아졌습니까? 그보다, 기억은 남아있습니까?”

"아, 네. 기억은 있습니다. 고생시켜드린 모양이라 죄송합니다."

"마음 두지 않아도 됩니다. 피로가 많이 쌓였던 모양이니까 어쩔 수 없지요. 그렇지, 아이비에게 직접 말하면 어떨까요?"

나? 타블로 단장이 뭐라고 했길래? 어어, 으음? 혹시 마석 이야기일까. 그렇다면 프렘이 한 일이니까 나는 아무것도 못 하는데.

"죄송합니다. 그건 아직이에요. 하지만 부활한 게 나오거든 바로 로즈 씨에게 넘겨드릴게요."

""어?""

어라, 아냐? 작은 목소리로 [마석]이라고 말하자, 두 사람은 고개를 내저었다. 아니었나, 그럼 뭐지? 고개를 갸웃거리는데, 드루이드 씨가 기쁜 듯이 내 머리를 쓰다듬었다.

"보세요, 착하죠?"

"네."

아니, 둘이서만 납득하지 말아줬으면 하는데. 드루이드 씨와 타블로 단장의 얼굴을 교대로 보았다. 아무래도 꽤나 친해진 모양인지 표정들이 좋다. 뭐, 두 사람도 수면부족이라 눈밑이 시커멓긴 하지만. 아니, 타블로 단장의 그건 하루 이틀 만에 될 만한 게 아니겠어. 많이 바빴겠지.

"아이비 씨."

"네."

"고맙습니다."

대체 뭘까. 마석 문제뿐이라고 하기에는 다소 위화감이 있다. 하지만 마석 말고는 한 게 아무것도 없고. 물끄러미 타블로 단장을 보았다. ……표정이 좋아졌네. 응, 지금의 타블로 단장의 얼굴을 보고 있으면, 괜찮다고 생각된다.

"천만의 말씀입니다."

그럼 아무래도 좋나. 분명 뭔가에 도움이 되었겠지. 그 뭔가가 뭔지는 모르겠지만, 그거면 충분.

"뭔가 문제가 있거든 전력으로 도와드리겠습니다."

"고맙습니다. 하지만 무리하시면 안 돼요."

"무리?"

"타블로 단장님, 일단 잘 주무세요. 뭘 하든지 몸이 자본이에요!"

"음, 고맙습니다."

셋이서 함께 1층에 내려가자, 타블로 단장은 이대로 일하러 간다는 모양이다. 정말로 고생이 많구나. 그를 전송한 뒤에 식당에 들어가자, 도라 씨가 방금 전에 내가 만든 약초수 비슷한 것을 손님에게 돌리고 있었다.

"좋은 아침. 아무래도 숙취는 없었던 모양이네. 그 술은 아무래도 마시기 쉬우니까 허용량을 넘겨서 마시는 사람이 많지."

"아니, 아이비가 그걸 만들어줘서."

드루이드 씨가 도라 씨가 가져온 약초수를 가리키며 말했다.

"뭐야, 역시 숙취였던 건가."

"예, 그 술은 안 되겠어요. 그렇지, 타블로 단장은 그대로 일하러 갔으니까요."

"아침은 어쩔 거야?"

"사양하겠습니다. 차만 마실 수 있을까요?"

"알았어. 차라면 금방 준비하지."

"고맙습니다."

도라 씨에게 감사의 말을 하고 의자에 앉았다.

"후우~."

드루이드 씨가 의자에 앉더니 조금 지친 듯이 한숨을 내뱉었다.

"몸 생각해."

"미안. 오랜만이라서 주량을 잊었어."

드루이드 씨의 얼굴이 조금 한심해졌다. 딱히 그런 표정을 하라고 한 건 아닌데.

"……즐거웠어요?"

"그래, 술도 맛있었고."

"그럼 됐어요. 가끔은 숨도 돌려야죠."

내 말에 드루이드 씨의 표정이 풀어졌다.

"고마워."

269화 비?

"우와, 엄청 춥네. 괜찮아?"

"응."

숙소에서 나온 순간, 나온 것을 후회할 정도의 추위에 몸이 떨렸다. 타블로 단장은 서두를 거 없다고, 이제 괜찮다고 말했지만, 프렘이 애써서 마석을 부활시켰으니까 로즈 씨에게 전해주고 싶다. 아직도 더 많이 필요할 테니까.

"장갑이 있어서 다행이에요. 드루이드 씨도 사면 좋았을 텐데."

"나는 됐어. 무슨 일이 생겼을 때에 이 장갑이 아니면 검을 제대로 쥘 수 없으니까."

내가 준 검이지만, 조금 후회. 하지만 드루이드 씨가 애초부터 갖고 있던 무기도 검이니까, 내가 주지 않아도 똑같을까?

"그러고 보면 그 검은 괜찮은가요?"

소라와 프렘이 공동으로 만들어준 검. 한 번 내가 들어본 적이 있는데, 내가 아는 어떤 검보다도 가벼워서 놀랐다. 드루이드 씨가 여태까지 써온 검과는 많이 다르다고 했으니까, 익숙해지기까지 고생스럽지 않을까 하는 걱정이 좀 있다.

"이 검, 아주 좋아. 잠깐 휘둘러봤는데 팔에 부담이 적어. 게다가 손에 착 감기는 느낌이 있어서 쓰기도 편하고."

걱정했지만, 괜찮은 모양이다.

"그래. 다행이네."

사실을 말하자면, 외팔이인 드루이드 씨에게 주어도 될지 고민했다. 하지만 여태까지 검으로 일해 온 드루이드 씨에게 검은 없어선 안 되는 것이었으니까. 그러니까 마음대로 써달라면서 넘겼다.

"응? 왜 그래?"

드루이드 씨의 모습을 보았다. 허리에 차고 있는 검은 처음에 다소 위화감을 느꼈다. 하지만 지금은 아주 잘 어울린다. 다만 검 손잡이? 부분에 박힌 SS인지 SSS인지 하는 마석을 천으로 가린 게 아쉽다. 아주 예쁜 마석이니까.

"아뇨, 잘 어울린다 싶어서."

내 말에 기쁜 듯이 웃는 드루이드 씨. 역시 드루이드 씨에게 주길 잘했어.

"우와, 가게들이 죄다 닫았잖아."

대로에 나와보니 가게가 하나 같이 닫혀 있었다. 게다가 그 탓인지 사람이 없고, 대낮인데도 어둑어둑하다. 왠지 무섭다.

"드루이드 씨, 어서 가요."

그의 옷자락을 꼭 잡고 걸었다.

"가게가 닫혀 있고 사람이 없는 것만 해도 이렇게 분위기가 을씨년해지는군."

드루이드 씨의 말에 고개를 끄덕였다.

“오늘은 숲에도 가야 하니까 서두를까.”

“응.”

오늘 예정은 로즈 씨에게 마석을 준 뒤에 숲에 가는 것이다. 시엘의 식사를 위해서, 그리고 올겨울 마지막으로 포션을 확보하는 게 목적. 잠시 걷자 로즈 씨의 가게가 보였다. 역시 로즈 씨의 가게도 닫혀있지만, 개의치 않고 문을 두드리는 드루이드 씨. 저번에 왔을 때에 오늘 다시 오겠다고 정해두었으니까 문제없다.

“많이 추웠지? 얼른 들어와.”

안에서 목소리가 들려왔기에 문을 열고 안에 들어갔다.

“타블로한테 들었어. 술 취해서 고생 시켰다면서? 게다가 아이비에게도.”

나? 어어, 고생한 기억은 전혀 없는데.

“저는 아닌데요.”

다급히 부정해보지만, 왠지 드루이드 씨가 머리를 쓰다듬어 주었다.

“여전하네. 뭐, 그게 아이비겠지.”

“그렇지요.”

왠지 두 사람이 흐뭇하니 미소 짓는 느낌이다. 부끄러워서 얼굴이 뜨겁다. 이거 분명히 새빨개졌을 거야!

“마석입니다. 받으세요.”

그걸 얼버무리려고 가방에서 다급히 프렘이 부활시킨 마석을 꺼냈다.

"고마워. 정말로 무리한 거 아니지?"

로즈 씨는 받아든 마석의 양을 보고 드루이드 씨와 내게 확인하였다. 거기에 고개를 끄덕이고 괜찮다고 말했다. 프렘의 체력이 붙어서 그런지 마석을 부활시키는 양이 늘어났다. 그것도 급격하게. 다만 마음에 남은 것은 프렘의 몸에 있는 얼룩. 아무래도 커졌다. 드루이드 씨에게 물어보자, 그도 걱정하는 눈치다. 하지만 소라와 시엘에게 물어봐도 딱히 반응이 없었으니까 괜찮겠지만. 모르는 일이 일어나는 것은 무섭다. 얼른 그 얼룩이 뭔지 알면 좋겠는데.

"저기, 로즈 씨. 사용한 마석은 아직 더 있나요?"

프렘이 부활시키는 마석의 양이 많아짐에 따라, 받아왔던 마석은 점점 줄어들었다. 슬슬 보급이 필요해졌다.

"어, 그렇게 많이 줬는데……. 아니, 여태까지 받은 양을 생각하면 바닥나려나. 아직 있기야 있지만, 프렘을 휴식시키지 않아도 되겠어?"

몇 번이나 프렘에게 말했지만, 솔직히 재미있는 듯이 부활시켰기에 뭐라고 더 하기도 어렵다. 게다가 그 애들은 머리가 아주 좋으니 무리는 하지 않겠지.

"휴식이 필요하면 프렘이 스스로 할 겁니다. 그 애들은 아이비가 슬퍼할 짓을 절대로 하지 않으니까요. 그러니까 무리는 안 할 겁니다."

드루이드 씨의 말에 로즈 씨가 끄덕였다.

"잠깐만 기다려 봐."

로즈 씨가 가게 진열대 아래에 있는 나무상자를 꺼냈다. 뚜껑을 열자 사용한 마석이 대량으로 들어있었다.

"엄청 많네요."

"하하하, 버리러 가기 귀찮아서 말이야. 어느 틈에 이렇게 되었네."

그렇긴 해도 많다. 마석을 하나 손에 들어보니, 뚜껑을 덮어놨는데도 먼지가 좀 앉아있었다. 꽤 오랫동안 방치되었던 모양이다. 프렘에게 줄 때는 먼지를 닦아서 줘야지. 그 마석을 가방에 넣고, 숲에 갈 일이 있다고 말한 뒤에 가게를 나섰다.

최대한 저녁까지는 숙소로 돌아가고 싶다. 숲을 향해 마을을 걷고 있자, 가랑비가 내리기 시작했다. 다급히 지붕이 있는 곳까지 뛰어갔다.

"어쩌지?"

"계속 내릴 것 같거든 내일로 할까?"

"응."

"……이상하네."

드루이드 씨가 하늘을 보면서 고개를 갸웃거렸다. 나도 하늘을 보았지만, 뭐가 이상한지 모르겠다.

"드루이드 씨? 왜 그래?"

"오늘은 엄청 춥지?"

"응, 어제보다 추운데?"

"그런데 왜 눈이 아니라 비지?"

응? 그러네. 이 정도로 추우면 눈이 와야 할 텐데. 그런데 비네?

"오늘은 습도도 높지 않아. 이런 추위라면 틀림없이 눈이 올 텐데."

습도에 대해서는 잘 모르겠지만, 뭔가가 이상한가?

"아, 그쳤다."

드루이드 씨의 목소리에 하늘을 보니, 방금 전보다는 좀 밝아졌다.

"괜찮을 것 같지?"

"그래, 날씨가 변하기 전에 가자."

문지기에게 숲에 간다고 말하자, 꽤나 놀랐다. 걱정하길래 일단 가는 방향을 말하고 숲속으로 들어갔다. 주위에 사람이 없는 것을 확인한 뒤에 가방을 열었다.

"뿟뿌뿌~."

"냐옹."

두 마리가 기세 좋게 가방에서 튀어나왔다. 요즘은 두 마리를 방해하지 않게 살짝 몸을 뒤로 젖히고 가방을 연다. 그러면 기세 좋게 튀어나올 수 있다. 그때 주의할 것이 위. 나뭇가지가 많거나 하면 그대로 부딪친다. 딱 한 번 소라가 나뭇가지에 부딪친 진동으로 위에 있던 동물이 내 위로 떨어진 적이 있었다. 그건 무서웠다.

"프렘?"

가방 안에서 수면 중. 쓰레기장에 간 뒤에 다시금 말해보자.

"냐웅."

아단다라 모습으로 돌아와서 몸을 쭉 늘이고 있는 시엘. 역시 슬라임 모습이면 답답한 걸까.

"시엘, 조심해. 마물밖에 없을 테니까 무리는 하지 말고."

"냐웅."

괜찮을 거라 생각하지만, 사냥 가는 시엘을 보내는 이 순간이 제일 불안하다. 오늘도 무사히 돌아오기를. 사냥을 위해 숲속을 달려가는 시엘을 지켜본 뒤에 쓰레기장으로 향했다. 그렇긴 해도 여기서 꽤 가까운 곳에 있다. 그러니 시엘이 돌아오면 금방 알 수 있다.

"자, 포션과 검, 그리고 사용한 마석을 주울까요."

그렇긴 해도 사용한 마석과 보통 돌은 구별이 안 가네. 잿빛 돌은 어디든지 굴러다니니까. 뭐, 열심히 해보자.

"프렘, 쓰레기장에 왔어. 일어날 수 있겠어?"

"떼류~~~."

졸린 모양이다. 하지만 일어나고 싶은 모양이라서 프렘을 가방에서 꺼냈다. 발치에 내려놓자, 데굴데굴 굴러서 소라에게로 다가갔다.

"소라, 프렘, 다치지 않게 조심해."

"뿟뿌뿌~."

"떼류류~."

기운찬 두 마리의 소리. 프렘도 제대로 눈을 떴는지, 씩씩하게 대답해주었다. 이거면 문제없겠네.

270화 또 있었다

"다해서 71개고, 넘길 수 없는 마석이 다섯 개로군."

반짝반짝 눈부신 마석이 오늘은 다섯 개나 나왔다. 어떤 식으로 부활될지는 고를 수 없다고 프렘이 말했으니까, 이건 어쩔 수 없는 거겠지만. 그 옆에 있는 빛나는 포션을 보았다. ……매직박스가 어느 틈에 두 개가 될 것 같아서 무서워. 아직 여유는 있지만.

그렇긴 해도 프렘이 한 번에 부활시키는 마석의 양이 늘었다. 부활시킬 때마다 프렘의 체력도 늘어나는 모양이고. 엄청 신기하다. 전에 드루이드 씨와 이야기했지만, 보통 슬라임에게 그런 현상은 없다는 모양이다. 레어 슬라임만의 특징일까, 프렘만의 특징일까. 소라도 그렇지만, 프렘도 알 수 없는 점이 엄청 많네.

"좋아, 돌아가는 길에 로즈 씨의 가게에 들러서 이것들을 줄까?"

그렇게 말하며 레벨 3 이하의 마석이 든 주머니를 들어올렸다.

"그래. 아침에도 줬는데 또 가져가면 놀라겠지."

"맞아."

가방에 죄다 쑤셔 넣고 쓰레기장을 나섰다. 주위 기척을 찾아보았지만, 아직 시엘의 사냥은 끝나지 않은 모양이다.

"아, 맞다, 드루이드 씨. 눈이 와서 꼼짝 못 하게 되면 시엘의 사냥은 어쩌지?"

배곯고 있는 건 가엽다. 그렇긴 해도 시엘이 만족할 만한 양의 고기를 확보하기란 어렵다.

"음? 마을 구석으로 이동해서 시엘이 벽을 넘게 할 수밖에 없겠지."

벽을 넘어? 아니, 어라라?

"같이 밖에 나갈 수 없는 건 그렇지만, 어쩔 수 없어."

"마을을 지키는 벽에는 무슨 마법이 부여되어있다고 들은 적 있는데."

마을이나 도시를 지키는 벽에는 마법이 발동하도록 되어 있다고 들은 적이 있다. 그러니까 누구에게도 들키지 않고 드나들 수 없다고. 하지만 지금 드루이드 씨의 말을 들어보면 벽을 넘을 수 있다는 소리일까?

"분명히 벽 위 1미터 정도는 방어 마법이나 공격 마법이 있지만, 그 위로는 괜찮아."

그 위? 그렇게 위에서 시엘이 드나들 수 있을까? 왠지 모르게 될 것도 같지만, 아무튼 돌아오거든 시엘에게 확인만이라도 해보자.

"아, 돌아왔다."

숲속의 큰 나무들을 피하면서 달려오는 시엘의 모습이 보인다. 달리는 모습은 언제 봐도 멋져.

""어서 와.""

"냐옹."

시엘의 전신을 가볍게 훑어보았지만 다친 곳은 없다. 다행이다.

"냐옹."

"왜 그래?"

다가온 시엘의 머리를 가볍게 쓰다듬었다. 그렇게 쓰다듬고 있으니, 가르릉 하고 목을 울리는 소리가 들렸다. 기뻐져서 조금 더 힘을 넣었더니, 가르릉 소리가 더 커졌다. 혹시 좀 세게 쓰다듬는 걸 좋아하나?

"냐아."

쓰다듬고 있자, 슬쩍 머리를 빼는 시엘. 의아하게 생각하며 지켜보자, 곧 입에서 마석을 토해냈다. 놀라서 그 모습을 보는데, 드루이드 씨가 그 마석을 줍고 천천히 살펴보았다.

"왜 그래요?"

"이 마석, 색깔이 두 종류야. 이거 봐."

드루이드 씨의 손 안을 들여다보았다. 분명히 녹색과 황색으로 이루어진 마석이다.

"귀한 거로군."

"전 두 색깔의 마석은 처음 봤어요."

이런 마석이 있구나.

"냐옹."

여태까지 시엘이 사냥에 갔어도 마석을 가져온 적은 없었다. 동굴이라도 갔던 걸까?

"시엘, 동굴에 갔었어?"

내 말에 고개를 내젓는 시엘. 동굴이 아니라 다른 곳에서 입수한 마석인 모양이다.

"이 마석, 어디에 있었을까?"

"동굴이 아니라면 마물의 안에서 꺼내온 것 아닐까?"

아빠의 말에 고개를 끄덕이는 시엘. 즉 마물 안에서 꺼내온 것인 모양이다.

"마물이 마석을 가지고 있는 경우도 있구나."

"마석을 가진 힘을 이용하기 위해 마석을 먹는 마물이 있어. 마물에 따라서는 그대로 마석을 이요하는 경우도 있지."

그렇구나. 아직도 내가 모르는 게 많네.

"고마워, 보여줘서 기뻤어."

아마도 신기한 걸 주워서 보여준 거라고 생각했다. 여러 각도에서 마석을 구경하고 만족한 뒤에 시엘에게 돌려주려고 했는데 고개를 내젓는 시엘.

"어? 안 받아가?"

"냐웅."

시엘을 보니, 어딘가 불안한 표정으로 나를 보고 있다. 왜 그런 표정을 하는 거지? 내 행동을 조금 돌아보았다. 뭔가 슬프게 하는 요소가 떠오르지 않는다. 어어…… 혹시 마석을 돌려주려고 했으니까?

"이 마석, 받아도 돼?"

"냐웅."

시엘의 표정이 갑자기 밝아졌다. 그런가, 이 신기한 마석은 선물이었구나.

"고마워, 시엘."

웃으며 그렇게 말하자, 시엘의 꼬리가 파닥거리며 바람을 일으켰다. 여전히 시엘의 꼬리는 대단하네.

"시엘, 좀 진정해. 그리고 슬슬 마을로 돌아가야지."

내 말을 듣자 바로 슬라임으로 변하는 시엘.

"고마워."

돌아가는 길에, 눈이 내려서 밖으로 나갈 수 없게 되었을 때에는 마을의 벽을 넘어서 사냥을 갈 수 있을지 확인했다. 딱히 문제없이 가능한 모양인지 순순히 대답이 돌아왔다. 다행이긴 하지만, 며칠 동안 고민했던 나는 대체 뭐였을까.

문에 가까워지기 전에 모두를 가방에 넣었다. 뚜껑이 잘 닫힌 것을 확인하고 문지기에게 인사를 하고 마을에 들어갔다.

로즈 씨의 가게로 가는 도중에 모험가들이 뭔가를 보면서 기뻐하는 모습이 눈에 들어왔다. 목소리가 커서 이야기 내용이 좀 들렸는데, 아무래도 여동생에게 자식이 생겼다는 연락인 모양이다. 기뻐하는 그들을 보고 있으니 이쪽까지 기뻐진다.

"아!"

흐뭇한 기분으로 있는데, 옆에서 초조한 목소리가 들렸다. 그쪽을 보니 드루이드 씨가 창백한 얼굴을 하며 당황한 기색이었다.

"왜 그래요?"

"연락을 잊어버렸어."

연락? 무슨 소리지?

"마을에 도착하거든 연락을 넣어달라고 부모님이 그랬거든."

"……저기, 도착한 지 이미 몇 주나……."

"…………."

"얼른 연락하죠."

"그래."

어라? 하지만 연락을 어떻게 하는 거지? 편지려나?

"이 시간이면 길드는 아직 괜찮겠지."

"도착하는 건 몇 주 뒤인가요?"

"어?"

내 말에 드루이드 씨가 조금 놀란 표정을 보였다. 아무래도 잘못 말한 모양이다.

"편지 보내는 거 아냐?"

"아, 편지라고 생각했나. 분명히 편지긴 하지만, 길드끼리는 [팩스]라는 게 있어서 조금 시간은 걸리지만 그날 중에 도착하는 매직아이템이 있어.

팩스? 왠지 머릿속에 상자형 물건에 숫자 버튼이 있는 게 떠올랐는데. 이게 팩스? 하지만 이건 전생의 내 기억이지? 전생의 내 세계에도 팩스가 있다는 소리? 왠지 재미있네. 이름도 똑같은 모양이라 위화감도 없고.

"아이비, 길드에 들러도 될까?"

"물론."

돌아가는 길에 있는 모험가 길드에서 무사하다는 내용이나 최근의 일을 적어서 고토스 씨에게 도착하게 하였다.

"어라? 가족한테가 아니라?"

"으음~, 고토스한테 전해달라고 하지."

아무래도 가족에게 직접 팩스를 보내드는 것은 부끄러운 모양이다. 웃었더니 가볍게 내 머리를 쥐어박았다. 드루이드 씨를 보니 귀가 빨개진 모습이라서 웃어버렸다.

"으으~, 의뢰하고 올게."

삐진 모양이다. 돌아올 때까지 마음을 정리해두자. 그렇긴 해도 [쌀], [폰즈], [팩스]. 전생의 내 세계와 비슷한 이름이 계속 나오네. 왠지 좀 무서워.

271화 옛날에도 있었다

드루이드 씨가 팩스를 의뢰하는 동안, 길드 안을 돌아다니면서 정보를 모았다. 은근슬쩍 모험가들에게 다가가서 필요한 정보가 있는지 귀를 쫑긋 세우는 방법. 마을 안에서도 이 방법으로 정보를 모으는데, 길드는 모험가가 모이는 장소라서 긴장된다. 처음에는 못된 짓을 하는 느낌이 들었다. 하지만 여행을 하려면 필요한 일이기에 지금은 익숙해졌다. 드루이드 씨가 함께 있는 지금은 모험가에게 말을 붙여서 정보를 모으면 되지만, 왠지 모르게 예전부터 쓰던 방법을 쓰게 된다.

다섯 명의 모험가가 이야기하는 근처에서 한 차례 발을 멈추었다. 물론 들키지 않도록 주위 분위기를 살피면서.

"어이, 이 비 이상하지 않냐?"

"그래, 이미 눈이 내려야 할 상태인데."

"뭔가 기분이 안 좋아."

"그래."

드루이드 씨가 아까 말했던 것과 같다. 역시 뭔가 이상한가. 내가 살던 마을에서는 한겨울에 1주일 정도 눈이 쌓이는 정도니까 몰랐다.

"그러고 보면 우리 할머니가 예전에도 이런 일이 있었다고 그랬지."

"그게 진짜야?"

"그래, 피해가 꽤 나왔다면서 올해도 비슷한 거 아니냐고 걱정하셨어."

"우리 할아버지도 그런 소리 하셨어. 대체 뭐지?"

예전에도 비슷한 일이 있었나. 이건 이 마을에 사는 사람에게 확인을 받는 편이 좋을지도 모르겠다. 이쪽으로 다가오는 드루이드 씨의 기척에 모험가들 근처를 떠났다.

"미안, 시간이 걸렸어."

"괜찮아. 드루이드 씨에게 좀 의논하고 싶은 게 있는데."

"의논?"

"응. 밖에서 이야기해도 돼?"

"그래."

훔쳐들었다는 걸 들키면 화내는 사람이 있으니까 조심할 필요가 있다. 조금 더 자라기 전에 정보 수집법을 바꿔야 하겠지. 모험가에게 말을 붙이는 건 긴장되는데~. 길드 밖으로 나와보니 방금 전보다 두꺼운 구름이 하늘을 뒤덮고 있었다. 혹시 또 비가 올지도 모르겠네.

"젊은 모험가들이, 이 비가 이상하다고 그랬어. 눈이 내려야 정상이라면서."

"그런가."

"그리고 이전에도 비슷한 일이 있었다나 봐."

"뭐?"

드루이드 씨의 놀란 표정에 고개를 끄덕이며 대답했다.

"그 사람들의 할아버지 할머니가 과거에 경험했다나 봐. 그때 피해가 많이 나왔는지 올해도 걱정하고 있다고 그랬어."

내 말에 뭔가 생각에 잠기는 드루이드 씨. 아마도 누구한테 정보를 확인할지 생각하는 거겠지.

"역시 로즈 씨겠군. 나이를 봐도 그녀가 제일 잘 알 것 같아. 사리파 씨와 도라 씨는 나와 비슷한 나잇대니까."

"이제부터 갈 거니까 물어볼까?"

"그래."

마석 외에도 목적이 생겼으니까 조금 서둘러서 로즈 씨의 가게로 향했다. 아직 가게에 있을까? 가게에 도착하자 드루이드 씨가 가볍게 문을 두드렸다.

"죄송합니다, 드루이드입니다."

"……."

잠시 기다렸지만 대답이 없다. 아무도 없나?

"어라? 드루이드 씨와 아이비잖아."

뒤에서 목소리가 들리기에 돌아보니, 데로스 씨가 꾸러미를 안고 서 있었다.

"죄송합니다, 로즈 씨 계십니까?"

"로즈라면 집에 있을 텐데. 잠깐만 기다려."

데로스 씨가 열쇠로 문을 열고 안에 들여보내주었다. 감사를 표하고 가게로 들어갔다.

"로즈! 없나?"

"……뭐야. 오자마자 그렇게 소리나 치고. 응? 무슨 일이지?"

로즈 씨가 귀찮은 기색으로 가게에 얼굴을 내밀었지만, 우리 얼굴을 보고 왠지 걱정하는 표정을 하였다.

"죄송합니다, 부활한 마석을 가져온 것도 있고 과거 이야기를 좀 듣고 싶어서 왔습니다."

드루이드 씨의 이야기에 안도한 표정을 한 뒤에 고개를 갸웃거렸다.

"마석? 아침에 받았는데?"

"그건 그렇지만, 프렘이 쓰레기장에서 잔뜩 부활시켰기에 가져왔어요."

내 말에 놀란 표정을 한 로즈 씨는 바로 프렘을 걱정해주었다.

"괜찮아요. 마석을 부활시키는 편이 더 기운이 나는 모양이라."

"그래? 참 신기한 노릇이네."

분명히 그렇긴 하지만, 웃으며 얼버무렸다. 설명할 수 없는 일이니까 어쩔 수 없어.

"그래서 과거 이야기란 건 어떤 거지?"

"로즈, 일단 따뜻한 차라도 대접하는 게 좋지 않겠어?"

데로스 씨의 목소리가 정신을 차린 로즈 씨는 바로 의자를 권해주었다.

"죄송합니다."

"괜찮아, 로즈는 이야기를 들어주도록 해. 차는 내가 준비할 테니까."

"이거 미안하네, 고마워."

데로스 씨가 차 준비를 하러 가고, 로즈 씨가 우리 맞은편의 의자에 앉았다.

"로즈 씨는 올겨울 상태를 어떻게 느끼고 있습니까?"

"상태? 아, 눈이 안 오는 것 말인가?"

"네."

로즈 씨가 크게 한숨을 한 차례 내쉬더니 [이상하지]라고 말했다.

"얼마나 옛날 일인지는 모르겠지만, 비슷한 겨울이 있었다고 들었습니다. 아십니까?"

"음? 비슷한 겨울?"

로즈 씨는 모르겠다는 듯이 고개를 갸웃거렸다. 정보가 잘못된 걸까?

"아! 그래, 드루이드 씨 말이 맞아. 분명히 이 상태, 비슷하네."

다행이다, 잘보는 잘못되지 않은 모양이다. 로즈 씨는 뭘 떠올린 건지 살짝 얼굴을 찌푸렸다.

"분명히 비슷해. 아니, 완전히 똑같아. 50년 전과."

딱 그 때에 데로스 씨가 차를 가지고 돌아왔다. 받은 차를 한 모금 마시자, 몸 안에서부터 훈훈하니 따뜻해졌다.

"데로스도 기억하고 있지?"

"음? 50년 전?"

데로스 씨는 갑작스러운 이야기에 조금 놀랐지만, 뭔가 떠오른 것처럼 깊이 끄덕였다.

"그러고 보니 그렇군. 이렇게 이상한 겨울에 스노의 발견. 그리고 비."

비만이 아니라 스노의 발견도 50년 전과 비슷한가.

"50년 전에 무슨 일이 있었습니까?"

"무슨 일이랄 건 없어. 그저 이상한 추위 속에서 비가 계속 내렸지."

데로스 씨의 표정이 슬픔으로 일그러졌다.

“그때는 이번처럼 준비도 하지 못했으니까, 마을에 사는 이 중 절반 이상이 얼어죽었어.”

절반 이상이! 그건.

“그랬습니까. 이 마을의 추위는 어떤 느낌인가요?”

“다른 마을에서 겨울을 보낸 적이 있지만, 별다를 건 없어. 추워지고 한 달 정도 눈이 오고 봄이 온다, 이런 느낌이야. 50년 전의 그때만이 이상했어.”

50년 전만 이상하고, 올해도 이상. 그보다 전에는 이상한 겨울이 없었나?

“그 50년 전 말인데, 그때 가족이나 주위 사람들은 과거에 비슷한 일이 있었다는 말씀 없었나요?”

“글쎄? 데로스는 어때?”

“그렇군. 나는 그때 아직 여섯 살이었으니까.”

“그래, 나는 열한 살이었으니까 데로스보다 기억하는 게 많을 텐데, 그런 이야기는 못 들어봤어.”

그렇다면 거듭되는 이상은 아닌가.

“비가 올 것 같네.”

넷이서 창밖을 보았다. 아까보다 어두워진 마을.

“내리기 전에 돌아갈까.”

“응, 로즈 씨, 데로스 씨, 고마웠습니다.”

"이쪽이야말로 마석 고마워."

로즈 씨의 가게를 나서자, 방금 전보다 바람이 차가운 느낌이 들어서 몸을 부르르 떨었다.

"얼른 가자. 너무 추워."

"응."

드루이드 씨가 내 손을 잡고 뛰어갔다. 조금 끌려가는 느낌으로 숙소까지 돌아오자, 도라 씨 부부가 걱정하고 있었다. 두 길드에서 오늘 밤에는 외출하지 말라는 발표가 있었다나 보다. 늦지 않아서 다행이다.

272화 숲속으로

"멎지를 않네."

비가 오기 시작한 지 사흘. 그동안 계속 내리는 비를 창가에 놓인 소파에서 바라보았다. 추위도 심해서, 자세히는 듣지 못했지만 사망자도 나왔다는 모양이다. 창밖을 보며 다시금 한숨을 내쉬었다.

"뿌~?"

밖을 보고 있으니, 갑자기 다리에 무게가 느껴졌다. 시선을 돌려보니 소라가 내 다리 위에서 가만히 바라보고 있었다.

"미안해. 아무것도 아냐."

"뿟뿌~."

몸을 위아래로 늘리면서 바라보는 소라. 걱정해주는 모양이다.

"알고 있어. 어쩔 수 없다는 건."

사망자가 나왔다고 들은 것이 얼마 전. 사인은 동사였다고 한다. 어쩔 수 없는 일이라고 머리로는 이해한다. 하지만 마음이 조금 아파왔다.

"할 수 있는 일은 했잖아?"

"뿟뿌뿌~."

"냐웅."

"떼류류~."

소라에 이은 모두의 목소리에 조금 놀랐다. 옆에 와있는 것도 모를 정도로 정신을 놓고 있었나 보다.

"다들 고마워."

그래, 내가 할 수 있는 일은 했다. 그러니까 어쩔 수 없는 일이다. 찰칵 하고 문을 여는 소리가 들리고 마실 것을 든 드루이드 씨가 들어왔다.

"괜찮아? 자, 이걸 마시면 좀 나을 거야."

드루이드 씨에게 고맙다고 말하고 마실 것을 받았다. 아무래도 그에게도 내 마음이 들킨 모양이다. 한심하네. 한 모금 마시자 입

안에 시원한 단맛과 온기가 퍼졌다.

"맛있어."

"그거 다행이네."

걱정 끼쳤구나. 좋아, 이제 괜찮아. 작게 고개를 끄덕이자 내 머리를 쓰다듬는 손길. 모두의 마음이 따스하다.

"도라 이야기로는 내일 정도면 일단 그칠 거라고 그랬어."

"그래. 다행이다."

"눈이 안 오면 사냥을 못 하는데."

"사냥?"

"저번에 말했잖아. 겨울에만 나타나는 마물이 있으니까 사냥을 하자고."

"아!"

그래. 분명히 그렇게 말했다. 하지만 눈이 필요한가?

"그 마물은 눈이 안 내리면 나타나지 않으니까, 아무리 추워도 비로는 안 돼."

그렇구나. 아쉽네. 하지만 겨울은 이제 막 시작되었을 뿐이고. 설마 계속 비만 내리진 않겠지? 하지만 뭔가 원인이 있을 경우에는 그걸 어떻게 하지 않는 한 계속 비인가.

"멎었음 좋겠어."

"그래."

"개었다~."

숙소에서 나와 하늘을 올려다보았다. 오랜만에 보는 태양의 모습에 마음이 놓였다. 다만 추위는 역시나 거세지만.

"태양을 이런 마음으로 보는 날이 올 줄이야."

옆에서 드루이드 씨가 감개 깊게 중얼거렸다. 분명히 며칠 동안의 비와 추위가 아니었으면 이렇게 태양을 고대하지 않았겠지.

"자, 갈까."

"응."

오늘은 며칠 동안 프렘이 부활시킨 마석을 로즈 씨에게 가져다주기로 했다. 그리고 그 뒤에는 숲에 갈 예정이다. 왜냐 하면 시엘이 어제 낮에 좀 이상해졌기 때문이다. 왜인지 몸을 부르르 떨더니, 창밖을 거듭 보고 또 부르르 몸을 떤다. 시간으로는 한 시간 정도, 몇 번이나 같은 행동을 거듭하였다. 방 안에서도 원래 모습으로 돌아갈 수 있지만, 마력이 밖으로 새어나갈 가능성이 있기 때문에 그럴 수도 없었다. 하루가 지났지만, 숲에 가서 원래 모습으로 되돌아오고 문제없는지 확인하기로 했다. 걱정스럽게 시엘에게 다친 데나 아픈 데 없냐고 물었지만, 그런 건 문제없는 모양이다. 드루이드 씨는 소라와 프렘이 별 반응 없는 걸 보면, 심각한 문제가 아닐 가능성이 크다고 말하였다. 그래도 무슨 일이 있었던 것은 틀림없으니 불안이 가시지 않는다.

로즈 씨의 가게는 오늘 열려 있었고, 손님의 모습도 드문드문.

인사를 하고 마석을 건넸다.

“고마워. 차 좀 마실래?”

“아뇨, 오늘은 갈 곳이 있으니 이만 가볼게요. 또 올게요.”

“무리는 하지 말고.”

“고맙습니다.”

오늘은 마석을 건넨 뒤 바로 가게를 나섰다. 조금 서두는 것으로 보였는지 로즈 씨와 데로스 씨가 놀랐다. 원인을 알거든 제대로 설명해야지.

문지기에게 인사를 하고 숲의 상황을 물어보았다. 딱히 위험한 마물의 모습은 보이지 않는다는 모양이다. 다행이다.

“날씨가 안 좋아질 것 같거든 바로 돌아와주세요.”

“네. 다녀올게요.”

“갔다 오겠습니다.”

“다녀오세요.”

인사를 하고 숲속으로 들어갔다. 모험가도 날씨가 괜찮을 동안에 숲에 간다는 모양이니까 주의가 필요하다.

“꽤 깊숙하게 들어왔군.”

드루이드 씨의 말에 발을 멈추었다. 주위를 둘러보며 기척을 찾았다. 꽤 먼 곳에 모험가인 듯한 사람의 기척이 있을 뿐이지, 문제없을 것 같다. 로즈 씨가 가진 것과 비슷한 스킬을 가진 사람이 없기를 빌며 가방에서 모두를 꺼냈다.

"뿃뿌뿌~."

소라가 기운차게 뛰쳐나와서 주위를 뛰어다녔다. 이어서 시엘이 튀어나와서 바로 원래 모습으로 되돌아가더니 몸을 쭉 펴는 등의 운동을 시작했다. 원래 모습으로 돌아온 시엘을 보았지만, 딱히 문제는 없다. 씩씩하게 시엘과 뛰어다니고 있다. 계속 방 안에만 있으면서 갑갑할 때가 많았으니 그런 탓이었을까? 마지막에 뿅 하고 가방에서 튀어나오는 프렘.

"잘했어."

체력이 붙었는지 가방에서 자력으로 튀어나올 수 있게 되었다. 다만 몸에 있는 얼룩에 자꾸만 눈이 간다. 드루이드 씨에게 재어 달라고 했는데, 서서히 커지고 있었다.

"냐옹."

시엘의 소리에 시선을 돌려보니, 가만히 숲속을 바라보고 있었다. 어느 틈에 소라와 프렘도 뭔가 보고 있다. 그리고 세 마리가 힐끔 나를 보았다.

"드루이드 씨, 괜찮을까요?"

"응? 뭐가?"

"저쪽에 뭔가 있나 봐요."

"하하하, 나도 익숙해졌네."

"어, 뭐라고?"

옆에서 뭐라고 말하는데, 목소리가 작아서 들리지 않았다. 드루

이드 씨는 고개를 내젓더니,

"아니, 아무것도 아냐. 갈까."

"고마워. 다들 가자!"

왠지 오랜만에 두근거리네. 역시 숲속이면 모험을 하고 싶어진다. 선두에 소라, 이어서 드루이드 씨와 나와 시엘. 프렘은 드루이드 씨의 품 안이다.

잠시 동안 걸어가자, 스노 꽃의 군생지가 나타났다. 엄청 많은 숫자의 꽃이 흔들리고 있다. 그 풍경에 조금 감동하게 된다. 불길한 꽃이지만, 아주 예쁘다.

"스노가 무리지어 피다니, 그런 이야기도 못 들어봤는데."

드루이드 씨는 당혹스러운 기색이다. 분명히 스노의 발견이 많으면 피해가 커진다고 하기 때문이지.

"뿟뿌뿌~."

꽃에 너무 정신이 팔렸을까, 소라와 조금 거리가 벌어졌다. 다급히 뒤를 쫓아가자 바위산에 도착.

"여기는 마석이 나던 장소인가?"

드루이드 씨가 가리키는 방향을 보니, 바위산에 무너진 부분이 있었다. 다가가보니 꽤나 크게 무너져 있고 이 안에 뭐가 있는지 보이지 않았다.

"뿟뿌뿌~."

"냐옹."

소라와 시엘의 소리가 들린 방향으로 시선을 주니, 바위에 커다란 구멍.

"저기, 들어갈 수 있는 모양이네요."

"그런가 봐. 그럼 무너져서 못 들어가게 되었다는 동굴은 여기가 아닌가?"

바위굴 안을 살피던 드루이드 씨가 고개를 갸웃거렸다.

"이 구멍, 생긴 지 얼마 안 되었나 본데?"

우와, 그런 것까지 알 수 있구나. 나도 보고 싶지만, 어디를 봐야 좋을지도 알 수 없었다. 아이들의 뒤를 따라서 동굴 안쪽으로 들어갔다.

"역시 도라 부부가 말했던 동굴 아닌가?"

드루이드 씨가 벽을 가리키면서 말하기에 그쪽을 보니, 마석이 묻혀있는 모습이 보였다. 게다가 그 마석은 한두 개가 아니었다.

"마석이 난다는 동굴이 여기란 소린가요?"

"동굴 상태를 보면, 어쩌면 최근 며칠 사이에 그 구멍이 뚫렸을 가능성도 있어."

그렇구나.

"어라? 저 애들이……."

소라가 같은 장소에서 뿅뿅 뛰고 있어서 의아하게 생각하며 다가가보니, 서펀트 씨의 아이들인 검은 구체가 몇 개 있었다.

"여기도 서펀트 씨의 둥지일까요?"

"마을이랑 너무 가까우니까 그건 아니겠지. 여기라면 목격 정보가 더 있었을 거야."

그런가. 분명히 마을에서 걸어서 한 시간 정도니까 너무 가깝겠네.

"안녕하세요, 저번에 만난 적 있는데 기억하나요?"

"그 때의 아이들이야?"

드루이드 씨의 의문에 고개를 갸웃거렸다. 글쎄?

"그건 잘 모르겠지만, 왠지 모르게."

드루이드 씨는 웃었지만, 아무리 그래도 검은 구체를 구분하는 건 불가능하다. 색깔도 눈 위치도 그 색깔도 똑같으니까.

273화 동굴 안쪽

"아이비, 안쪽으로 더 이어지는 것 같아."

드루이드 씨의 시선을 따라가 보니, 분명히 동굴은 안쪽으로 더 이어져있다. 게다가 희미하게 불빛이 보인다.

"사람이 있나?"

드루이드 씨의 말에 다급히 기척을 찾아보았지만, 인기척은 없었다. 하지만 이건 아는 기척이다. 누구였더라…….

"아, 이거 서펀트 씨의 기척이다."

"서펀트? 가볼까."

"뿟뿌뿌~."

"냐옹."

내가 대답하기 전에 소라와 시엘이 기쁜 듯이 안으로 들어갔다. 그래서 다급히 드루이드 씨와 함께 뒤를 쫓았다.

"소라, 시엘, 천천히 가."

동굴이라서 걷기 힘들어서, 서두른다고 해도 그렇게 빠르게 갈 수 없다. 게다가 품안에는 프렘이 있다. 넘어지기라도 하면 프렘까지 다칠지도 모른다. 두근두근한 마음으로 안으로 들어가니 갑자기 품안에서 프렘의 무게가 사라졌다.

"어?"

"위험하니까 내가 들게. 프렘도 괜찮지?"

오른쪽을 보니 프렘을 안아든 드루이드 씨.

"떼류류~."

아무래도 내가 생각했던 것 이상으로 위험천만하게 보였나 보다.

"고마워."

그렇게 말하니 머리를 쓰다듬는 손길. 두 마리를 쫓아서 안쪽으로 들어가자 방금 전의 장소보다 넓은 공간으로 나왔다.

"우와."

눈앞에는 드러누운 서펀트 씨. 의식이 없는 건지 꿈짝도 하지 않는다. 죽은 걸까? 불안해져서 다가가려고 하자,

"뿌~."

"소라?"

"왜 그래?"

소라가 큰 소리를 내며 나와 드루이드 씨 주위를 교대로 뛰어다녔다. 이건 이 이상 가면 위험하다는 소라의 경고다. 혼자서 여행을 할 때에는 여기에 몇 번이나 도움을 받았다.

"다가가면 위험하다는 소리지?"

"뭐?"

"뿟뿌뿌~."

정답이었는지 소라가 기쁜 기색으로 뿅뿅 뛰어올랐다.

"고마워, 소라. 드루이드 씨, 다가가면 위험한가 봐요."

"대단하네. 소라, 고마워."

"뿟뿌뿌~."

드루이드 씨가 웅크려 앉아서 소라의 머리를 쓰다듬자, 기쁜 듯이 부르르 몸을 흔들었다.

"하지만 왜 이런 곳에 있지? 혹시 그 구멍을 뚫은 건 이 서펀트인가?"

드루이드 씨가 일어서더니 어느 정도 거리를 벌린 상태로 서펀

트 씨를 확인하였다. 몸을 만지면 체온을 잴 수 있겠지만, 그럴 수 없는 이상 말을 거는 정도밖에 할 수 없다.

"서펀트 씨! 서펀트 씨!"

내 목소리가 동굴 안에 울려 퍼졌다. 하지만 역시 움직이지 않는다. 죽어버린 걸까?

"아이비, 머리 아래쪽! 움직이고 있어."

드루이드 씨가 가리킨 방향을 보니, 분명히 위아래로 오르내리고 있다.

"살아있나?"

"그래, 안정된 호흡이니까 괜찮겠지."

"다행이다."

"하지만 왜 눈을 뜨지 않지?"

분명히 이렇게 가까이서 말을 걸고 있는데 눈을 뜰 기색이 없다. 서펀트 씨에게 무슨 일이 일어난 걸까.

"응?"

드루이드 씨가 지금 우리가 왔던 길을 뒤돌아보았다.

"이런, 비가 내리기 시작한 걸지도 모르겠군."

"뭐?"

다급히 동굴 입구까지 가보니 투두둑 하고 비가 내리는 소리가 들렸다. 게다가 소리가 큰 걸 보니 빗방울이 꽤 굵은 모양이다. 휘잉~ 하고 불어오는 바람은 방금 전과 비교도 안 될 만큼 차갑다.

"이거 추워지겠군. 안으로 들어가자."

"응."

서펀트 씨가 있는 장소는 동굴 안이니까 추위는 막을 수 있겠지. 비가 계속 내리지 않으면 괜찮을 거야. 비가 계속 내리거든 무리를 해서라도 마을에 돌아갈 필요가 있다. 그 차가운 비를 맞는다고 생각하니, 몸이 부르르 떨렸다.

"조급해지는 마음은 이해하지만, 차라도 마시면서 휴식을 할까."

"응, 그래."

아무튼 마음을 진정시키자. 안정된 장소를 찾아서 컵을 꺼냈다. 냄비로 만들어낸 물을 붉은 마석을 이용하여 끓였다. 내 마력량은 너무 적어서 마석을 발동시킬 수 없기에, 드루이드 씨에게 부탁해야만 한다는 게 아쉬운 노릇이다. 언젠가 마력량을 늘릴 수 없을까? 뜨거운 물에 찻잎을 넣고 잠시 놔둔 뒤 거름망으로 찻잎을 걸러내면 완성.

"드루이드 씨, 여기요."

"고마워."

"왜 그래요?"

차를 끓이는 동안 드루이드 씨가 서펀트 씨의 몸 전체를 확인하고 있었다.

"이렇다 할 이상은 없었어. 다친 것도 아닌 모양이고."

다친 데는 없나, 그건 다행이다. 다만 눈을 뜨지 않는 게 불안하다. 왠지 안 좋은 예감도 들고.

"서펀트 씨의 상태를 보면 어떤 가능성이 있어?"

"그래, 다친 게 아니라 병. 혹은 누군가가 재웠을 가능성도 생각할 수 있을까."

누가 재웠다? 그건 왠지 무섭네. 불안하게 느껴지는 마음을 차를 마시면서 천천히 가라앉혔다.

"응? 병일 가능성은 아니지 않나요?"

"그렇지. 병이었으면 소라가 접근을 막은 이유를 알 수 없어. 어쩌면 만지면 병이 옮는다고 말하고 싶은 걸지도 모르지만, 프렘이 있으니까. 프렘의 포션으로 안 낫는 병이 있다고 생각할 수 없고."

그렇다면 누군가의 힘으로 잠들었을 가능성이 크다는 소리가 되나? 서펀트 씨 정도의 마력을 가진 마물을 재우는 힘을 가진 모험가? 하지만 아무도 접근하지 못하게 한 의미를 모르겠다. 아니면 그렇게 한 인간은 접근할 수 있나?

"드루이드 씨, 서펀트 씨를 재운 사람만 접근할 수 있는 마법이 있을까요?"

"응? 아, 그렇군. 분명히 있기는 한데, 그건 마법진이 필요한 마법일 거야."

마법진? 서펀트 씨의 주위를 보았지만, 지면에 마법진 같은 건 보이지 않는다. 몸이 크니까 서펀트 시의 아래에 있을 가능성도 있을까?

“서펀트 씨 때문에 마법진이 안 보일 수도 있을까?”

“아니, 그건 아냐. 마법진은 마법을 걸 대상보다 클 필요가 있으니까.”

그런가. 그럼 가려진 것도 아니겠네. 다시금 서펀트 씨의 주위를 잘 살펴보지만 마법진 같은 것은 보이지 않았다.

“원인을 모르겠네요.”

“그래, 누군가에게 물어보고 싶은데…….”

서펀트 씨는 아마 이 마을의 수호신이다. 하지만 혹시 잘못해서 사냥당할 가능성이 있다. 수호신이라면 그건 그거대로 큰일이지만.

“어떻게 한다?”

드루이드 씨도 난처한 표정으로 생각에 잠겼다.

“뿟뿌뿌~.”

소라의 울음소리가 난 방향을 보니, 검은 구체와 노는 소라와 프렘. 사이가 좋네. 어라? 시엘이 없는 것을 깨닫고 동굴 안을 둘러보았다. 그러자 서펀트 씨의 얼굴 앞에 있었다.

“……시엘?”

“어라?”

드루이드 씨도 그걸 알았는지 시엘을 가만히 바라보았다.

“너무 가깝지 않나요?”

"그래."

시엘이 서펀트 씨의 코를 코로 건드리는 게 보였다. 다음 순간 뭔가 불길한 마력이 지면에서 솟구쳤다.

"시엘!"

마력이 솟구친 순간, 시엘은 휙 하고 뒤로 뛰었다. 아슬아슬하게 그 불길한 마력에 휩쓸리지 않을 수 있었던 모양이다.

"다행이다."

하지만 뭐지? 이 마력, 건드리지도 않았는데 피부가 찌릿찌릿하니 아파와.

274화 가까워졌다

서펀트 씨를 뒤덮듯이 불길한 마력이 솟구치는 가운데, 거대한 몸이 꿈틀 움직이는 게 보였다. 혹시 눈을 뜬 걸까?

"서펀트 씨!"

"왜 그래?"

"지금 움직인 것 같아서."

잘 보려고 조금 다가가자, 잿빛의 뭔가가 서펀트 씨를 감싸서 그 모습을 숨겼다.

"지금 뭐지? 마력?"

마력에는 색깔이 없을 텐데, 이게 나타났을 때부터 피부를 찌르는 마력이 한층 더하는 것을 느꼈다. 아무튼 조금이라도 서펀트 씨의 모습이 보이는 장소가 없을지 이동했다. 전체를 살펴보니 조금 잿빛이 연한 장소가 보였다. 그 장소까지 가서 내부를 보려고 눈을 부릅떴다. 그러자 서펀트 씨의 눈이 희미하게 벌어져 있는 것을 깨달았다.

"드루이드 씨, 눈을 뜨고 있어."

"정말로? 하지만 이 으스스한 건 대체 뭐지? 마력 같기도 한데, 색깔이 있다는 소리는 들어본 적 없어."

드루이드 씨도 이 잿빛의 뭔가를 마력으로 느끼는 모양이다. 피부를 찌르는 듯이 불쾌한 마력. 서펀트 씨에게서 솟구치는 것으로도 보이는데, 서펀트 씨의 마력은 아니다. 그의 마력은 따뜻해서, 이렇게 차갑고 기분 나쁜 마력이 아니었다.

"끄아아~."

갑자기 아픔을 참는 듯한 울부짖음이 근처에서 들렸다. 순간 드루이드 씨에게 무슨 일이 있었나 싶어서 그를 보았지만, 그도 나를 보고 있었다. 아니라고 판단한 순간, 서펀트 씨를 보았다. 잿빛의 뭔가 때문에 잘 안 보이지만, 몸이 살짝 떠올라서 좌우로 흔들면서 괴로워하는 것을 알 수 있었다.

"어쩌지."

불안감이 마구 밀려든다. 뭘 하면 될지 전혀 모르겠다.

"냐아~."

들어본 적 없는 시엘의 소리가 동굴에 울렸다. 다음 순간 시엘의 마력이 동굴 안을 채우는 게 느껴졌다. 너무나도 진한 마력에 머리가 어질어질해서 주저앉았지만, 간신히 시선을 시엘에게 보냈다. 거기에는 서펀트 씨를 향해 털을 곤두세우며 분노를 드러낸 시엘이 있었다.

잠시 뒤에 잿빛의 뭔가가 연이어 사라졌다. 그와 동시에 피부를 찌르는 불쾌한 마력도 사라졌다. 역시 잿빛의 뭔가는 마력이었던 걸까? 그게 다 사라지자, 서펀트 씨가 털썩 하고 지면에 쓰러져서 전혀 움직이지 않게 되었다. 서펀트 씨에게 다가가고 싶지만, 다리에 힘이 안 들어간다.

"휴우~, 엄청난 마력이었어. 아이비, 괜찮아?"

"그게 말이죠, 못 서겠어요."

"강대한 마력에 몸이 거부 반응을 일으켰겠지. 나도 다리가 후들거려. 위험하니까 그대로 앉아서 좀 진정되기를 기다려."

"응."

드루이드 씨가 천천히 서펀트 씨에게 다가갔다. 이번에는 소라도 제지하지 않았다.

"죽은 거 아닌가요?"

조금 목소리가 말라붙었다. 드루이드 씨는 손을 조심스럽게 서펀트 씨에게 대더니, 눈을 감았다. 잠시 뒤에 나를 향해 미소를 보였다.

“괜찮아, 약해진 모양이지만 숨은 붙어있어.”

전신에서 힘이 빠졌다. 시선을 지면으로 향하자 뭔가가 눈에 들어왔다.

“드루이드 씨, 발밑! 그거 마법진이야!”

“뭐?”

드루이드 씨의 시선이 아래를 향했다. 마법진을 확인하더니, 자기도 마법진 위에 올라갔음을 깨달았다.

“꽤나 거대한 마법진이군. 그 기분 나쁜 마력을 만들어낸 건 이건가?”

“냐웅.”

시엘이 드루이드 씨의 목소리에 답하듯이 울었다. 혹시 알고 있었나?

“시엘, 여기에 서펀트 씨가 붙잡혀있던 걸 알고 있었어?”

“니이.”

그건 몰랐나.

“저 기분 나쁜 마력을 느꼈어?”

“냐웅.”

“대단해, 시엘. 이런 숲속의 마력을 알아차리다니.”

그런가. 그 기분 나쁜 마력을 느꼈으니까, 이상한 행동을 취했나. 원인을 알아서 다행이다.

“아이비.”

“뭐 있나요?”

오, 다리가 움직인다. 슬슬 일어서도 괜찮겠어.

“이건 보고할 필요가 있겠어.”

“아.”

그렇다. 이런 마법진을 쓴 인간을 방치할 수는 없지. 누가 관여했는지는 불명이지만. 게다가 그 기분 나쁜 마력도 마음에 걸리고.

“어쩌죠?”

“으음~, 타블로 단장에게 부탁할까?”

그게 제일이겠지. 자경단의 단장이고.

“안 그래도 고생 많은 게 일을 떠안기게 되네요.”

“뭐, 어쩔 수 없지. 단장이니까.”

분명히 이 마을의 문제니까 보고는 필요하지만, 바쁘게 일하는 사람에게 부탁하기는 마음이 무겁네. 달리 떠오르는 건 프리아 길드마스터지만, 그쪽은 잘 모르고 그도 바쁘겠고. 역시 타블로 단장에게 이야기하게 되네.

“떼류류~.”

프렘? 그러고 보면 어디에 있지? 소리가 들린 쪽을 찾아보니, 서펀트 씨의 아이, 검은 구체들에게 둘러싸여 있었다. 천천히 일어서서 다리에 힘이 제대로 들어가는지 확인했다. 좋아, 괜찮아. 아직 조금 후들거리지만, 조심해서 걸으면 문제없이 걸을 수 있을 정도로 부활하였다.

"괜찮아? 무리는 하지 마."

"아마 괜찮아. 그렇긴 해도 시엘의 마력, 대단했네요."

"그래, 역시나 아단다라라고 해야 하나."

평소의 시엘에게서는 상상도 할 수 없을 정도로 진하고 깨끗한 마력이었지. 천천히, 신중히 발을 옮겨서 프렘에게 다가갔다.

"프렘, 왜 그래?"

검은 구체들이 나를 깨닫고 프렘에게까지 길을 열어주었다.

"고마워."

퐁!

응? 퐁이라니? 소리가 들린 방향을 보았다. 프렘의 눈앞에 연파랑색에 은색이 섞은 투명하고 조금 큰 마석이 굴러다니는 게 보였다. 아, 마석을 만들 때의 소리인가. 아니, 마석을 만들고 있었어? 조금 신기하게 생각하면서 마석을 주우려고 하자, 검은 구체 중 한 마리가 재주도 좋게 마석을 들고 이동했다. 그걸 눈으로 쫓고 있자, 아무래도 서펀트 씨 쪽으로 가져가는 모양이다. 드루이드 씨도 마석을 가진 검은 구체를 알아차리고 멍하니 바라보았다. 막는 게 좋을지, 지켜보는 게 좋을지 잘 몰라서 그냥 보고만 있자, 그 마석을 가진 검은 구체는 서펀트 씨의 입 안에 그 마석을 던져 넣었다.

"'……'"

어어, 드루이드 씨와 시선을 나누면서 둘이서 고개만 갸웃거렸다. 이거 어떻게 반응하는 게 좋을지 솔직히 모르겠다.

"그 마석은?"

"프렘이 만든 마석이에요."

"그런가."

"응, 연파랑색에 은색이 섞인 예쁜 마석이었어요."

"연파랑색에 은색?"

드루이드 씨의 분위기를 보면 프렘은 또 꽤나 레어한 마석을 만들어낸 거겠구나.

"그 마석."

드루이드 씨가 뭔가 말하려고 했을 때, 서펀트 씨가 연파랑색과 은색의 아름다운 빛에 휩싸였다. 방금 전처럼 그 빛에서 마력을 느끼지만, 아까랑은 달리 그 마력에서는 온기가 느껴졌다. 그 마력이 조용히 사라지는 것을 그저 지켜보았다.

"어어, 지금 그건?"

드루이드 씨의 곤혹스러운 목소리가 들렸지만, 어떻게 대답하면 좋을지 모르겠다. 아무튼…… 어떻게 한다? 둘이서 그렇게 당황한 상태로 있자, 쓰러져있던 서펀트 씨의 몸이 일어섰다.

"오오."

"서펀트 씨, 괜찮아?"

말을 걸자, 서펀트 씨의 마력이 가볍게 퍼지는 게 느껴졌다. 그리고 그 마력이 조용히 사라졌다. 무슨 일이 있었는지 몰라서 고개를 갸웃거리며 서펀트 씨를 보았다. 그러자 눈앞에 서펀트 씨의 얼굴이.

"우와, 깜짝 놀랐네."

가만히 시선을 마주치자, 혀가 뻗어 와서 날름 뺨을 핥았다. 가까워진 건 기쁘지만…… 뺨이 침으로 끈적끈적해요. 이건 막는 게 좋을까?

275화 평소의 겨울?

간신히 서펀트 씨가 진정할 무렵에는 뭐라고 할까, 세 번은 젖은 천으로 얼굴 전체를 닦아야만 하는 상태가 되었다. 그리고 머리에 묻은 침은 닦기 힘드네. 커다란 서펀트 씨의 혀는 큽니다.

"서펀트 씨, 이 마법진이 뭔가 알아?"

내 말에 서펀트 씨가 지면을 가만히 바라보았다. 그리고 내 쪽을 보며 몸을 살짝 들어올 린 뒤에 고개만 옆으로 기울였다.

"크릇."

어어, [모른다]고 하는 걸까?

"모른다고 하는 거야?"

끄덕이는 서펀트 씨. 내 말이 맞는 모양이다.

그렇긴 해도 크네. 몸을 조금 들어올린 것만으로도 나보다 높은 위치에 머리가 있다.

"시엘이랑에 익숙하긴 하지만, 역시 아이비네. 아무런 위화감도 없이 대화를 시작했으니까."

드루이드 씨가 뭐라고 작게 말하는 소리가 들렸기에 시선을 보냈지만, 고개만 내젓기에 신경 쓰지 않아도 되는 일인 모양이다.

"몸은 정말 괜찮아? 그보다 프렘이 만든 마석은 어떻게 된 거야?"

아, 이런. 연달아서 질문했다.

"크르르."

서펀트 씨는 소리 내더니 얼굴을 내 눈높이까지 내려서 혀를 내밀었다. 또 핥는 건가 싶었는데, 이번에는 그게 아니었는지 혀 위에 잿빛 돌이 올라와있었다. 돌을 혀 위에서 받아서 잘 살펴보았다. 최근에 자주 본 돌과 비슷하다.

"이거 혹시 마석?"

"크르르."

한 번 고개를 끄덕인 뒤에 소리 내는 서펀트 씨를 보고 정답이란 걸 알았다. 그 예쁘던 마석은 마력을 다 쓴 모양이다. 아쉽네. 게다가 이 돌, 왜인지 둘로 쪼개져 있었다.

“왜 그래?”

드루이드 씨가 옆으로 다가와서 내 손을 들여다보았다.

“마석이 쪼개졌어.”

“그래, 어떤 마석인지는 불명이니까 뭐라고 할 수 없지만, 마력을 끌어내느라 부담이 너무 컸나 보군.”

“부담?”

“그래, 마석의 힘을 억지로 발동시키거나 급격하게 끌어내면 마석이 그 힘을 이겨내지 못하고 깨지는 경우가 있어.”

“그럴 수도 있구나. 몰랐어.”

“크르.”

“냐웅.”

“뿟뿌뿌~.”

“떼류? 떼류류~.”

드루이드 씨와 함께 둘로 쪼개진 마석을 보고 있으니, 즐거운 목소리가 들렸다. 그쪽으로 시선을 주니, 서펀트 씨와 아이들이 검은 구체들까지 함께 해서 즐겁게 놀고 있었다.

“꽤나 재미있나 보네.”

“응.”

어라? 그러고 보면 빗소리가 안 들린다.

"드루이드 씨, 빗소리가 안 들린 거 같아."

"음? 그러고 보니 그렇군. 그쳤나? 그럼 이틀에 마을로 돌아가고 싶은데."

소라와 아이들에게 말하여서 동굴 입구로 향했다.

"아직도 조금 휘청거리네."

드루이드 씨가 내 등을 받치듯이 손을 대주었다. 분명히 걸을 수는 있지만, 아직 방금 전의 영향인지 다리가 휘청거린다.

"어쩔 수 없어요. 하지만 조금씩 회복될 테니까."

"테니까란 말은 좀 그런데. 괜찮아?"

"이런 일을 겪어본 적은 없으니까."

그 정도의 마력을 쐰 경험은 없다. 숲속에서 책에 실린 상위 마물과 조우했을 때도 그렇게 강한 마력은 느끼지 않았다.

"경험한 적 없으니까 얼마나 지나야 원래대로 돌아갈지 모르고."

걸으면서 깨달은 건데, 두 다리에 마비? 같은 것이 느껴진다. 다만 걷는데에 지장이 있는 건 아니라고 괜찮다고 생각하지만. 으음~, 강한 마력은 영향력이 세구나.

"드루이드 씨는 괜찮아?"

"응? 아, 분명히 마력에 거부반응을 일으켰지만 어떻게든 될 것 같아."

"그런가."

이건 경험의 차이일까? 아니면 내 마력이 너무 약한 탓일까? 분명히 드루이드 씨는 마력이 높다고 들은 적이 있다.

"아, 눈이다."

드루이드 씨의 말에 더없을 정도로 신중히 아래를 보며 걷던 시선이 앞을 향했다.

"와, 진짜다! 눈이네요. 아, 추위도 좀 진정되었나?"

다행이다, 무슨 일이 있었는지는 모르지만, 눈이 내리고 있다. 이러면 평소와 같은 겨울이 되나? 아니면 그냥 잠깐 이러는 걸까. 아직 불안요소는 있지만, 아무튼 지금은 눈으로 변한 것을 기뻐하자.

"그 마법진이 무슨 관계 있을까?"

드루이드 씨의 말에 등에 한기가 지나갔다. ……그럴 수 있겠다. 그리고 어쩌면 나는 또 문제의 한가운데에 있는 걸까. 아니, 깨닫는 게 너무 늦어.

"왜 그래?"

"아니, 나는 이렇게 자꾸 휘말리는 체질인 걸까 하고."

"어……. 아, 그렇군, 그래."

원치는 않지만, 드루이드 씨는 완전히 납득하였다.

"뿌뿌뿌~."

어라? 소라 소리? 뒤를 돌아보니, 커다란 그림자가.

"꺄악!"

털썩.

"……서펀트 씨, 소리도 없이 뒤에 서지 마."

너무 놀라서 크게 비명을 질러버렸다. 창피해.

"크르르르?"

거대한 그림자는 모두를 등에 태운 서펀트 씨였다. 기척도 소리도 없이 뒤에 있으니까 드루이드 씨도 크게 놀랐다. 순간적으로 검에 손을 댔을 정도. 다행이다, 뽑지 않아서.

"휴우~, 아이비, 일단 마을로 돌아가서 보고하고 오자. 추위도 좀 잦아들었고, 또 언제 그 추위와 비가 돌아올지 모르니까."

"응. 서펀트 씨, 여기에 모험가들이 올지도 모르니까 조심해."

"크르?"

고개를 갸웃거리는 걸 보면 이해 못했나?

"모험가들이 아까 그 마법진을 보러 올 테니까, 모습을 보이고 싶지 않으면 숨어 있는 게 좋아."

"크르르."

이 울음소리는 [알았다] 쪽이니까, 이해해준 모양이다. 그렇긴 해도 서펀트 씨는 머리가 좋네.

"여기서 모험가들을 기다려?"

"크르."

아까랑은 울음소리가 좀 달라. [아니]인가. 그러면 돌아왔을 때에는 없나. 또 만날 수 있을가?

"또 만날 수 있어?"

"크르르."

다행이다.

"시엘, 슬라임으로 변해줄래?"

내 말에 바로 슬라임이 되는 시엘. 응, 여전히 빠른 변화네. 모두를 가방에 넣고 눈에 젖지 않도록 조심히 뚜껑을 덮었다.

"서펀트 씨, 조심해."

"크르르."

"서펀트, 누가 노리는 게 틀림없으니까 조심해라."

"크르르."

손을 흔들며 동굴 밖으로 나왔다. 추위가 좀 나아졌다고 해도 춥다. 서둘러 마을로 향한다.

"아이비, 다리는 괜찮아?"

"어. 아, 괜찮아요!"

나도 모르는 사이에 저리던 감각도 없어졌다. 다행이다. 낫지 않나 싶어서 불안했거든. 정말로 다행이야.

번외편 누가 막아줘

The Weakest Tamer
Began a Journey to
Pick Up Trash.

“아이비, 이 스커트는 어때?”

드루이드 씨가 들고 있는, 프릴이 잔뜩 들어간 스커트에 얼굴이 굳었다. 아무리 생각해도 입을 기회가 없는 옷이다.

“그건 무리예요. 저기, 슬슬…….”

“그럼 이쪽은 어떤가요? 예쁘지요?”

분명히 예쁘다. 하지만 여행을 하는 내게는 안 어울리고, 아마 그 옷은 엄청 비쌀 거다. 자수가 여태까지의 옷과는 달리 엄청 화려하다.

“저기, 더 가볍게 입을 수 있는 옷을…….”

왜 이렇게 되었지? 눈앞에 쌓여있는 옷들의 산에 조금 의식이 멀리 날아갔다.

“아이비, 이건 마음에 안 들어?”

“예? 어떤 점이 마음에 안 드셨나요?”

그게 아니라! 왜 내 옷을 드루이드 씨와 바르카 씨가 좋아라고 고르고 있지? 본인을 완전히 방치하고.

분명히 드루이드 씨가 ‘아이비에게 어울릴 만한 옷을 골라도 될까?’ 라고 물었다. 그러니까 ‘고마워.’ 라고 말했다. 그러면 일반적으로 생각해서 고른다고 해서 세 벌 정도잖아? 그런데 바르카 씨와 경쟁하듯이 계속해서 눈앞에 옷을 쌓았고. 황급히 막아도 전혀 내 말을 안 들어주고! 부탁이니까 누가 이 두 사람을 좀 막아줘.

“점장님, 의뢰서입니다.”

아, 가게 종업원인가? 저 사람이라면 막아줄지도.

"의뢰서라고요? 나중에 확인할 테니까 책상에 두고가 주세요. 그런데 이거 어떻게 생각해요?"

종업원이 가져온 서류를 힐끗 본 바르카 씨는 바로 흥미를 잃었다. 의뢰라는 소리는 일 부탁일 텐데.

"그녀에게는 이쪽의 연한 색조가 어울리겠네요. 자수도 예쁘고요."

종업원이 나를 보고 블라우스 두 개를 골랐다. 분명히 색깔도 예쁘고 원포인트로 들어간 자수도 귀엽다. 역시나 이런 가게에서 일하는 만큼 옷도 잘 고르네.

"분명히 예쁘네요."

"또 이것도 어울릴 것 같네요."

종업원이 가져온 옷을 보고 바르카 씨는 옷깃부분만 다른 디자인의 옷을 들고 왔다.

"그거라면 이쪽이 귀엽지 않나요?"

"분명히 귀여움으로는 그쪽이려나."

아냐. 종업원도 참가해달라는 게 아니라 두 사람을 막아달라고요. 옷깃 디자인으로 떠들어대는 두 사람의 모습에 살짝 한숨이 나왔다.

"이야기꽃이 활짝 피었군."

갑자기 들려온 다른 목소리에 몸이 움찔 떨렸다. 황급히 그쪽으로 시선을 향하자, 대량의 옷을 든 남성과 시선이 마주쳤다.

"어어, 그러네요. 성함이?"

"이 가게에서 자수를 담당하는 미츄라고 합니다. 잘 부탁해요."

"아이비입니다. 저기, 막아주실 수는……."

내 말에 미츄 씨는 미안하다는 표정을 하였다.

"미안해. 저렇게 된 점장을 막는 건 무리야. 평소보다 심……즐거운 모습이니까."

지금 심하다고 말하려 하지 않았어? 미츄 씨를 응시하자 쓴웃음이 돌아왔다.

"포기해. 아니, 저 친구도 대단하네. 점장님과 맞서고 있어."

"아, 드루이드 씨 말인가요. 제 가족이에요."

내 말에 쓴웃음지은 미츄 씨가 내 어깨를 툭툭 두드렸다.

"힘내. 바프는 데리고 가지."

그렇게 말하더니 바프 씨를 데리고 안쪽으로 돌아갔다.

"아이비에게는 이 색깔이겠지."

"그것도 좋지만, 더 밝은 느낌으로 이쪽도."

아빠와 바르카 씨가 색깔만 다른 같은 옷을 두고 싸우고 있다. 색깔도 중요하지만, 두 사람이 들고 있는 옷은 못 입겠어. 리본은 예쁘지만, 내 취미는 아니라서.

"아, 좋네. 하지만 이쪽이 어울릴 것 같은데."

"분명히 어울리겠지요. 하지만 이 색깔이면 틀림없이 어울립니다.”

대체 뭘까, 점점 너무 귀여운 디자인으로 치우치는 느낌이 든다. 보는 건 좋지만, 절대로 고르진 않는다.

“드루이드 씨, 아무리 그래도 지금 들고 있는 건 내 취향이 아니니까 안 입어.”

““응?””

사이도 좋네. 호흡이 딱 맞아.

“그 옷은 취향 아니라고.”

드루이드 씨와 바르카 씨가 손에 들고 있는 옷을 보았다. 그리고 끄덕였다. 좋았어. 아무리 그래도 하늘거리는 옷은 사양하고 싶고.

“이거라면 어때?”

아, 예쁘다. 방금 전까지의 너무 귀여운 디자인이 아니라 심플한 가운데 살짝 귀여운 느낌이다. 게다가 색깔도 연한 색조라서 다른 옷과 맞추기 쉽겠어. 역시 고를 거면 돌려 입을 수 있는 색상이 좋겠지.

“이걸로 결정이군.”

드루이드 씨의 말에 바르카 씨가 끄덕였다. 그런 두 사람의 모습에 고개를 갸웃거렸다. 처음으로 의견이 맞은 모양인지, 드루이드 씨가 고른 옷이 다른 장소에 놓였다. 아무래도 지금 보여준 옷으로 결정된 모양이다.

"후후."

내 마음에 드는 거였으니까, 옷을 보면 마음이 들뜨고 웃음이 나온다.

"취향을 알았으니, 이제 고르기만 하면 되겠군요."

바르카 씨의 말에 놀랐다. 여태까지 잔뜩 골랐는데, 아직도 더 고른다고? 으음~, 여기서 방치했다간 분명히 시간이 잔뜩 더 걸리겠어.

"아, 구입 예산을 정한 뒤에 사야지."

내 말에 고개를 갸웃거리는 드루이드 씨와 바르카 씨. 정말로 사이가 좋네.

"딱히 돈에 신경 쓸 필요 없어."

드루이드 씨의 말에 고개를 내저었다.

"신경 써야죠! 그러니까 예산을 정한 뒤에 고르자고요."

안 그랬다간 시간이 아무리 지나도 끝이 안 날 것 같다.

"어쩔 수 없군. 아이비가 그렇게 말한다면. 하지만 조금 정도는 넘겨도 괜찮아."

처음부터 지킬 마음이 없잖아요!

"안 돼요. 정해진 금액 안으로 하세요!"

아, 이런 말은 좀……. 아니, 이 경우는 세게 말하고 싶으니까 괜찮나. 드루이드 씨를 보니 어깨를 으쓱였다. 불만인 모양이다. 하지만 양보 안 할 거니까.

"어쩔 수 없군."

이겼다! ……아닌가. 왜 옷 구입 금액으로 다퉈야 하지? 드루이드 씨는 이럴 때에 완고하다.

"아이비는 고집도 세네."

"드루이드 씨가 그렇겠죠!"

"아니, 일단 정하면 물러나지 않는 아이비 쪽이 완고해."

분명히 드루이드 씨 쪽이 완고하다고 생각하는데.

"부녀가 많이 닮았네요."

""……""

바르카 씨의 말에 누가 더 고집 센지 다투던 드루이드 씨와 시선만 주고받았다. 닮았나? ……조금 기쁠지도. 아니, 고집스런 면이 닮았다는 건 기쁘지 않고…….

"왜 그래? 얼굴 빨간데?"

"……기분 탓이에요."

닮았다는 말을 듣고 좋아했다. 창피하다.

"아이비, 옷값은 1인당 10기다르면 될까?"

1인당 10기다르? ……10기다르? 뭐? 1인당?

"안 돼요! 둘이서 2기다르 정도면 되잖아요. 외투가 둘이서 20기다르니까, 절약해야죠!"

드루이드 씨도 바르카 씨도 외투는 허투루 사면 안 된다고 가르쳐주었다. 목숨을 지키는 거니까 여기에 돈을 써야 한다고.

"아니, 아무리 그래도 2기다르는 너무 적지. 둘이서 10기다르."

"너무 많아요. 드루이드 씨는 그렇다고 해도, 저는 성장중이라서."

내년 겨울이면 오늘 구입한 옷을 입을 수 있을지 알 수 없다. 잘 먹게 된 이후로 조금씩 성장하고 있으니까. 그러니까 10기다르짜리는 너무 아깝다.

"그러고 보면 키도 컸지."

잠시 생각하던 드루이드 씨가 끄덕였다.

"그럼 둘이서 5기다르. 이 이상은 안 돼!"

드루이드 씨의 표정을 보았다. 이건 더 이상 물러나지 않겠네. 둘이서 5기다르인가.

"그럼 그걸로. 금방 고를게요 ——"

"좋아. 그렇게 정해졌으면 가격 안에서 아이비와 어울릴 것을 골라야지."

어라? 대체 뭐지? 안 좋은 예감이 든다. 금액을 정했으면 흥분도 가라앉을 줄 알았는데. 아, 바르카 씨까지…….

"하아, 포기하자. 아."

지금 바르카 씨가 들고 있는 바지 귀엽네. 주머니 부분의 자수가 아주 예쁘다.

"이걸로 결정이네요."

"그래."

바르카 씨의 말에 드루이드 씨가 끄덕였다. 어라? 그 바지도 결정이구나. 하지만 그 바지는 귀여우니까 좀 기쁘네. 아, 이번에는 비슷한 자수가 놓인 셔츠로 말싸움을 벌이고 있어.

"금방은 안 끝나겠네."

옷깃의 자수나 주머니의 자수 같은 건 별로 신경 안 쓰는데. 거기에 고집하는 걸 잘 이해 못 하겠다. 가만히 기다리기도 그러니까, 나도 좀 구경하고 올까.

"아, 이 옷은 드루이드 씨에게 어울리겠네."

옷깃에 자수가 놓인 폴로셔츠로 손을 뻗었다. 주머니에도 작은 자수가 있네. 멋지다. 하지만 이 색깔, 나쁘진 않지만 드루이드 씨에게는 조금 더 밝은 색이 어울릴 것 같은데. 같은 무늬에 더 밝은 색 없나?

"찾았다! 역시 밝은 색 쪽이 어울릴 거야. 응? 이쪽은 자수가 조금 다르네. 이쪽이 멋진가?"

어느 쪽이 어울릴까. 으음~, 힘찬 느낌인 쪽이 어울릴까? 어라? 이쪽은 자수에 쓴 실의 색깔이 달라. 옷은 조금 밝으니까 자수에 쓴 실도 밝은 쪽이 좋을까? 드루이드 씨를 떠올려떠올려보았다. 아니, 어두운 색의 자수가 전체적인 인상도 잘 잡힌다. 이 부드러운 녹색의 폴로셔츠에 갈색의 실로……. 아, 이쪽의 연파랑색 폴로셔츠도 어울리겠어. 어느 자수가 좋을까? 드루이드 씨에게 어울리는 건……. 나뭇잎보다도 이 방패 무늬 자수가 멋지겠네. 이쪽의 깃털 디자인도…….

"이쪽? 아니, 이쪽?"

으음, 어느 무늬의 자수가 드루이드 씨에게 좋을까. 힐끗 드루이드 씨를 보았다. 아직 내 옷을 고르느라 바르카 씨와 이야기나누고 있다. 그렇게 고민할 필요 없는데.

"끝나려면 한창 걸리겠어."

손에 든, 드루이드 씨에게 어울릴 폴로셔츠를 보았다. ……방패 자수가 역시 멋져. 깃털 무늬도 포기하긴 그렇지만…….

작가 후기

여러분, 오랜만입니다. 호노보노루500입니다. 여러분 덕분에 [최약 테이머는 폐지 줍는 여행을 시작했습니다. 5권]이 발매되었습니다. 구입해주신 모든 분, 감사합니다. 일러스트 담당인 나마님, 아이비의 조금 성장한 멋진 그림 감사합니다. 커버 일러스트에서 모두의 분위기가 좋습니다. 그리고 최약 테이머 4권 말입니다만, 중판이 결정되었습니다! 정말로 감사합니다. 4권의 중판 결정 연락은 이 후기를 쓰는 도중에 들어왔기에 놀랐습니다. 게다가 발매하고 한 달 정도만에 결정되었다니 매우 기뻤습니다.

5권은 아이비와 드루이드의 관계를 깊게 다지는 것을 중심으로 생각했습니다. 다만 4권에서 이미 좋은 관계가 구축되었으니 어떻게 해야 하나 고민했습니다. 목표는 처음 얻은 딸에 기뻐하는 아빠의 모습입니다. 하지만 친딸이 아니니까 조금 조심스럽기도 하고, 그래도 기쁨을 숨기지 못하는 모습을 목표로 했습니다만, 왠지 딸을 차려 입히려는 아빠가 되었습니다.

게다가 1권~4권이 생각보다 조금 무거운 이야기가 되었기에 이번에는 가볍게 하려고 했는데…… 왠지 더 무거워져서! 좀처럼 목표한 방향으로 이야기가 써지지 않는다고 절실히 느꼈습니다.

다만 어디서 등장시킬까 망설이던 마법진을 겨우 내놓을 수 있었기에 만족합니다.

그리고 또 한 가지, 계속 길드마스터와 단장의 고생을 쓰고 싶다고 생각했습니다. 그걸 5권에서 간신히 쓸 수 있었습니다. 그 바람에 이야기가 무거워졌습니다만……. 아니, 조금 더 가볍게 문제 삼을까 했는데, 설정을 생각하는 도중에 신이 나버려서. 어느 틈에 길드마스터와 단장의 선격이 당초보다 배배 꼬였습니다. 정말 무사히 해결까지 써낼 수 있어서 다행입니다.

TO북스의 여러분, 5권에서도 신세졌습니다. 담당자 k님, 항상 감사합니다. 여러분 덕분에 무사히 5권을 출판할 수 있었습니다. 진심으로 감사드립니다. 앞으로도 계속해서 잘 부탁드립니다.

마지막으로 이 책을 손에 들고 읽어주신 분께 진심에서 나온 감사를. 그리고 기쁜 보고가 있습니다. 6권도 발매됩니다! 코미컬라이즈와 함께 부디 잘 부탁드립니다. 또 [이세계에 떨어졌으면……정화는 기본!]의 라이트노벨에 코미컬라이즈도 잘 부탁드립니다.

2021년 5월 호노보노루500

최약 테이머는 폐지 줍는 여행을 시작했습니다. 5

초판 1쇄 인쇄 2025년 12월 10일
초판 1쇄 발행 2025년 12월 15일

저자 : 호노보노루500
번역 : 한신남

펴낸이 : 이동섭
편집 : 이민규
디자인 : 조세연
영업 · 마케팅 : 조정훈
기획편집 : 송정환
e-BOOK : 홍인표, 김은혜, 정희철, 김미연, 황진영, 장화진
라이츠 : 서찬웅
관리 : 이윤미

㈜에이케이커뮤니케이션즈
등록 1996년 7월 9일(제302-1996-00026호)
주소 : 08513 서울특별시 금천구 디지털로 178, B동 1805호
TEL : 02-702-7963~5 FAX : 0303-3440-2024
http://www.amusementkorea.co.kr

ISBN 979-11-274-9765-1 04830
ISBN 979-11-274-8466-8 04830 (세트)